U0695143

百疾·沁园春

马昌发　著

中国文联出版社
http://www.clapnet.cn

图书在版编目（CIP）数据

百疾·沁园春 / 马昌发著 . -- 北京 : 中国文联出
版社，2025. 4. -- ISBN 978-7-5190-5901-9

Ⅰ . R4

中国国家版本馆 CIP 数据核字第 20253KJ542 号

著　　者　马昌发
责任编辑　王　斐
责任校对　胡世勋
装帧设计　任杰文

出版发行　中国文联出版社有限公司
社　　址　北京市朝阳区农展馆南里 10 号　　　邮编　100125
电　　话　010-85923025（发行部）　　010-85923091（总编室）
经　　销　全国新华书店等
印　　刷　湖南天虹广告印务有限公司

开　　本　787 毫米 ×1092 毫米　　　1/16
印　　张　23.25
字　　数　267 千字
版　　次　2025 年 4 月第 1 版第 1 次印刷
定　　价　88.00 元

版权所有·侵权必究
如有印装质量问题，请与本社发行部联系调换

百疾沁园春

谭仲池先生　题字

作者简介

马昌发，男，1951年出生，籍贯武冈市，少年迁居新宁县。湖南中医药大学附一院口腔科教授，主任医师。从事口腔临床、教学和科研工作50余年。自幼爱好文学，尤其钟爱诗词，满怀创作激情，常年笔耕不辍。退休后，结合自身的人生阅历和医学专长，创新性地将中外节日、医学疾病等题材与沁园春诗词创作相结合，形成了自身作品独特的知识性、趣味性和大众性风格特点。现为湖南省诗词协会、湖南省老干部诗词协会、长沙市诗词协会会员。多年来，共计在诗刊杂志、网络媒体发表诗词600余首，其中中国传统节日和咏医咏牙词各100余首，网络浏览和转发量高达数十万次。

照片为1972年6月作者参加修建长沙湘江大桥时留影。

仁心精术铸丽词

——读《百疾·沁园春》有感

谭仲池

《论语》中说:"子曰:诗三百,一言以蔽之,曰:'思无邪。'"用现代语言来译注,便是孔子说:"《诗经》三百篇,如果用一句话来概括之,可用'思想纯正而没有任何邪念'解释。"

马昌发先生是一位思想纯正、医术专精、极富同情心和人文情怀的牙科医生。他从医几十年,很受患者的敬仰感激,得到社会的普遍认可和赞许。尤让我惊叹的是,这位一生从事牙科职业的医者,退休后竟然写起诗词来,而且一发不可抑弃。他的《百节·沁园春》于2023年出版发行,得到了广大读者的喜爱和好评。我作为该书的最初读者,并为之写序,甚感欣慰,为他祝贺、点赞。

没有想到的是,一年后初夏的一天下午,他自己驾车来到我家,又把一叠厚厚的书稿送到我手中。我捧着书稿,用目光扫视封面。《百疾·沁园春》的书名跃然眼前,让我的心为之一震,一怀敬意油然而生。

这写的可不是一般题材和内容的诗词呵!百疾,一百种病,要入诗入词,谈何容易?且词人又会生发出怎样的诗意和文采呀!

我是既不敢想,更不敢为之。

而马昌发先生却做到了,也做得让人倾服。让人能从他的词中得到对病症深刻认知的启迪,感悟生命和命运的无常和有常,人生的不幸和有幸,天地、自然与人的相亲、相生和相通、相携。我不懂医

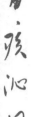

道，对医学知识知之甚少。偶然有恙，更多的是听任医生的意见，自己完全处在被动状态。但今天我粗读《百疾·沁园春》，似乎又悟到了一点什么，这就是对于病（如百疾），自己依然要做主人，做精神灵魂的主宰，不能任其疾病无端地威胁和折磨。正如马先生在前言《沁园春·疾病》中所言："病魔恣虐伤躬，声光电查因觅影踪。恰卫星定位，施医精准；针丸手术，筋脉疏通。膳食均衡，五禽旋动，免疫提升修内功。治未病，把赢身强壮，百岁轻松。"

"免疫提升修内功"妙哉，这不就是病者自己对命运的把握嘛！

马昌发先生对自己独创的两百首沁园春颇为看重，也很坦然。他在诗中自白心迹：

> 稀龄求索全无倦，
>
> 书海遨游不畏难。
>
> 双百沁园翁独创，
>
> 但留诗韵在人间。

细读马先生的《百疾·沁园春》，在一定意义上，就能让读者接受一次疾病防治的科普辅导，感知疾病的复杂、变异、无情和凶残。然而，你认真咀嚼一下《百疾·沁园春》诗集中对某种病症的咏叹，也许反而增强了你的抵抗意志和免疫能力，治愈的觉醒。

如《沁园春·冠心病》词云："众世芸芸，五谷维生，百疾繁滋。数冠心病险，犹藏炸弹；管腔闭塞，梗死心肌。"接着，他在词的下阕言道："中君抱恙愁思，莫悲切补牢犹未迟。……脉堵桥连，狭弯支架，脂降栓溶妙术施。急救药，应随身携带，益寿于斯。"

又如《沁园春·糖尿病》词云："此君隐袭无声，索性命甜甜非耸听。故首当防范，肥腴割舍；迈开双腿，进出平衡。烟酒长离，促分胰岛，污浊排除血管清。遵医嘱，或打针服药，福寿添增。"冠心病、糖尿病患者当下与日俱增，占总人口比例不断上升。品味马先生对这两病作词为劝，可见仁见智。其实从根本说，他都在以词说病，告人如何知病、防病、治病，皆与心病相连。故患者当多一份泰然，多一份睿智、多一份勤勉和自制。

在这里，我要强调的是，用诗词艺术表达方式来写百疾，这是马先生的创新之举。其实这种词很难写。因格律要求很严，而描绘疾病却需要用许多专业术语。可知这种建构的制约性，会给词人带来多大的麻烦和挑战。从这一点而言，马先生作词乃是精诚之至，金石为开。

"今结合 50 余年的行医经历，为把医学知识普及，解大家就医之疑惑，编辑了这本《百疾·沁园春》以飨读者，为大众的健康保驾护航提供些许知识。"

读罢马先生的这段自述，我们看到了他的创作初心和真诚。如此，人们还能对词中的某些格律不合，生发异议呢，诗贵情真啊！

综上所述，我以为马先生的《百疾·沁园春》，一个最显著的特点，就是主旨明晰，意笃情纯，其词采清朗明澈，质朴近人，亦雅俗共赏，又可堪众享。

我由衷地祝愿马昌发先生不止于 200 首沁园春，或许还有三百四百首，属于自己和读者的"沁园春"。

> 日伴诗词人不老，
> 巧临夕照咏朝晨。
> 欣看沁园花枝俏，
> 百疾远遁庆升平。

2024 年 6 月 5 日于长沙

谭仲池，湖南省长沙市原市长，湖南省政协原副主席、湖南省文联原主席、国家一级作家。

前　言

沁园春·疾病

　　寰宇苍生，无论凡圣，难避祸凶。有天灾疾厄，遗传环境；细菌病毒，内外围攻。脏腑形骸，四肢毛发，血管神经元气空。日常里，任不良习惯，折寿长终。

　　病魔恣虐伤躯，声光电查因觅影踪。恰卫星定位，施医精准；针丸手术，筋脉疏通。膳食均衡，五禽旋动，免疫提升修内功。治未病，把赢身强壮，百岁轻松。

　　继拙著《百节·沁园春》于 2023 年由中国文联出版社出版全国发行后，得到了各地读者热烈反响、厚爱和好评，其姊妹篇《百疾·沁园春》即将付梓，翁心格外舒畅、欣慰。

　　时光荏苒，白驹过隙。回想往事，憾慨万千。我从懵懵懂懂、意气风发的山里青年，不知不觉就变成了两鬓白发、年逾古稀的老医生。10 年前，我加入湖南省老干部诗词协会，从玉壶诗座学习诗词，走进了诗词殿堂。在那里有幸结识了诸多良师益友，圆了儿时对传统文化向往的梦想。10 余年来，除每日繁忙的门诊诊疗任务外，工作之余就是挑灯伏案，坚持诗词创作，笔耕不辍。今结合 50 余年的行医经历，为把医学知识普及，解大家就医之疑惑，编辑了这本《百

疾·沁园春》以飨读者，为大众的健康保驾护航提供些许知识。

本书以苏轼《孤馆青灯》为正体、依词林正韵14平韵为韵部，每部均有6首以上词作。

本书依传统就诊习惯，按疾病分类，共选15个临床科室、1个医学、疾病、康复、节日类共16节段编辑，每个科室的疾病至少有2首以上词作，分别如下：

1. 心血管内科，6首。

2. 呼吸内科，5首。

3. 消化内科，7首。

4. 神经内科，7首。

5. 肾内科、内分泌科、免疫科，6首。

6. 血液科，2首。

7. 外科、皮肤科，8首。

8. 骨科，5首。

9. 妇产科，5首。

10. 儿科，4首。

11. 针推理疗，4首。

12. 传染科，7首。

13. 眼科，5首。

14. 耳鼻喉科，5首。

15. 口腔科，15首。

16. 医学·疾病节日，9首。共计100首。

疾病，自人类群居以来，就开始了与人类之间的无休止战争，人体便是这战争的战场。

疾病是一个极其复杂的过程。大多数情况下，从健康到疾病是一个由量变到质变的过程。当外界致病因素作用于细胞，达到一定强度或持续一定时间，致病因素有一定量的积累，就会引起细胞的损伤，这些被损伤的细胞在结构形态、功能代谢上出现紊乱，导致生命机体发生异常的过程。

疾病的种类很多，按世界卫生组织颁布的疾病名称就有上万个，新的疾病还在发现、发展中。疾病也在迭代更新。正如瑞典病理学家福尔克·汉申所说，人类的历史即其疾病的历史，人类的发展也带来了新的疾病。

人类的疾病，概略说来有两大类，即传染性疾病和非传染性疾病。

传染性疾病：由于病原体（真菌除外）均具有繁殖能力。可以在人群中从一个宿主通过一定途径传播到另一个宿主，使之产生同样的疾病，故称传染性疾病，简称传染病。如若在人群中大量传播时，则称为瘟疫。烈性传染病的瘟疫常可造成大量人口死亡。21 世纪，在发达国家的死因分析中传染病仅占 1% 以下，中国约为 5%。

非传染性疾病：随着传染病的逐渐控制，非传染性疾病的危害相对地增大，人们熟悉的肿瘤、冠心病、脑出血等都属于这一类。在中国城市及发达国家中受这些疾病虐袭死因分析中都居于前三位。

疾病按成因可分为以下几类：遗传病、物理化学损伤、免疫性疾病、代谢内分泌病、营养性疾病、精神失常疾病、老年性疾病等。

本书所列的疾病，是目前人类最普通、最常见的疾病。本书只是肤浅、简单地介绍了这些疾病的基本特点，主要目的在于引领、提高人们对医学知识、健康保健，进行更深入的了解、探讨，以引起人们对于身体、疾病的重视、关注，做到有病早检查、早治疗；无病早预防，健康地生活、工作。

本书以"沁园春"词牌名为题描写疾病，亦如中国文联出版社编辑王斐老师所评价吾作《百节·沁园春》所言："它是一部填补了诗词领域空白的作品。"那么《百疾·沁园春》同样亦将是填补了医学、诗词领域空白的一部作品。正是：

路漫漫兮道曲弯，

悠悠岁月几重关。

稀龄求索全无倦，

书海遨游不畏艰。

双百沁园翁独创，

但留诗韵在人间。

而今迈步从头越，

耄耋吉尼斯再攀。

马昌发

目 录

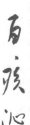

八、骨科

九、妇产科

十、儿科

十一、针推理疗

十二、传染科

十三、眼科

十四、耳鼻喉科

百疾沁园春

一、心血管内科

1. 沁园春·心脏

天造身胚，胸廓左旁，灵腑隐居。似双层别墅，两房两室；宫墙分隔，上下通渠。枢管繁铺，藏埋电路，丹液充盈长灌输。送鲜氧，永循环代谢，滋润形躯。

中君统领调疏，感闷痛疲劳气喘嘘。若夹肌缺损，瓣膜修补；血斑栓塞，施药清瘀。狭窄空腔，搭桥支架，脉不均匀把颤除。扶病者，快求医诊治，切莫糊涂。

器官简介

心脏，是人体最重要的器官之一。位于胸腔中部偏左下方，于横膈之上，两肺间而偏左。人的心脏外形像桃子，体积约相当于一个拳头大小，重约250克。

内部结构

心脏内部主要为心肌构成的中空器官，有左心房、左心室、右心房、右心室四个腔。上部两个是心房，下部两个是心室。左右心房之间和左右心室之间均由间隔隔开，互不相通。心房与心室之间有瓣膜，这些瓣膜使血液只能由心房流入心室，而不能倒流。心房和心室的舒张和收缩推动血液循环全身。

功能

心脏的主要功能是为血液流动提供动力，把血液运行至身体各个部分，向器官、组织提供足够的血流量，以供应氧和各种营养物质，并带走代谢的终产物，如二氧化碳、尿素和尿酸等，使细胞维持正常的代谢和功能。

血液循环是由于心脏的"泵"的作用实现的。一个人在安静状态下，心脏每分钟跳动约 70 次，每次泵血 70 毫升，则每分钟约泵血 5 升。如此推算一个人的心脏一生泵血所作的功，大约相当于将 3 万公斤重的物体向上举到喜马拉雅山顶峰所作的功。

冠状动脉

就是给心脏供血的动脉。心脏虽然是血液起源的脏器、发动机，但心脏本身亦消耗富含氧气、能量的血液。供给心脏本身的血液循环叫冠状循环，环绕心脏一周的冠状动脉恰似一顶王冠，这就是其名称的由来。

词文注释

1. 胸廓左旁：心脏位于人体胸腔中部偏左下方。

2. 灵腑：古代对心脏的雅称。

3. 似双层别墅：心脏分上下四个腔室，被戏称为一栋双层小楼，是两户人家合建的双拼别墅，左边那户叫左心，右边那户叫右心。楼上的房间叫"房"，楼下的为"室"。

4. 宫墙分隔，上下通渠：心脏是由两层膜夹一层肉即"心肌"构成；上下通渠指的是冠脉和"心脏传导系统"，即电路放电一次，心脏就跳动一次。若是心脏传导电路出了问题，心跳节律就会发生异常，称为"心律失常"。常用的检查方法就是"心电图"检查。

5. 丹液：冠脉里流的血液，是心肌的生命粮道。如果堵塞不通，心肌就会因缺血而坏死，即"冠心病"。

6. 送鲜氧：指体循环和肺循环。血液由左心室进入动脉，再流经全身的动脉、毛细血管网、静脉，最后汇集到上下腔静脉，流回右心房的循环，叫体循环。

在体循环中，血液流经毛细血管网，不仅把养料送给细胞，还把细胞产生的废物带走。红细胞的血红蛋白把所结合的氧释放出来，供细胞利用。

肺循环，也称小循环，是指从右心室泵到肺动脉，在肺内充分携带氧气，然后再回到左心房进入左心室，再进入体循环，如此周而复始。

7. 中君：心脏为五脏之主，因而中医将心脏称之为"君主之官"。

8. 夹肌缺损：心肌"房室间隔缺损"，以及"瓣膜关闭不全""瓣膜狭窄"。须进行"瓣膜修补术"或"瓣膜置换术"。

9. 血斑栓塞，施药清瘀：血斑栓塞，指血管内血液凝固成斑块，栓塞管腔，导致供血器官缺血，甚至坏死；施药清瘀，即采用溶栓药物，活血化瘀。

10. 搭桥支架：①支架术，即从右手桡动脉或大腿股动脉穿刺，探入导丝，先做造影，再放支架，疏通狭窄或闭塞的冠脉、动脉血管，从而改善心肌血流灌注的治疗方法；②搭桥术，即冠状动脉旁路移植术。取患者自身的桡动脉或大隐静脉，在医学影像仪器的帮助下进行手术。

11. 颤除：指心律失常的治疗。心律失常有房颤、早搏和传导阻滞等，用除颤仪（AED）使一定强度的电流通过心脏，让心肌瞬间除极，随后由心脏最高起搏点重新起搏，恢复心脏正常跳动，恢复自主血液循环，以挽救生命。

2. 沁园春·心

浩瀚天垠，万象纷呈，宫映心怀。恰至高君主，统司意态；连肝贯脑，调遣筋骸。通利华精，摄收胆魄，头顶青天任尔裁。灵犀共，掌慧根经脉，九窍神来。

胸襟宽窄参差，尘中事随缘喜与哀。少牵萦俗念，银黄贪恋；愁眠蝶梦，纠结疑猜。海纳河川，腑藏风浪，纵览人生一戏台。看秋水，入江湖如镜，乃大容哉。

器官简介

心，一是本义，就是人和高等动物身体内推动血液循环的器官。二是指心的意识功能。古人认为，心是思维的器官，代指脑。因此把思想、感情都说作"心"。又由思维器官引申为心思、意念、感情、性情等，再引申为思虑、谋划等。心脏在人体的中央位置，故"心"又有中央、中心、中间部位等义。

作为哺乳动物，从受精卵发育出来的第一个器官，就是心脏，是伴随着生命开始和结束整个过程的唯一器官。同时，心脏是一个接收外界信息并形成同步善恶判断、继而作出相应的意识调整的最重要器官。《荀子·解蔽篇》："心者，形之君也，而神明之主也。"《礼·大学疏》："总包万虑谓之心。"

心，象形字，心作偏旁叫竖心旁"忄"如恨、忧、怀。心字作底，在字的下半部，有的写作"心"，如思、想、意，有的写作"小"，如恭、慕、忝。

包含"心"字的词有很多，如心腹、心思、心里、心得、心悦、心慌，惊心、狠心、孝心、良心、动心、专心、违心等。

中医的心功能有两方面：一是心主血脉，指心有推动血液在脉管中运行和有一定的生成血液的作用。与现代医学所说的心相似。二是心主神志，是指心有主宰生命活动和主宰意识、思维、情志等精神活动的功能。心主神志与心主血脉在生理上密切相关，病理互为影响。血虚、血热等，常可出现神志的改变。

词文注释

1. 窅映：犹远映。唐·王昌龄《过华阴》诗："羁人感幽栖，窅映转奇艳。"

2. 意态：神情姿态。《汉书·广川惠王刘越传》："荣姬视瞻，意态不善，疑有私。"唐·杜甫《天育骠骑歌》："是何意态雄且杰，骏尾萧梢朔风起。"

3. 华精：道教指眼神。《黄庭内景经·心典》："通利华精调阴阳。"梁丘子注："谓心神用舍与目相应。华精，目精也。"

4. 灵犀：古时传说犀牛角有白纹，感应灵敏，所以称犀牛角为"灵犀"，意思是比喻俩人在思想上、感情上心灵相通，心领神会，感情共鸣。唐·李商隐《无题》诗："身无彩凤双飞翼，心有灵犀一点通。"

5. 慧根：①佛教语，五根之一。唐·刘禹锡诗："宿习修来得慧根，多闻第一却忘言。"②聪明的天资。刘坚《"强盗"的女儿》："有一次他居然当着我的面对五太太夸奖我：'这娃有个慧根啊！'"

6. 九窍：指人体的口、两眼、两耳、两鼻孔、前阴尿道和后阴肛门。《黄帝内经·生气通天论》："天地之间，六合之内，其气九州、九窍、五藏、十二节，皆通乎天气。"《庄子·齐物论》："百骸、九窍、六藏，赅而存焉，吾谁与为亲。"

7. 俗念：世俗的想法。唐·白居易《玩松竹》诗之二："幽怀一以合，俗念随缘息。"

8. 银黄：白银和黄金。银印和金印或银印黄绶。借指高官显爵。

9. 蝶梦：庄周梦蝶。庄子梦见自己成为蝴蝶，情景真实，最后他不能确定是自己变成了蝴蝶还是蝴蝶变成了自己。无与我皆无尽也，物与我皆无界也。这是哲学的一种表现。

10. 腑藏：腑，指脏腑，中医对人体内部器官的总称。胃、胆、大肠、小肠、膀胱、三焦为六腑；心、肝、脾、肺、肾为五脏。亦泛指人的内脏。藏，隐蔽，保存，储存。

11. 秋水：①秋天的江湖水，雨水。②比喻明澈的眼波，多指女子的眼睛。③比喻清朗的气质。④形容剑光冷峻明澈。⑤比喻明净的镜面。⑥琴曲名。这里指江湖之水平静如镜。

3. 沁园春·高血压

神秘星球，引力下垂，血压奇葩。逆牛公定律，上升忿怼；舒张收缩，相竞攀爬。心肾灾殃，黏稠栓塞，血管摧伤弹性差。避危害，这无声杀手，测控常查。

嗜尝百味肴佳，饱口福贪馋遭病邪。喜重盐煎炸，熏烟醉醴；腿伸惰懒，水桶腰胯。富贵三高，梗心阻脑，嘴眼歪歪碎步斜。但服药，莫累连亲友，过早披麻。

疾病简介

高血压，是最常见的慢性病，也是心脑血管最主要的危险因素。若收缩压（俗称高压）≥140毫米汞柱，舒张压（俗称低压）≥90毫米汞柱，即为高血压。

病因

1. 遗传因素：大约60%的高血压患者有家族遗传史。

2. 精神和环境因素：长期的精神紧张、激动、焦虑，受噪声或不良视觉刺激等因素也会引起高血压的发生。

3. 年龄因素：发病率随着年龄的增长而增高。

4. 药物影响：激素、消炎止痛药、避孕药等均可影响血压。

5.生活习惯因素：过多的钠盐、低钾饮食或大量饮酒，摄入过多的饱和脂肪酸均可使血压升高。吸烟为高血压的危险因素，可加速动脉粥样硬化的过程。

6.其他疾病的影响：肥胖、糖尿病、睡眠暂停呼吸综合征、肾动脉狭窄、肾实质损害、甲状腺疾病以及其他神经内分泌肿瘤疾病等。

分类

1.原发性高血压：以血压升高为主要临床表现的独立疾病，占所有高血压患者90%以上。

2.继发性高血压：在这类疾病中病因明确，高血压仅是该种疾病的临床表现之一，血压可暂时性或持久性升高。

临床表现

高血压的临床症状表现因人而异。早期可能无症状或症状不明显，常见有头晕头痛、颈项板紧、疲劳、心悸等。仅在劳累、精神紧张、情绪波动后血压升高，休息后恢复正常。

随着病程延长，血压持续升高，除出现上述症状外，还会有肢体麻木、胸闷、乏力、夜尿增多等症状，被称为缓进型高血压。清晨活动后血压迅速升高，导致心脑血管事件多发生在清晨。

急进型、危重症高血压

当血压突然升高到一定程度时，会出现剧烈头痛、呕吐、抽搐、神志不清，会在短期内发生严重的心脑、肾等器官的损害和病变，如中风、心梗、肾衰等。

治疗

一是改善生活行为方式，如控制体重、少盐低脂、戒烟限酒、增加运动，减轻精神压力等。二是药物治疗，原则是小剂量、长效、个体化、联合用药。

预防

高血压是一种可防可控的疾病。一是对于肥胖超重、长期高盐高

脂、喜烟嗜酒者，要减量戒除。二是定期健康体检，积极控制危险因素，减缓靶器官的损害，预防心脑、肾并发症的发生，降低致残及死亡率。

词文注释

1. 牛公定律：指牛顿从苹果落地中发现的万有引力定律。

2. 舒张收缩：人的血压都由两个数值组成，即收缩压和舒张压。收缩压也叫高压，正常值在 140 毫米汞柱以下，舒张压又叫低压，正常值在 90 毫米汞柱以下。

收缩压是指心脏收缩时血液对血管壁产生的张力。舒张压是指心脏收缩时血液对血管壁产生的压力。老年人动脉硬化比较明显，压差较大，就是因为收缩压高、舒张压低引起的。

3. 心肾灾殃：高血压是一种慢性病，主要作用心脏和血管。①心脏方面，可致冠心病，心力衰竭。②神经系统，可致脑出血、脑血栓。③肾脏方面，可致肾动脉硬化、慢性肾功能衰竭。

4. 黏稠栓塞：血液黏稠。中老年人常伴有动脉硬化、高血压、冠心病、糖尿病等，若血液过于黏稠，处于高凝状态，容易形成血栓，加重大血管的损害，影响微循环，加速上述病症的并发症的发生和发展。

5. 血管弹性：血管弹性是维持血管正常生理功能的重要特性。如果血管弹性下降，将会对心血管系统产生多方面的影响。许多疾病或不良生活习惯也会引起血管弹性下降，如高血压、糖尿病、吸烟、高胆固醇等。

6. 无声杀手：高血压能造成心、脑、肾等重要器官的慢性损害，被称为"无声杀手"。我国因心脑血管病导致的死亡占居民死亡的 40% 以上，约 70% 的脑卒中死亡和 50% 的心梗死亡与高血压密切相关。

7.重盐：指喜食重盐重口味饮食。世卫组织提倡每人每天不超过6克盐，我国每日人均10克以上，北方高于南方。

8.披麻：指披麻戴孝，是中国传统葬礼中的一部分，指长辈去世，子孙亲人身披麻布服，头上戴白，表示哀悼，表达对亲人的终极哀思和尊重。

4. 沁园春·血管

源出胸腔，遇节分支，主运漕粮。似河渠溉灌，润滋腑脏；传输鲜氧，收缩舒张。红暗移交，循环万里，赤道环行两日长。历金肺，把浊清吐纳，送入心房。

宛如蛛网幽藏，管柔软畅通不堵航。若膏脂厚味，积斑粥样；嗜辛烟酒，心脑创伤。狭窄畸形，瘿瘤隐匿，炸弹阴潜焉不慌。防硬化，着三高递降，但得宽肠。

器官简介

血管，是运输血液的器官。按照其功能结构不同，可以将血管分为动脉、静脉、毛细血管三类。血管分布于全身各处，动脉从心室出发，在行程中不断形成分支，管径逐渐变细，最后移行为毛细血管。静脉起于毛细血管，在回心过程中不断有属支汇入，管径逐渐变粗，最后汇入心脏。

全身的动脉和静脉都是输送血液的管道，两者通过心脏相连接，使得全身血管构成一个封闭的循环管道。毛细血管是血液和组织之间进行物质交换的场所，一般情况下，人体的血管具有对称性，与机体的机能相适应，如大血管的走行与肢体长轴相平行，同时与神经一起被结缔组织包裹，从而形成血管神经束。

血管的构造

血管是管道样结构，除毛细血管外，一般均可分为内膜、中膜和外膜三层。

功能

血管是运输血液的管道。动脉是运送血液离开心脏，从心室出发，在行程中不断形成分支，管径逐渐变细，最后移行为毛细血管。毛细血管是血液与组织液进行物质交换的场所。静脉是运送血液回心脏的血管，起于毛细血管，在回心过程中不断有属支汇入，管径逐渐变粗，最后注入心房。动脉—毛细血管—静脉吻合是血液通过体循环将营养物质和氧送到全身组织和器官，通过肺循环，将含氧量高的血液带回心脏。

检查

1. 血管造影：通过血管内注入造影剂，显示动脉或静脉系统的情况。

2. 多普勒超声：采用超声技术和多普勒原理来观察血管，用于分析血管内血液流动的情况。

3. CT血管造影：血管内注入造影剂，通过对人体相关部位进行X线横断面扫描成像，获得血管的直观图像。

4. 磁共振血管成像（MRA）。

5. 血管内超声：通过血管腔内置入超声探头，获取血管容积及血管壁结构高清的细节。

常见病

血管的常见病有：心血管疾病，颅内血管疾病，外周血管疾病，主动脉疾病，静脉疾病等。

词文注释

1. 源出胸腔：指人体的主动脉管是人体内最粗大的血管，从心脏的左心室发出，在胸腔和腹腔内分出很多较小的动脉。主动脉是向全身各部输送血液的主要导管，也叫大动脉。

2. 主运漕粮：我国古代通过河运和海运，由东南地区漕运至京师的税粮，因其运输方式而得名。这里指血管是运送血液的管道系统，是全身各器官的"粮道"。

3. 收缩舒张：指血压的收缩压和舒张压。当人的心脏收缩时，血液从心脏泵出，对血管内壁产生的压力称为收缩压，俗称高压。当人体心脏舒张时，动脉血管弹性回收产生的压力称为舒张压，俗称低压。正常收缩舒张压为 140/90mmHg 以下。老年人由于动脉壁弹性减弱，常表现为高压升高，而低压可能正常。

4. 红暗移交：指动脉和静脉血交换。动脉血是由心脏射出，流向身体各个器官，由于含有较多的氧气等营养物质，颜色一般为鲜红色。静脉血一般是身体各个器官流向心脏，因含有较多的二氧化碳、尿素等代谢废物，颜色为暗红色。静、动脉血在人体内的毛细血管和肺循环中交换。

5. 循环万里：人体血管总长度约为十万公里。地球赤道周长约为四万公里，故须要绕行两日半。

6. 历金肺：金，火也。肺，五行属金。须经肺泡气体交换，排碳吸氧，即肺循环，再进入心脏，注入动脉，进行体循环。

7. 狭窄畸形：指血管狭窄畸形。血管狭窄，一是先天性血管发育畸形，二是血管弹性硬化，血脂异常积聚，形成斑块堵塞血管，导致管腔变窄，血液循环障碍。

8. 瘿瘤：这里指血管瘤，是常见的血管肿瘤性病变，为血管内皮细胞的异常增殖，分良性和恶性。如颅内动脉瘤，病程隐匿，起病突然，一旦发病，死亡率极高，因而被称颅内的"不定时炸弹"，是最危险的脑血管病之一。

9.三高：指高血脂、高血压和高血糖。这三种疾病均是常见的慢性代谢障碍性疾病。若不加以控制，可并发心脑血管疾病。

5. 沁园春·高血脂

绿水青山，透澈河溪，畅达大江。恰吾身血脉，贯通成网；传输丹液，运送漕粮。粥样浆脂，沉凝淤堵，杀手无声心脑伤。小斑块，乃定时炸弹，必酿灾殃。

黏稠管脆难张，莫犹豫寻医治与防。应均衡饮食，戒烟限酒；胆醇密度，低降高扬。辅治消襄，他汀贝特，宛似朝阳化晓霜。若如此，则险危减半，贵体长康。

疾病简介

高血脂，即高脂血症，是指血脂水平过高，可直接引起一些严重危害人体健康的疾病，如动脉粥样硬化、冠心病、胰腺炎等。

病因

高脂血症可分为原发性和继发性两类。原发性与先天性和遗传有关，是由于基因缺陷使参与脂蛋白转运和代谢的受体、酶或载脂蛋白异常所致。或由于环境因素包括饮食、营养、药物而致。

继发性多发生于代谢性紊乱疾病如糖尿病、高血压、黏液性水肿、甲状腺功能低下、肥胖、肝肾疾病等。

临床表现

高脂血症的表现为脂质在真皮内沉积所引起的黄色瘤和脂质在血管内沉积所引起的动脉硬化。动脉硬化的发生和发展又是一个缓慢渐进的过程。因此，一般情况下多数患者并无明显症状和异常体征。大多数情况下，是由于其他原因进行血液生化检查时才发现有血浆脂蛋白水平升高。

正常情况下，总胆固醇为 3.0—5.18mmol/L。胆固醇又分高密度脂蛋白和低密度脂蛋白。高密度脂蛋白一般为 0.9—1.9mmol/L，低密度脂蛋白一般为 3.37mmol/L 以下。甘油三酯，正常值为 0.5—1.7mmol/L。

治疗

1. 控制体重：据统计，肥胖人群的平均血浆胆固醇和甘油三酯明显高于非肥胖者。肥胖者体重减轻后，血脂紊乱亦可恢复正常。

2. 运动锻炼：增加体内热量消耗。

3. 戒烟：吸烟可升高胆固醇和甘油三酯，降低 HDL—胆固醇水平，停止吸烟 1 年，HDL—胆固醇可上升至不吸烟者水平，冠心病的危险程度可降低 50%。

4. 饮食治疗：血浆脂蛋白主要来源于食物，通过控制饮食，可降低胆固醇 10%，同时有助于减肥，还可纠正其他共存的代谢紊乱如糖尿病等。肉食、蛋及乳制品，特别是蛋黄和动物内脏，胆固醇、饱和脂肪酸含量较多，应限量食用。

5. 药物治疗：主要有他汀、树脂类、贝特类和烟酸类。

词文注释

1. 丹液：红色的血液。

2. 漕粮：我国古代通过河运和海运由东南地区漕运至京师的税

百疾沁园书

粮，因其运输方式而得名。

3. 粥样浆脂：指血液粥样化，即动脉血管中的血液比较黏稠，且血液中的甘油三脂和胆固醇升高，沉淀在血管壁上面，造成血栓淤塞，诱发脑梗、冠心病等。

4. 杀手无声：这是因为血脂高，不痛不痒，所以把高血脂叫"无声杀手"，高血脂是慢慢变高的，不去做体检，可能一直不知道，直到哪一天突然发生心梗，或者突然半身不遂（俗称中风）了，才发现是血脂高引起的。那么一旦发生了这些情况，心脑器官就会受到永久性功能损害。

5. 小斑块：指血管壁斑块，是由于血管内皮细胞功能下降，导致血管内膜增生，从而形成斑块。

6. 定时炸弹：血管斑块会堵塞血液流通，导致血管破裂出血，最终引发不可逆的心脑血管疾病，进而危及生命。如果没有及时发现，它的存在就是一个隐藏的"定时炸弹"。

7. 黏稠：指高脂稠或血黏稠，包括胆固醇、甘油三酯和类脂含量升高。会使血液流速减慢，衰老的红细胞无法实现正常代谢，堆积在血管中，使得血液黏稠度增加，血管脆化，弹性不足。就像狭窄的道路上，拥挤着过多的破旧老车，随时都可能堵车，以至于交通拥堵不畅。

8. 胆醇密度，低降高扬：胆固醇是哺乳动物中主要的甾体类化合物，在基本的细胞生命活动中起到重要的作用。所以胆固醇并不是对人体有害的物质。

低降高扬：低降，指低密度脂蛋白一般为 3.37mmol/L 以下，低密度过高，会引起动脉硬化，俗称"坏胆固醇"，要降低。高扬，指高密度脂蛋白，一般为 0.9—1.9mmol/L，高密度用来提高免疫力，防止动脉硬化，俗称"好胆固醇"，不能低，要上升。

9. 他汀贝特：指降脂药，他汀类和贝特类以及烟酸类药物。

10. 险危减半：高脂血症通过治疗与预防措施，其心脑疾病的危险程度可降低50%，同时还有助于减肥，还可纠正其他共存的代谢紊乱如糖尿病等。

6. 沁园春·冠心病

众世芸芸，五谷维生，百疾繁滋。数冠心病险，犹藏炸弹；管腔闭塞，梗死心肌。不惑多秋，重男轻女，不测风云无定时。纵难舍，这人间美好，大限临期。

中君抱恙愁思，莫悲切补牢亦未迟。喜如今科技，超声电检；CT磁共，造影全知。脉堵桥连，狭弯支架，脂降栓溶妙术施。急救药，应随身携带，益寿于斯。

疾病简介

冠心病，是一种缺血性心脏病。冠状动脉是向心脏提供血液的动脉，当冠状动脉发生粥样硬化，导致血管狭窄或闭塞时，会引起心肌缺血、缺氧或坏死，出现胸痛、胸闷等不适。冠心病多发生于40岁以上年龄阶段的人群，男性多于女性，60岁以上人群患病率为28%，冠心病也是所有单个疾病当中死亡原因的首位。

世界卫生组织将冠心病分为5大类

1. 无症状心肌缺血（隐匿性冠心病）。
2. 心绞痛。
3. 心肌梗死。

4. 缺血性心脏病。

5. 猝死。

临床表现

1. 胸痛，常因体力活动、情绪激动等诱发。

2. 心悸乏力。

3. 猝死，约有 1/3 的患者，首次发作冠心病表现为猝死。

检查与诊断

心电图是检查诊断冠心病最简单、最常用的方法。有负荷、动态心电图、超声心动图以及冠脉 CT 和目前冠心病诊断的"金标准"冠脉造影、血管内成像术。根据以上检查即可作出诊断。

治疗

1. 药物治疗：目的是缓解症状，减少心绞痛的发作及心肌梗死，延缓病变发展，减少冠心病死亡。主要有硝酸酯类、抗血栓类、纤溶药物类、钙通道阻断剂、肾素—血管紧张素类及他汀类药物。

2. 经皮冠脉介入治疗：俗称放置支架。

3. 冠脉旁路移植术：简称冠脉搭桥术。

词文注释

1. 冠心病险：指冠脉出现病变如硬化、狭窄后，导致对心肌供血、供氧减少，出现胸闷、胸痛、气短等症状，可引起急性心肌梗死、心律失常、心绞痛。如果没有得到及时救治，会随时危及生命安全。因此，冠心病又被称为"埋藏在人体内的定时炸弹"。

2. 管腔闭塞：指冠脉狭窄。通常是由冠脉硬化、痉挛、风湿性冠脉炎等原因造成的。

3. 不惑多秋，重男轻女：冠心病常发生于 40 岁以上的中老年人群。40 岁又称不惑之年，既是丰收辉煌的时期，也是多事之秋的阶段。

男性发病率高于女性。

4. 不测风云：指天有不测风云，人有旦夕祸福。多比喻人有难以预料的灾祸。这里指心肌梗死发生，随时都有生命危险。

5. 大限：是寿数的意思，也指死期。

6. 中君：一是指才德平常君主。二是指心。

7. 超声电检：超声，即彩色多普勒心动图，用以排查冠心病、心脏瓣膜病、心包炎等。电检，指心电图检查。

8. CT 磁共：CT，即心脏 CT 检查；磁共，心脏核磁共振检查。磁共振成像对于软组织分辨率高。

9. 造影：指心脏造影，是通过心导管经桡动脉或股动脉，注射造影剂，使冠脉显影，对血管病变部位、范围、狭窄程度等作出准确的诊断。

10. 脉堵桥连：指心脏搭桥术。是在冠脉狭窄部位两侧重新建立一条通道，使血液绕过冠脉狭窄闭塞部位而达到另一侧的手术。

12. 狭弯支架：在冠脉狭窄处，经导管用一个可充盈的胶皮气球将狭窄部位撑开，用支架撑在已被扩张的冠脉狭窄处的手术。

13. 脂降栓溶：脂降，指降低体内血脂水平，可采用调整饮食、药物降脂等；栓溶，即血栓溶解疗法，是经静脉将药物溶解冠脉内的血栓，以改善心肌功能。

14. 急救药：一般指丹参滴丸、救心丸、硝酸甘油等药物。

二、呼吸内科

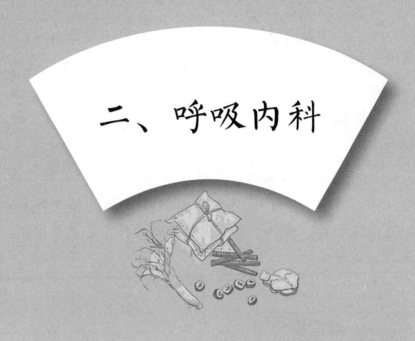

7. 沁园春·肺

　　宛若蜂房，左右悬箱，蒙古毡包。曰肺朝百脉，鼎司呼吸；升宣肃降，清浊移交。气血通衢，液津渗灌，一触微尘便撒娇。为华盖，乃身躯水塔，禀性孤高。

　　海绵四亿膜泡，最忌讳虚寒内火烧。似胸膛压石，痰鸣咳喘；声嘶唇紫，自汗如潮。尼古云吞，金波畅饮，嗜辣尘纤人面憔。致恶化，急求医失措，迟说糟糕。

器官简介

　　肺，位于人体胸腔内，左右各一，质地柔软，外形为圆锥形，左肺因侧方有心脏，外形相对狭长；右肺相对较宽，长度较左肺短。肺的颜色为浅红色。肺分左右两部分，左侧分为上下两个肺叶，右侧分上、中、下三个肺叶。肺的外部由脏层胸膜包裹，肺叶则由多个肺小叶构成。

功能

　　肺的主要功能为呼吸功能和防御功能。呼吸功能：主要包括肺、气管以及连接肺部的血管等。其中氧气和二氧化碳的主要交换场所为肺泡，气管和血管主要负责运输氧及二氧化碳。防御功能：肺的防御功能主要由肺内免疫细胞完成，主要参与的细胞有吞噬细胞、T细胞、B细胞等。

肺部疾病分类：肺部发生的疾病主要包括三大类：①感染性肺疾病，包括肺炎、肺结核、呼吸传染病如非典、新冠等。②气流受阻性疾病，如哮喘、慢阻肺、支气管扩张等。③恶性肿瘤性疾病，如支气管肺癌、肺转移瘤等。

临床症状

肺部疾病常见症状有咳嗽、呼吸困难、咯血、发热、胸痛等。

检查

1.体格检查，包括视诊、触诊、叩诊、听诊等。

2.实验室检查，血液检查、痰液检查等。

3.影像学检查，包括X线胸片、CT、磁共振、肺活检及肺功能检查等。

治疗

肺部疾病分为很多种，需要到正规的专科医院诊治，根据对应的疾病，对症治疗。

1.肺内感染：常用抗生素类药物进行治疗。

2.肺部肿瘤：需要通过腔镜或开胸手术，来进行局部的切除根治性治疗。

3.肺结核：使用抗结核类药物进行治疗。

预防

1.改善不良生活习惯，戒烟戒酒，特别是二手烟。

2.饮食调理，少食辛辣刺激性食物，适当多吃些滋润肺功能的食物如雪梨、白萝卜等。

3.适当运动，如跑步、游泳等，促进肺内气体交换，提高身体免疫力。

词文注释

1. 宛若蜂房：人的肺泡由经反复分支形成末端膨大成囊、四周有很多突出的囊泡，就像蜂房一样。

2. 左右悬箱：肺悬挂在胸腔内，左右各一，就像蜜蜂箱一样。

3. 蒙古毡包：比喻人的胸廓、肋骨就像蒙古包的形状。

4. 肺朝百脉：中医的一个理论论述。出自《素问·经脉别论》。其一，肺的功能，通过人体的各条经脉、各个穴位而发生作用，其功能好坏，亦通过各条经脉、各个穴位而表现。其二，人体各经脉、穴位，其功能作用的好坏，最终表现在肺。

5. 清浊移交：指肺泡与肺毛细血管血液之间气体交换过程。肺是进行呼吸运动的，它吸入氧气，呼出二氧化碳，通过气体交换，进行新陈代谢的过程。

6. 微尘：空气中的微小物质和尘埃。

7. 华盖：中医指人体肺脏的说法。肺位于胸腔，在人体脏腑中位置最高，因此被称为华盖。

8. 身躯水塔：肺的位置在五脏之中就像一个水塔，水塔的作用就是管疏布的。

9. 海绵四亿膜泡：成人的肺呈海绵状，由3亿—4亿个肺泡组成，肺泡的大小形状不一，总面积近100平方米。肺泡是气体交换的主要部位，氧气要依次穿过四层呼吸膜才能进入血液循环。

10. 尼古：香烟中的尼古丁。大量接触尼古丁，会引起肺部感染、支气管炎症，还会引发高血压、冠心病等疾病。

11. 金波：酒的别称。

12. 尘纤：尘肺，纤维化。

8. 沁园春·肺癌

天地风云，祸福相依，喦染赢骸。症早期干咳，胸膛隐痛；既而痰堵，憋闷难排。嘶嘎金音，血丝含吐，浸润游移枯瘦材。杵形指，已愆殃关节，损寿空财。

毒瘤狞恶如豺，深探究缘由必酿灾。有电离辐射，高危职业；喜烟嗜腊，大气尘霾。继发遗传，积邪核结，感染长侵魔伏埋。莫沮丧，用中西合治，多出奇哉。

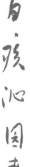

疾病简介

原发性支气管肺癌，是源于肺部支气管黏膜或腺体的恶性肿瘤，是对人群健康和生命威胁最大的恶性肿瘤之一。男性肺癌发病率和死亡率均占所有恶性肿瘤的第一位。女性发病率和死亡率均占第二位。

病因

肺癌的致病因素主要包括吸烟、职业暴露、空气污染、电离辐射、饮食、肺部原有的病史等。研究表明，长期大量吸烟与肺癌的发生有极为密切的关系。长期大量吸烟者患肺癌的概率是不吸烟者的20倍，开始吸烟的年龄越小，患肺癌的概率越高。此外，吸烟不仅影响本人的身体健康，还对周围人群的健康产生不良影响，导致被动吸烟者肺癌患病率明显增加。俗称"二手烟"。

症状

肺癌最常见的症状是咳嗽、痰中带血或咯血、喘鸣、胸痛、声嘶、发热等。根据部位分为原发瘤局部生长、侵犯临近器官组织、远处转移引起的症状和肺外症状四种。

检查与诊断

1.影像学检查：胸部X线、胸部CT、磁共振。

2.内镜检查：包括支气管镜、纵隔镜、胸腔镜。

3.病理学检查：细胞学检查，如穿刺，抽取胸液、痰液和组织学检查，即对肺活体组织进行检查，是确诊肺癌的金标准。

4.基因检查：如基因突变，有利于个体化的靶向治疗。

5.实验室检查：包括血常规，肝肾功能等生化免疫检测。

治疗

对肺癌的治疗应进行全面评估，选择多种方法综合治疗。以减轻患者的症状，改善其生存质量，延长生存期为目标。主要包括化疗、放疗、外科手术、联合放化疗、药物分子靶向治疗以及中医药治疗等综合措施。

预后

肺癌的预后主要取决于早发现、早诊断、早治疗。由于75%的患者在就诊时就已经是晚期，故3年生存率低于20%。病变较小，未发生转移的患者5年生存率可达50%。

词文注释

1.嵒染羸骸：嵒，在中国古代，中医将癌称之为"嵒"，中医发现病人身上的肿瘤质地如同岩石，于是将癌症称为"嵒"。羸骸，指病弱的身体。

2. 嘶嘎：沙哑，如声音已经嘶嘎了。

3. 金音：肺癌患者咳嗽往往有金属样声音，这是属于高频的支气管呼吸音。是因为肿瘤可能在支气管内有刺激性干咳和黏液痰，肿瘤和咳嗽加重引起的支气管远端狭窄，大多是持续的高音调金属声，这是典型的阻塞性咳嗽。

4. 杵形指：患有肺癌时，可能会出现手指（脚趾）的末端增生、肥厚，呈杵状膨大，叫作杵状指（趾）。引起杵状指的原因是肢体末端慢性缺氧、代谢障碍、中毒损害等。

5. 电离辐射：肺部对电离辐射比较敏感，长期受到电离辐射，会导致肺功能受损，从而引发肺癌。

6. 高危职业：指职业暴露，长期接触铝产品、砷、石棉、镍铬化物、煤焦炉、芥子气、氯乙烯、福尔马林等化学化工产物。

7. 喜烟嗜腊：喜烟，多数肺癌可由吸烟引起，特别是有长期吸烟史的患者，90%的肺癌都与吸烟有关；嗜腊，指导致肺癌的不良饮食，如高脂油炸辛辣膳食、高能高碳水化合物、腌制食物、熏烤腊制食品等。

8. 大气尘霾：指雾霾、室内烟霾、大气污染、厨房油烟、装修污染等都有可能引起肺癌。

9. 继发遗传：继发，指可能引起肺癌的肺部疾病，如慢性支气管炎、慢性肺气肿、结核等，这些可使肺癌的发生危险性增加。但是，有这些疾病的人也并不是都会得肺癌的。遗传，肺癌并不是一种遗传病，但遗传因素也具有一定的影响。如具有肺癌家族史的人群有一定的遗传易感性，患肺癌的危险性也是要比正常人高的。

10. 感染长侵魔伏埋：指长期慢性感染，可能会和肿瘤相关。有些慢性感染如支气管炎、结核等，需留意有没有肿瘤发生的机会，相应去进行体检和筛查，预防肿瘤，早发现，早治疗，效果就会好多了。

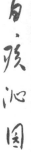

9. 沁园春·肺结核

暗红圆锥，胸廓内藏，四亿泡珠。纵丁多面广，却常遭祸；浊淤结核，飞沫潜居。咳嗽多痰，嘶声咯血，盗汗低烧午后输。罹羸瘵，令神情焦虑，体瘦形枯。

肺痨早记于书，数千载杆菌害体躯。按型分急慢，均俱传染；早期诊治，专药屠诛。持久围攻，谨防反复，康愈身轻吐纳舒。源头控，种疫苗卡介，传播无途。

疾病简介

结核病，又称痨病，是由结核分枝杆菌感染引起的呼吸系统传染病。病灶主要发生于肺组织、气管、支气管和胸膜部位。结核病累及各个年龄阶段，90%新发病例是成年人。世界上结核病的记载可追溯到6000年前的意大利和埃及。我国2100年前的马王堆女尸肺部有结核钙化灶，说明生前是一个肺结核患者。

易感人群

HIV感染者、糖尿病患者、尘肺患者、免疫抑制剂使用者、老年人等免疫力低下者，都是肺结核的易感人群。

临床表现

起病可急可缓，多为午后低热、盗汗、乏力、纳差、消瘦、月经失调等，有咳嗽、咳痰、咯血、胸痛、胸闷等症状。

肺结核的分型和分期

1. 原发性（Ⅰ型），肺内渗出病变，儿童多见。

2. 血行播散型（Ⅱ型），即急性粟粒型和慢性亚急性型肺结核。

3. 继发性（Ⅲ型）。

4. 结核性胸膜炎（Ⅳ型）。

5. 肺外结核（Ⅴ型）

传播途径

肺结核主要通过呼吸道传播，如咳嗽、打喷嚏、吐痰、大声说话，都会将带有结核杆菌的飞沫排出体外，漂浮在空气中，被他人吸入后造成感染。

检查

一是痰结核杆菌培养，二是胸腔积液检查，三是影像学检查，四是血液白细胞计数和血沉检查。

诊断

根据病因、临床表现、实验室检查、影像学检查即可作出诊断。

治疗

1. 药物治疗：早期治疗，抗结核药两种以上联用，以增强与确保疗效。肺结核患者遵循医嘱，合理规范用药以后，一般预后良好，大多数可以治愈。

2. 手术治疗：外科手术现已较少应用于肺结核治疗。只有药物治疗失败无效时，医生才考虑手术。

预防

控制传染源，切断传播途径，保护易感人群，积极接种卡介苗措施等。

词文注释

1. 暗红圆锥：肺的颜色为红色，新生儿为粉红色，随着年龄的增长，成年人的肺多为暗红色。肺的形态似圆锥形。肺位于胸腔内，纵隔的两侧，中间为心脏，膈的上方，左右各一。

2. 四亿泡珠：泡珠，即肺泡。人体肺内约有4亿个肺泡。肺泡管、肺泡都有毛细血管围绕，这是人体和外界进行氧气和二氧化碳交换的场所。成人肺泡总面积达80—100平方米。

3. 浊淤结核：指肺结核是一种由结核分枝杆菌感染而引起的肺部疾病。

4. 飞沫潜居：肺结核主要传播途径是经空气传播，当肺结核患者咳嗽、打喷嚏、大笑和唱歌时，可把含有结核分枝杆菌经飞沫微滴播散到空气中，并可停留数小时，若被他人吸入，可引起结核菌感染。

5. 盗汗低烧：肺结核患者常有在午后、夜间反复引发盗汗、低烧等症状。可出现头部、躯干、手臂汗多的症状，病情较重者，还会出现大汗淋漓的现象。

6. 罹羸瘵：瘵，多指痨病。在中医里面，肺结核被称为痨病，中医认为，人体先天不足或后天饮酒过度、疲劳过度时就会引发此病，故被称之为痨病。

7. 早记于书：肺结核是一个很古老的病，世界上有记载的历史可以追溯到6000年前的意大利和埃及。我国1973年出土的马王堆女尸就发现有结核钙化灶。距今1500多年的《金贵要略》论虚劳就有"马刀夹瘿者，皆为痨使然"的描述。

8. 型分急慢：肺结核常分为：①原发性结核。②血行播散型肺结核。③继发性肺结核。

9. 专药：指治疗肺结核的几种特效药物：①异烟肼。②利福平。③乙胺丁醇。④吡嗪酰胺。

10. 持久围攻：抗结核治疗的原则是早期用药、规律用药、足疗程用药。通常是6—12个月，完全治愈往往要1年半到2年。

11. 种疫苗卡介：卡介苗是一种预防儿童结核病的疫苗，新生儿一般需在出生24小时内完成。没有接种的婴幼儿要在12月龄内完成接种。

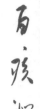

10. 沁园春·支气管炎

　　四序风寒，痼疾绵缠，咳逆喘吁。感喉咙丝痒，嗓门墙堵；深呼肋痛，痰去胸舒。片刻安宁，痉挛反复，每到清晨气短粗。慢支转，笑苛严妻管，欲罢难除。

　　芳名小叶仙狐，冬春季专攻老幼孺。乃症分急慢，细菌病毒；雾霾烟障，大气尘污。变异黏膜，身肤过敏，拖沓迁延肺泡枯。渐衰竭，只斜身半躺，把氧常输。

疾病简介

　　支气管炎，是指气管、支气管黏膜及其周围组织的急慢性非特异性炎症。支气管炎主要原因为病毒和细菌的反复感染而致病，分为急性支气管炎和慢性支气管炎。急性支气管炎通常由于病原菌感染引起，而慢性支气管炎和很多因素有关，如有害气体、有害颗粒，特别是与烟雾、大气污染、粉尘，以及机体免疫状况、年龄等有关。

症状

　　1. 支气管炎一般以咳嗽、咳痰为主要临床表现。其中急性支气管炎一般起病急，全身症状较轻，可有发热、干咳，而后出现咳痰，后期咳出黏液脓性痰。一般会持续2—3周。如不及时治疗，可演变为慢性支气管炎。

2. 慢性支气管炎：缓慢起病，病程较长。主要为干咳、咳痰，或伴有喘息。咳嗽以晨起为主，咳痰一般为白色黏液和浆液泡沫性，偶可带血。

治疗

对支气管炎一般采取对症治疗，即止咳、化痰、平喘。支气管炎若仅咳嗽咳痰，可服用抗病毒、止咳化痰的药物进行治疗，若症状加重，持续时间较长，应及时就医。对于闭塞性支气管炎，特别是做肺移植手术治疗的患者出现了以下情况，应及时就医。一是第一秒用力呼气的气量容（FEV1）快速下降，二是慢性、渐进性呼气的气量容下降，三是在较长时间的稳定期后出现快速下降，谨防呼吸衰竭和心力衰竭的发生。若发展成慢阻肺、肺气肿、肺心病，则预后不佳。

预防

慢性支气管炎的预防主要为：戒烟、戴口罩、避免感冒等，要加强营养，增强体质。

词文注释

1. 四序：指春、夏、秋、冬四季。四序开新律，三阳应庆生。

2. 痼疾：指经久难治愈的病。病症顽固，牵延不愈。

3. 嗓门墙堵：咳嗽时总感觉喉咙有东西，有痰咳不出来，像有一墙堵住一样，呼吸困难。

4. 深呼肋痛：这里指长久咳嗽引起的肋部疼痛，是由于呼吸肌、内肩外肌的牵拉作用过多后引起的疼痛。

5. 痉挛：这里指支气管痉挛，是支气管慢性炎症包括支气管哮喘、慢阻肺等，是支气管平滑肌发生痉挛性收缩，气道变窄，气道阻力骤然增加。主要表现为呼吸困难，引起严重缺氧，甚至窒息。若不

及时予以解除，甚至发生心律失常和心搏骤停，危及生命。

6. 每到清晨气短粗：指支气管炎早晨咳嗽厉害。原因是经过一夜的休息，气管里的分泌物、痰液增多，早上起来交感神经兴奋，人体为了呼吸畅通就会加速咳嗽、排痰。所以气管炎患者早晨起来就会咳嗽、咳痰、呼吸短粗。

7. 慢支：慢性支气管炎的简称，也叫老慢支。

8. 妻管严：气管炎的谐音，戏称妻管严。指慢性支气管炎难以治愈，总是形影不离，相伴相随，欲罢不能。

9. 小叶仙狐：支气管肺炎，又称小叶性肺炎，是小儿最常见的肺部感染性疾病，一年四季均可发病，尤其好发于儿童和体弱老人。

10. 变异黏膜：支气管黏膜变异，患者往往出现反复咳嗽、咳痰等症状，严重时还会出现呼吸困难、呼吸衰竭等，很难彻底治愈。

11. 肺泡枯：指肺不张会导致肺泡的萎陷，因为肺不张以后相应的肺组织内没有气流通，时间长了，肺泡就萎陷。

12. 把氧常输：指肺气肿、慢性呼吸衰竭、肺心病等，需要长期低流量的持续吸氧治疗，以缓解缺氧和改善高碳酸血症的状态。

11. 沁园春·感冒

贵贱凡身，微疾感冒，彼此至公。只畏寒乏力，鼻腔作痒；吸呼不畅，俗谓伤风。倘若高烧，浑身酸胀，咳嗽咽干脑额蒙。乃流感，易人群传播，暴发狂疯。

瘟君好喜春冬，欺软弱专挑老少攻。破幼童免疫，肺炎并发；衰年多疾，围猎重重。气管神经，血糖肝肾，毒菌无形恣逞凶。中西治，把疫苗接种，旬日轻松。

疾病简介

感冒，分普通感冒和流行性感冒。普通感冒即人们常说的"伤风"，急性鼻炎或上呼吸道感染。普通感冒是一种常见的急性上呼吸道病毒性感染性疾病，多由鼻病毒、副流感病毒、呼吸道病毒、冠状病毒和腺病毒等引起。流行性感冒即流感，是由甲、乙、丙三型流感病毒分别引起的一种急性呼吸道疾病，以冬春季多见，属于丙类传染病。

一、普通感冒临床表现

本病潜伏期1—3天，主要表现为鼻部症状，如喷嚏、鼻塞、流鼻涕、味觉减退以及呼吸不畅、声嘶等；一般无发热及全身症状，或仅有低烧，轻度畏寒、头痛。

治疗

注意休息，多喝水，饮食要易消化等。药物治疗：一是解热镇痛药，如复方阿司匹林、布洛芬、对乙酰氨基酚等。二是抗组胺药如马来酸氯苯那敏等。三是镇咳药如右美沙芬等。

预后

本病具有自限性，如无并发症一般5—7天即可痊愈。

二、流行性感冒表现

流感的潜伏期通常为1—7天。以高热、乏力、头痛、咳嗽、全身肌肉酸痛等症状为主，而呼吸道症状较轻。流感病毒传染性强，人群普遍易感，发病率高。历史上在全世界引起多次暴发性流行，是全球关注的重要公共卫生问题。

传播途径

主要以打喷嚏和咳嗽等飞沫气溶胶传播为主，流感病毒在空气中大约存活半小时。

易感人群

一是5岁以下儿童，且容易发生严重并发症。二是65岁以上老人，特别是伴有慢性呼吸道疾病、心血管疾病、肝肾血液、神经系统等基础疾病的人群。

病因

根据病毒型别不同，流感病毒分为甲、乙二型，我国以甲流最为常见。

诊断

通过流行病学史，患者症状及病原学检查即可确诊。

治疗

流感患者大多为轻症，可分为一般对症治疗、抗病毒治疗、中医治疗等方法。如症状较为严重，应及时到医院就诊，减轻并发症，缩短病程，降低病死率。

预防

每年接种流感疫苗可有效降低其发病率和严重并发症的风险。

词文注释

1. 微疾：小病，轻微的疾病。《南齐书·王慈传》："慈在职未久，既有微疾，不堪朝，又不能骑马。"

2. 感冒：人们所说"普通感冒"，又称"伤风"、急性鼻炎或上呼吸道感染。

3. 至公：意思是最公正、极公正。《管子·形势解》："风雨至公而无私，所行无常乡。"

4. 流感：流行性感冒，简称流感，是流感病毒引起的一种急性呼吸道疾病，且通过飞沫和接触传播，传染性极高，属于丙类传染性疾病。

5. 暴发狂疯：暴发疯狂。如1918年，流感在美军兵营传播，随着美军参加第一次世界大战扩散到欧洲，最后波及全球，全世界约有10亿人感染，造成5千万至1亿人死亡。2009年，流感从墨西哥蔓延至全球，至少造成25万人死亡。因此，流感是全球关注的重要公共卫生问题。

6. 瘟君：指瘟神。例如：毛主席《送瘟神》诗之二："借问瘟君欲何往，纸船明烛照天烧。"

7. 好喜春冬：流感高发季节可分为冬季11—12月和春季2—3月。流感存在一定的规律性，通常三五年小流行，八九年大流性。冬春两季流行高发，是因为天气寒冷干燥，不经常开窗通风，导致空气不流通，造成一个人接触流感病毒后传染给其他人。

8. 专挑老少：老少，指孩子和老人，他们一旦得了流感，更容易

被"并发症"缠上。一是年龄在 5 岁以下的儿童；二是年龄在 65 岁以上的老年人群更容易被传染流感病毒。

9. 疫苗：这里指的是流感疫苗。流感疫苗是一种安全、有效的预防性疫苗，每年接种是预防和控制流行性感冒最有效的措施。能显著降低接种者罹患流感和发生严重并发症的风险。

10. 旬日轻松：流感多呈自限性，通常 1—2 周的时间即可痊愈。但并发重症者或可危及生命。

三、消化内科

12. 沁园春·胃

曲屈回弯，接口连肠，水谷之家。看连横合纵，脾胰肝胆；碾磨消化，百物糜渣。暴食狼吞，金波豪饮，冷烫薰辛放箸耙。太仓啊，为疗饥苟且，淡饭粗茶。

三餐恣意甘奢，日长久必然致体差。感灼烧腹胀，反酸呃逆；溏稀便黑，隐痛虫爬。造影超声，胶囊镜检，但见黏膜起溃疤。油水地，恐增生贪蠹，变节魔邪。

器官简介

胃，是人体的消化器官，是消化管中最膨的部分，位于膈下，上接食道，下通小肠。胃的上口为贲门，下口为幽门。胃又称脘。其分四部：贲门、胃底、胃体和幽门。

功能

胃主要将大块食物研磨成小块，并将食物中大分子降解成较小的分子，以便进一步吸收。由胃腺，分泌胃液，可初步消化蛋白质。

胃酸

胃酸是消化液中的主要成分，其生理作用包括：

1. 激活胃蛋白酶原，为胃蛋白酶提供适宜的酸性环境。

2. 保护胃黏膜。

3. 胃酸能杀菌，可将大量的微生物杀死，绝大多数的微生物在胃里难以生存。

4. 帮助消化和分解食物。

神经支配

胃肠道主要受中枢神经系统、肠神经系统双重支配。肠神经系统虽然受中枢神经系统调控，但它有独立的反射弧，是一个相对独立的系统，同时，消化道壁内的神经细胞数量仅次于大脑，被称为肠之脑。

血流供应

胃的血液供应，主要来源于腹腔动脉的三大分支：胃左动脉、肝总动脉、脾动脉。

胃超声学造影检查

1. 在实时超声下可观察胃内病灶的大小、形态、位置。

2. 在造影剂充盈下，能清晰显示胃的完整形态、胃壁的厚度、层次结构等。

3. 胃镜检查：直观、明确，诊断率很高，可直接摘取病理学标本。

胃的疾病

常见胃的疾病为胃炎、十二指肠溃疡，最严重的是胃癌。

中医对胃的认识

1. 胃主受纳，胃为六腑之一，因为胃腔在整个消化道当中容量较大，有"水谷之海""五谷之腑"之称，受纳饮食便是胃的主要功能。

2. 主腐熟水谷：食物经过初步消化，在胃的腐熟作用下，使其变成食糜，有利小肠的消化吸收。

3. 主通降：这是中医对胃的生理功能概括。胃以降为顺，以降为和。对于胃病，大部分都分为胃气不和、胃气上逆两种症候。

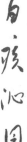

养胃

指胃病三分靠治，七分靠养。要调理饮食，三餐规律，饥饱有度，少吃辛辣、油腻、刺激性的食物。治疗上、用药上根据胃的具体症状而定。

词文注释

1.曲屈回弯：胃的外形为曲屈状，有大弯、小弯。如《灵枢·平人绝谷》说："屈，受水谷，其胃形有大弯小弯。"《灵枢·肠胃》又说："胃纡曲屈。"

2.接口连肠：胃位于膈下，腹腔上部，上接食道、口腔，下通小肠。

3.水谷之家：胃主受纳水谷，故称胃为"水谷之海""五谷之腑"。

4.连横合纵，脾胰肝胆：连横合纵，即合纵连横，是战国时期纵横家公孙衍和苏秦游说六国最终完成联合抗秦。脾胰肝胆，同为一个消化系统，互相配合，共同完成人体消化功能。

5.太仓：胃的别称。《灵枢·胀论》："胃者，太仓也。"

6.便黑：黑色大便，可由疾病、药物和食物引起。这里指疾病引起的便黑。大部分黑色大便是由消化道出血引起的，可分为上消化道出血和下消化道出血。上消化道出血包括食管、胃、十二指肠、胆管、胰管的出血等常见疾病。

7.隐痛虫爬：患有胃病常有反酸、灼烧感，是感染了幽门螺杆菌，觉得胃内隐隐作痛，有虫子在爬的感觉。

8.造影超声：指用超声波、造影等方法检查胃部。

9.胶囊镜检：一种新型的医疗检查技术，采用吞服内装有微型仪器的胶囊来检查胃肠道、各类结肠以及管道疾病。胶囊镜更加方便直观，患者不会感受到任何痛苦。

10. 油水地：胃肠道既是人体内的贮藏地、加工厂，又是各种食物油水之地。

11. 贪蠹：贪赃害民，贪赃害民的官吏。

12. 变节魔邪：变节，投降敌人，丧失气节。魔邪，指溃疡、恶化、癌肿。

13. 沁园春·肠

　　大腹盈盈，居舍迷藏，恰似框形。体盘延数丈，三弯九曲；小肠化物，澄秽扬清。乙结熏蒸，后庭渣贮，浊气冲关噼啪声。弹丸地，有魄门锁控，闸泄身轻。

　　传通默契和生，司漕运四时棹未停。惯寒凉辣味，溃疡寸断；下焦堵塞，糟粕横撑。久坐肛膨，懒行瘫闭，憋闷无常起疥疔。防内变，每出恭洁净，莫待狰狞。

器官简介

　　肠，是人体重要的消化道器官，也是免疫系统和排毒系统。肠指的是胃幽门至肛门的消化管，是消化管中最长的一段，也是功能最重要的一段。

　　哺乳动物的肠包括小肠、大肠和直肠三段。大量的消化作用和几乎全部消化产物的吸收都是在小肠内进行的，大肠主要浓缩食物残渣，形成粪便，再通直肠经肛门排出体外。

生理功能

　　常言道："病从口入"，大部分病菌都是从嘴里吃进去的，细菌进入人体各处的主要途径就是肠。病菌进入肠后会受到肠内益生菌群的抵抗，不能在短时间内侵入人体其他循环，很快就随着大小便排出体外，而不能致人体生病。其他免疫、解毒系统如肝、血清、淋巴系统都需要肠道提供营养来生存。所以，肠道也是人体最大的免疫器官。

大便

1.形状有块状、硬邦邦状、香蕉状、半链状、水状等。

2.颜色，正常为黄色，异常为黑色，可能是胃或肠出血。焦油状，可能是胃溃疡，十二指肠或胃癌疾病。

3.黏血便或混油脓，可能是肠套叠、肠梗塞或大肠癌。

4.腹泻：或患有急性肠炎、痢疾等疾病。

气味

"大便是臭的"，这是人们自古以来的概念。这是因为蛋白质被肠道菌群分解，肠道运动减缓所产生的臭味物质。

肠与屁的关系

屁的原料是与我们唾液与食物咽下去的空气，进入肠道部，成为屁的主要来源。有恶臭的屁是由于肠道腐败造成的。如果忍住屁不放，气体就会存积在肠管内，与肠黏膜血液中的气体互换，被身体吸收了，可以想象，这些物质被吸收，就会对身体造成多么可怕的影响，所以不要忍屁，要及时放屁。

引发症状

1.便秘：有医家把便秘称作"百病之源"。宿便可制造多种病毒，引发很多疾病。

2.口臭：除口腔疾病外，口臭实际上是宿便在肠内异常发酵产生的，由大肠进入血液的气体，被运输到肺部，通过呼吸一起从口中排出，就导致口臭。

词文注释

1. **恰似框形**：肠在腹腔内呈框状排列，形似方框，围绕在空肠、回肠周围。

2. **盘延数丈**：人的小肠长6—7米，大肠约1.5米。

3. **三弯九曲**：肠道在腹腔内是盘曲起来的，每隔3.5厘米就有一个褶皱，如此算来至少有20个弯曲。

4. **小肠化物**：小肠具有消化食物、吸收营养物质、分泌多种消化道激素的功能，最后把不能消化的食物残渣推入大肠。

5. **乙结熏蒸**：结肠，包括乙状结肠的作用：①吸收食物残渣的水分。②分解腐败食物残渣。③分泌黏液，保护肠黏膜。④将粪便推入直肠。

6. **后庭渣贮**：这里指直肠，贮藏粪便。

7. **魄门**：肛门的别称，也包括肛管与肛门及其周围的括约肌组织。魄，通粕，粕为糟粕之义。肛门为排泄粪便糟粕之门，故称魄门。

8. **司漕运**：漕运是中国古代利用水道、河道、海上向北方、京城调用粮食的一种专业运输。这里指的是整个肠道运送食物、吸收的功能。

9. **下焦堵塞**：下焦，人体部位名，系三焦之一。三焦的下部，指下腹腔自胃口至二阴部分。能分别清浊，渗入膀胱，排泄废料。堵塞，指食物消化不良，堵塞肠道。

10. **糟粕横撑**：这里指食物残渣、宿便堵塞肠道。

11. **癃闭**：中医病名，又称小便不通、尿闭。

12. **憋闷无常起疖疔**：大小便不规律，经常憋闷，引起大小便不畅、便秘和痔疮的发生。

13. **防内变**：指肠道内的各种疾病，如炎症、息肉和恶性肿瘤的发生。

14. **出恭**：大小便的雅称。

14. 沁园春·脾

仓廪之官，隐居中焦，扁状椭圆。乃津关重器，主司免疫；细胞更换，滤血澄鲜。调节脂肪，平衡代谢，储造淋巴保治安。质柔脆，怕突遭击撞，折将身残。

后天运化泉源，五行土相生怕冷寒。似物流驿站，积陈痞满；精华滞塞，酸腐成涎。苍白唇缘，便溏腹胀，口腻肤黄倦不眠。去痰湿，处扬清降浊，固本培元。

器官简介

脾，是人体最大的淋巴器官，由被膜、小梁及淋巴组织构成。位于腹腔左上方、左季肋区胃底与膈之间，与第9—11肋相对，呈扁椭圆形，暗红色，质柔而脆。成年人的脾长10—12cm，宽6—8cm，厚3—4cm，重110—200g。

生理功能

脾是人体最大的淋巴器官，具有储血、造血、清除衰老红细胞和进行免疫应答的功能。脾是成熟淋巴细胞定居的场所。作为外调免疫器官，脾与淋巴结主要区别在于：脾是对血源性抗体原生免疫应答的主要场所，而淋巴结主要对由引流淋巴液而来的抗原产生应答。合成生物活性物质：脾可合成并分泌某些重要活性物质，如补体成分和细胞因子等。

过滤作用：体内约90％的循环血液流经脾，脾可以使血液得到净化。

中医脾脏

脾为五脏之一，位居中焦、膈之下，与胃相表里。其"形如犬舌，状若鸡冠""色如马肝赤紫，形如刀镰"。脾五行居土，为阴脏，且为阴中之至阴。脾与胃从膜相连，二者相成化生水谷精微，以维持生命过程。生成人体所需要的营养物质。故脾（胃）有"气血生化之源""后天之本"之称。

临床疾病

脾脏较为脆弱，易遭撞击而致脾破裂。常见脾脏疾病有脾肿大、血管瘤、淋巴瘤，还有肝硬化或血液病，都和脾脏有关联，导致贫血等疾病的发生。

词文注释

1. 仓廪之官：中医称脾脏为仓廪之官，比喻为一个仓库的主管，将人体所需的物质分发到身体各处。

2. 隐居中焦：中医把人体分为三焦，即上焦、中焦、下焦。中焦，指上腹部分，包括脾与胃。脾深居左季肋区内，正常脾于肋弓下，不能触及。

3. 扁状椭圆：脾的形状为扁椭圆形，暗红色，质软而脆。

4. 津关重器：脾的最大功能是主运化，可以运化水液，运化水谷，把吃进去的粮食、水谷精微营养的物质以及水液输送给其他脏器，起到一个传输官的作用。

5. 主司免疫：脾脏具有免疫功能，它含有淋巴细胞，能够通过吞噬作用，清除血液中的病原微生物，发挥非特异性免疫功能。

6. 细胞更换：脾对衰老细胞有吞噬作用，可延缓机体衰老。

7. 滤血澄鲜：脾脏中的巨噬细胞和淋巴细胞能过滤掉血液中的异物、细菌、抗原以及衰老死亡的细胞，尤其是白细胞、红细胞和血小板。

8. 调节脂肪：脾脏能够分解和转化葡萄糖、脂肪和蛋白质。

9. 储造淋巴保治安：脾可以储存40毫升血液，具有产生淋巴细胞的功能，具有产生对免疫反应有调节作用的免疫球蛋白、补体等免疫物质，具有维持机体平衡代谢的重要作用。

10. 后天运化泉源：脾为后天之本，需靠后天饮食，从饮食水谷中摄取精华，濡养脏腑组织的功能。

11. 五行土：脾在中医理论中属于五脏，于中医五行中对应的是土。

12. 酸腐成涎：指脾虚无法实行统摄之能，脾精就会源源不断上溢于口，导致涎液偏多。

13. 痰湿：中医所说的痰湿属于一种病理产物，是机体内津液排泻障碍，表现为脘腹痞满、憋胀、恶心呕吐、食少纳呆、大便稀溏、小便清长或赤黄等症状。

14. 固本培元：脾为后天之本，肾为先天之本，调理脾肾，要在饮食上、药物治疗上、锻炼身体上从根本促进气血运行，增强体质，达到固本培元的作用。

15. 沁园春·胰

　　甜管芳名，在胃后方，籍古难寻。质纤柔半尺，暗红带状；位居亚相，腺泌甘霖。代谢脂糖，平衡激素，胰岛匀调避界临。身娇小，拥非凡能量，九体神针。

　　此君贵比黄金，倍呵护谨防受疾侵。若膏粱暴食，必遭胪肿；贪杯竟夜，曲卧哀吟。嗜辣耽饴，喜精厌糙，消渴如魔把尔擒。易恶变，症急危休克，魂魄西沉。

器官简介

　　胰腺，是人体第二大腺体，位于中上腹部和左季肋区。胰腺外形是狭长而扁平的弯曲腺体，色灰红，质柔软。可分为胰头、胰颈、胰体、胰尾四部分。胰腺长 17—20cm，宽 3—5cm，厚 1.5—2.5cm，重约 80—117g。

生理功能

　　胰腺具有外分泌和内分泌两种功能。胰腺的外分泌腺液中含有多种消化酶，可以将淀粉、脂肪、蛋白等营养物质进行有效分解，帮助人体消化和吸收。其内分泌的胰岛素、胰高血糖素等可以维持人体血糖稳定。

疾病

胰腺通常会出现两类疾病，分别为炎症性疾病和非炎症性疾病。炎症性疾病以急性胰腺炎最为常见；非炎症性疾病有胰腺损伤、胰腺癌、糖尿病。

1. 急性胰腺炎：可由多种病因导致，如大量的饮酒、暴饮暴食是最常见的诱因。其症状为持续上腹疼痛，严重者可伴有多器官功能障碍及衰竭。重症者，预后较差，死亡率较高。

2. 慢性胰腺炎：由梗阻、饮酒、暴饮暴食及急性胰腺炎转变而来。腹痛、体重下降、糖尿病、脂肪泻被称为慢性胰腺炎的四联征，较难治愈。

3. 糖尿病：是由于胰岛素分泌不足或作用缺陷所引起慢性高血糖为特征的代谢性疾病。典型症状为"三多一少"，即多尿、多饮、多食和体重减轻。可引起多种慢性并发症，如眼、肾、心、脑等组织血管的病变。如发生急性代谢紊乱，可出现生命危险。

4. 胰腺损伤：多因上腹部外力冲击、挤压，造成胰腺的颈体受损，死亡率可高达 20% 左右。

5. 胰腺癌：一般认为与吸烟、饮酒、高脂、高蛋白的饮食及患有慢性胰腺炎、糖尿病等因素有关。预后较差，生存时间短。

疾病预防

胰腺"隐居"在腹膜后，体积小，知名度远不如其他邻近的胃、十二指肠、肝、胆，其患病常不易被发现。预防需注意以下几方面：

1. 注意饮食健康，不要饮酒、暴食暴饮及过量进食油腻食物。

2. 保持生活规律，及时治疗胆道系统疾病，避免不良饮食习惯。

3. 保持大便通畅，避免便秘。

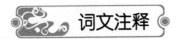

1. 甜管：胰腺的别名。

2. 籍古难寻：中医古籍没有胰的单独名称，统归于脾，20世纪30年代，才单独列胰。

3. 质纤柔半尺：胰腺质柔软，长14—17厘米，约半尺长。

4. 位居亚相：胰是人体的第二大腺体。

5. 避界临：胰岛素是体内调节血糖的激素，分泌量多少受葡萄糖浓度的高低而调控。正常血糖值为3.9—6.1mmol/L。

6. 九体神针：九体，指人体九宫格分布区分法：右上腹部、右侧腹部、右下腹部、上腹部、中腹部、下腹部、左上腹部、左侧腹部、左下腹。神针，指胰腺分泌的多种激素，能影响、平衡人体的多数器官和功能，就像定海神针一样。

7. 此君贵比黄金：胰腺虽小，它关系到人的生命健康，至关重要。胰腺约有100万个胰岛，胰岛除分泌胰岛素外，还分泌胰高血糖素、生长抑素、胰多肽、胃泌素、生物碱等，起到调节人体内分泌的作用。因此，胰腺一旦受损，就会出现如高血糖、低血糖等胰岛分泌失调症状，进而影响心、脑、肾、眼等重要脏器的并发症。

8. 消渴：消渴症，中医病名，指以多饮、多食、多尿及消瘦、疲乏、尿甜为主要特征的综合症状。

9. 易恶变：急慢胰腺炎若不及时控制，则容易发生恶化，增加癌变风险。

10. 症急危：胰腺炎若合并急性水肿，出现严重的出血性坏死，死亡率极高，在40%—50%，且病情变化非常快，容易引发感染性休克而致猝死。

11. 魂魄：古人想象中的一种能脱离人体而独立存在的精神。附体则人生，离体则人死。

16. 沁园春·肝

季肋中藏，幄卧楔形，褐色隐身。主储调血库，合成代谢；抗凝解毒，胆汁泉分。情志宣疏，窍开于目，升发荣枯在爪筋。宜尊养，喜孤清不亢，刚烈将军。

厥阴镇静安神，悉呵护千般须认真。傲戒烟限酒，防脂硬化；恣行熬夜，变节危君。怒躁深呼，郁伤排闷，拒食霉黄少烤熏。长相照，莫误贻寸断，此物弥珍。

器官简介

肝脏，是人体内最大的消化器官，主要位于右季肋部，部分位于上腹部及左季肋区。肝的外形呈楔形，分为上下两面，即膈面和脏面，以及前、后、左、右四缘。

结构

成人肝脏平均重达 1.5 公斤左右，呈红褐色，质地柔软，肝小叶是构成肝脏的基本单位，成人有 50 万到 100 万个肝小叶。

功能

1. 代谢功能：肝脏是体内最重要的代谢器官之一，能合成和分解蛋白质、脂肪和碳水化合物，以提供能量和营养物质。

2.分解毒素：肝脏能够分解和排泄体内产生的毒素和废物，通过胆汁排出体外。

3.合成胆汁：肝脏能合成胆汁，帮助消化和吸收脂肪。肝脏还能储存维生素、矿物质和糖原，以供身体需要时使用。

4.肝脏还参与血液凝固、免疫调节、胆固醇和激素代谢等重要生理过程。

疾病

肝脏的疾病主要包括以下几类：

1.各种病原体感染，包括病毒、细菌、寄生虫等感染。还有因细菌感染引起的肝脓肿、肝结核，寄生虫感染引起的肝吸虫病、阿米巴肝脓肿等。

2.肝占位性疾病，如各种肿瘤、肝囊肿、肝脓肿、肝内胆管结石等。

3.代谢障碍引起的肝脏疾病，如脂肪肝。

4.酒精性肝病，如脂肪肝、肝硬化。

5.药物及其他原因引起的中毒性肝病。

6.自身免疫性疾病，如红斑狼疮引起的肝炎。

7.遗传性疾病，如体质性肝功能不良性黄疸、多发性肝囊肿、肝海绵状血管瘤等。

8.肝硬化：如肝炎后肝硬化、血吸虫病后肝硬化、酒精性肝硬化、淤血性肝硬化、原发性胆汁肝硬化等。

中医对肝的认识

中医认为肝主疏泄、主藏血，肝的生理特性是主升发，喜条达而恶抑郁，故有"刚脏"之称。肝在体合筋，其华在爪，开窍于目，在志为怒，在液为泪。肝胆互为表里。肝在五行属木，为阴中之阳，与自然界春气相通应。

肝脏的养护

养护肝脏应该注意休息，避免过劳，注意饮食，戒除烟酒，控制体重，定期体检。

词文注释

1.季肋：胸部两侧的第十一、第十二肋的软骨，亦称"软肋""橛肋"。

2.楔形：肝呈不规则的楔形，分脏膈两面，前、后、左、右四缘。

3.褐色：肝在活体内呈红褐色，质地脆软。

4.储调血库：肝主藏血，有"血海之称"。肝调血量，如运动或情绪激动时，外周血流量增加，安静休息时，外周血液则减少，"人卧则血归于肝"。

5.抗凝解毒，胆汁泉分：抗凝解毒，肝具有收摄功能，"其职主藏血而摄血"。解毒，肝脏具有重要的解毒功能，外来或体内代谢产生的有毒物质，均需在肝脏解毒后，随胆汁、尿液排出体外；肝脏能持续分泌胆汁并储存在胆囊内。

6.窍开于目：肝开窍于目，肝的经脉联系到目，眼干、眼涩、眼疲劳等问题都与肝脏有密切关系。

7.升发荣枯在爪筋：肝主升发，其华在爪，其充在筋，以生血气。人体指甲的变化，可以反映肝脏的一个病理状态。人体在肝血的濡养下，筋骨关节能够自由运动，屈伸自如，强健有力。反之，肝血不足，筋脉失养，就会出现抽搐、角弓反张、颈项强直、肢体麻木等症状。

8.刚烈将军：肝喜条达而恶抑郁，具有刚烈之性，其气急而动，易亢易逆，被喻为"将军之官"。

9.厥阴：这里指足厥阴肝经，有疏肝理气、活血通经等功效，可

治中风、眼睛发黄、口干舌苦、偏头痛等。

10.变节危君：指叛变、投降敌人，丧失气节。这里指肝脏发生恶变，危及人的生命。

11.霉黄少烤熏：指霉变产生的黄曲霉素，为一级致癌物质。少食熏烤食物，内含致癌物质。

12.长相照：比喻一种极为珍贵的情谊。这里指"肝胆相照"，既包括了一个人情感的忠诚，也包含了对于一个人的健康保护。

13.寸断：肝肠寸断，形容极度悲痛，这里指对于肝病切莫贻误治疗，以免后悔无穷。

17. 沁园春·胆

　　肋廓肝悬，两叶峰间，隐匿胆球。曰奇恒之腑，贮藏精汁；畅调气脉，化物消忧。中正之官，安神摄魄，悲喜宣疏作断谋。乃枢纽，掌少阳开合，主症胸头。

　　中清管细深幽，若阻塞邪侵不胜愁。久积沙成石，偶时绞痛；炎嚣更夜，祸起脂油。目赤肤黄，咽干耳眩，湿热风寒细探求。性孤洁，贯忠诚果敢，疾恶如仇。

器官简介

　　胆，为六腑之一，又为奇恒之脏。胆位于右肋下，附于肝之短叶间，其形如囊，故又称胆囊。胆囊分底、体、颈、管四部，颈部连接胆囊管。胆囊壁由黏膜、肌层和外膜三层组成。胆的经脉为足少阳胆经，与足厥阴肝经相互络属，构成表里关系。

器官功能

1.贮藏和排泄胆汁：胆汁来源于肝，由肝之精气所化生。胆汁又称为精汁，其味苦色黄，胆汁为清纯、清净的精微物质，故又称胆为"中清之腑"。胆汁生成后贮藏于胆囊，经浓缩后，再由胆排泄于小肠，以促进饮食水谷的消化和吸收，是脾胃运化功能正常进行的重要条件。胆汁的生成和排泄受肝的疏泄功能的控制和调节，是肝的疏泄功能的具体体现之一。若肝的疏泄功能失常，胆汁分泌受阻，则会影响脾胃的受纳腐熟和运化功能。从而出现厌食、腹胀、腹痛、肤黄、口苦等，若湿热浊邪滞留胆系，久经煎熬，则可形成沙石，阻闭气机。

2. 主决断：指胆在精神意识思维活动中，具有判断事物、作出决定的作用。肝胆互为表里，肝为将军之官，主谋虑；胆为中正之官，主决断。

病症与诊治

胆病以内伤为主，亦有寒热虚实之辨，如邪热侵犯胆经，可出现太阳穴痛、目眦痛、口苦咽干、目眩耳聋等症；如阳气不足，则可出现头晕呕恶、视物模糊、胆怯易惊、决断无权、多梦惊恐、心神不安等；如情志郁结，胆气郁阻，可出现肋痛、呕吐恶心、胸闷目眩等症。

诊治胆病，宜依据临床症状，审证求因，从清胆、利胆、温胆、疏胆为治疗大法，分别施以疏胆和胃、疏肝利胆之法。

词文注释

1. 肋廓肝悬，两叶峰间：胆囊是一个梨形囊状器官，隐匿于右上腹肝脏的脏面、胆囊窝内。正常情况下，是触摸不到的。

2. 奇恒之腑：胆虽为六腑之一，但是由于它贮藏胆汁，而不接受水谷糟粕，因而与其他五腑不同，故又被归入"奇恒之腑"。所谓奇恒之腑是脑、髓、骨、脉、胆、女子胞的的总称。它们似腑非腑，似脏非脏，故称。

3. 贮藏精汁：胆囊具有浓缩和贮存胆汁的作用，容量为40—60毫升。

4. 中正之官：比喻胆的主决断作用，且不偏不倚，公正、果敢。

5. 作断谋：胆有判断事物并使其作出决定的功能。胆主决断，好比一个国家的司法部门，决断各种纠纷。胆的决断能力取决于胆气的强弱虚实。

6. 乃枢纽：《黄帝内经》中指"胆决十一脏"，胆通过胆道与肠胃相通，胆内所藏的精汁，实际上就是水谷精微的汇聚，因而胆在脏腑中地位超越了五脏，而有"决十一脏"的作用，乃枢纽之腑。

7. 掌少阳开合：指足少阳胆经可以对其经络循行部位起到一定的治疗作用，同时对与其相联系的即胆腑有一定的调节作用。

8. 主症胸头：胆囊疾病的症状主要表现为上腹部、右上腹部痉挛、疼痛，甚至会出现恶心、呕吐。在头部主要为头痛、头晕、口干、耳鸣等症状。

9. 中清：胆内贮藏的胆汁是一种清净、味苦而呈黄绿色的精汁，故称胆为"中清之腑"。

10. 久积沙成石：指胆结石。胆结石的形成与环境、遗传和个人生活方式有关，胆汁分泌紊乱，胆汁成分改变，致结晶析出，形成结石。如高油、高脂、高糖、熬夜等均可影响胆固醇含量而导致胆结石的发生。

11. 炎嚣更夜：胆疼痛常发生在深夜，是因为晚餐后交感神经兴奋降低，消化系统运动增加，胆囊收缩增强，结石容易嵌顿于胆囊管，引发疼痛。

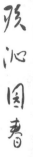

18. 沁园春·胃溃疡

浊世凡身，气血和神，五谷养骸。叹嘴馋百味，香醪辛辣；高脂油炸，滚烫吞怀。饮料浓茶，咖啡坚果，薯豆盐腌喜腊材。日长久，致黏膜糜烂，胃脘遭灾。

恣情美食盈腮，总错把太仓垃圾埋。享冰凉爽快，痉挛逆嗳；反酸呕吐，腹胀如胎。梗阻幽门，溃疡穿孔，出血危危手术台。治与养，这化生之海，三七为开。

疾病简介

胃溃疡，是一种常见的消化疾病，是指发生在胃角、胃窦、贲门等部位的溃疡。40—60岁的人群最为常见，且男性多于女性。患病率约10%。

病因

诱发胃溃疡的病因，一是幽门螺杆菌感染。二是服用非甾体类抗炎药如阿司匹林、布洛芬、扑热息痛、水扬酸、吲哚美辛等止痛、退热、抗炎药等。三是胃酸和胃蛋白酶引起的黏膜自身消化是导致溃疡形成的损伤因素，"无酸""无溃疡"的观点普遍认同。四是长期吸烟、饮酒、饮用浓茶、喜食辛辣等。

症状

胃溃疡的症状主要有胃部疼痛、食欲不振、餐后腹胀、体重减轻等，也有患者没有任何症状，即无症状性溃疡，是以胃出血、胃穿孔等并发症为首发症状者。

病情发展：胃溃疡进展为胃癌的概率约为1%，大多数患者不需要担心癌变的风险。

检查

1. 内镜检查，即胃镜检查，是确诊胃溃疡的主要检查方法，医生可直观地看到溃疡情况，明确溃疡的部位和大小。

2. X 线钡餐检查：对老年人无法耐受胃镜检查的人群有很好的诊断意义。

3. 幽门螺杆菌检测。

4. 组织病理学检测，即通过胃镜在胃壁溃疡面取少许组织进行病理检测，明确病变部位是否发生癌变等。

治疗

缓解并消除症状、防止溃疡复发、避免出现并发症，是治疗胃溃疡的三大目的。

1. 一般治疗措施：保持良好的心情和生活习惯，戒烟戒酒、不吃刺激辛辣食物、避免饮用咖啡、浓茶等，都能促进胃溃疡的好转。

2. 药物治疗：药物治疗仍然是首选的治疗方案。主要是抑酸治疗、抗幽门螺杆菌治疗和保护胃黏膜的治疗。

3. 手术治疗，即切除溃疡部位，以防止复发或癌变。

4. 中医治疗：可缓解、调理胃溃疡的症状。

预后

胃溃疡是一种可以治愈的疾病，但需要防止复发，也有部分溃疡患者因大出血和急性穿孔等并发症而死亡的。

1. 五谷养骸：五谷，指黍、稷、菽、麦、稻。五谷含的营养成分主要是碳水化合物，其次为植物蛋白，脂肪含量不高。五谷养生的意思是，要把五谷作为主要食物，把五果作为辅助之物，把五畜作为滋养之物，把五菜作为补充之物，起到补益精气的作用。

2. 滚烫吞怀：滚烫的食物在口里吞下去。如果长期吃过烫的食物，会损伤口腔、食道、胃等消化系统的黏膜，容易造成癌变。

3. 咖啡坚果：过量喝咖啡会刺激胃酸的分泌，损伤胃黏膜组织，致食欲减退，加重胃炎等消化疾病的症状。坚果含有大量油脂、脂肪，且质地坚硬，食用过多会损伤胃壁、黏膜，加重胃肠消化的负担。

4. 薯豆盐腌喜腊材：①薯豆，即红薯、大豆，是产气食物，容易引起腹胀、肠胃不适，刺激胃酸分泌。②盐腌，指腌制食物，会刺激胃部，引起胃的不适症状，还可能导致肠胃感染。③腊味，指熏腊食品，如食用过多腊制品会加重胃肠负担，刺激胃黏膜，甚至破损，导致胃溃疡发生。

5. 胃脘：中医名，一是泛指胃腔，包括整个胃体。二是经穴别名，即上脘穴。

6. 太仓：胃的别称。《灵枢·胀论》："胃者，太仓也。"

7. 梗阻幽门：幽门是连接胃和十二指肠的消化系统。由于各种原因导致幽门炎症、溃疡，且反复发作，致幽门水肿、幽门狭窄，胃内容物不能正常通过的现象。

8. 溃疡穿孔：胃十二指肠溃疡向深部发展，可穿破胃壁或十二指肠壁，导致胃内容物由十二指肠流入腹膜腔，引起急性腹膜炎，起病急、变化快、病情重，需紧急处理。

9. 化生之海：指胃有"水谷之海""化生之源"之称。机体精、气、血、津液的化生，都依赖于饮食中的营养物质。

10.治与养……三七为开：指胃病是三分治疗七分调养，在采用各种治疗措施的同时，更重要的是平时的养护，要避免焦虑、抑郁、心平气和、细嚼慢咽，避免辛辣、刺激性大的食物。以上这些养护要比药物更为重要，要长期坚持。所以，胃病要三分治、七分养。

四、神经内科

19. 沁园春·神经

万类从生，慧智天灵，顶盖如盔。似核桃波皱，中枢司令；对分脑脊，出入雷驰。自主精魂，随心肌骨，掌控情怀防苦思。甚明察，有神兵百亿，毫发皆知。

脉冲节律常时，若紊乱纤维变性兮。叹中风禹步，线圈短路；阿兹海默，往事呆痴。辗榻愁眠，癫痫痦症，震颤轮扶孤影陪。最无奈，是化身植物，梦醒难回。

器官简介

神经系统，是机体内起主导作用的系统。分中枢神经系统和周围神经系统两大部分。

基本结构

神经组织是由神经细胞（神经元）和神经胶质细胞所组成。

1. 神经元：具有感受刺激和传导兴奋的功能。人体神经元多达140亿到160亿个。

2. 神经纤维：是神经元较长的突起及套在外面的鞘状结构。

3. 突触：神经冲动由一个神经元通过触突传递到另一个神经元。

4. 神经胶质：神经胶质对神经元起着支持、绝缘、营养和保护作用，并参与构成血脑屏障。

功能

中枢神经系统：

1. 脑：是意识、精神、语言、学习、记忆和智能等高级神经活动的基础。

2. 脊髓：具有传导信息功能，既向肢体各部位发出运动信息，同时肢体各部位向大脑传入感觉信息等，也都需要脊髓的传导。

周围神经：

1. 脑神经：大脑发出 12 对脑神经，主要支配头面部组织器官的运动和感觉功能。

2. 脊髓神经：脊髓共发出 31 对脊神经，包括 8 对颈神经、12 对胸神经、5 对腰神经、5 对骶神经、1 对尾神经。主要支配躯体以及内脏的运动与感觉功能。

3. 植物神经：分交感神经和副交感神经。交感神经主管兴奋内脏、心血管和腺体的各种活动。副交感神经主要抑制内脏、心血管和腺体的各种活动。

神经系统的疾病

包括脑血管疾病、周期性麻痹、进行性肌营养不良、强直性肌营养不良、共济失调等。

神经系统疾病的危害

1. 运动功能障碍，如肌肉无力、肌肉萎缩、肌肉痉挛等，导致肢体活动受限、步态异常，影响日常活动。

2. 感觉障碍：包括触觉、痛觉、温度感知，导致麻木、刺痛、过敏或感觉丧失等。

3. 平衡和协调问题：影响姿势控制、行走稳定、手眼协调，增加摔倒和受伤风险。

4. 认知和记忆障碍。

5. 精神和情绪问题。

6. 自主神经功能异常：包括心率、血压、消化和排泻等。

神经系统疾病的治疗原则

应以临床症状、病因、病理、生理等，咨询专业医生，选择专业科室医院治疗。

词文注释

1. 从生：指人直立而行，余动物为横生。

2. 慧智天灵：指人为天地之心，极贵。人与生俱来已具备灵性，具备高等意识的明显特征。

3. 顶盖如盔：顶盖，头盖骨的上部，即头顶；盔，保护头部的帽子，如头盔。

4. 似核桃波皱：指人类的大脑长得像核桃一样，充满各种皱褶。医学上大脑表面的皱褶叫脑回，深的沟槽叫脑沟。中医说核桃补脑，"以形补形"，即是这个意思。

5. 神兵百亿：人体大脑的神经元约有140亿到160亿个细胞。大脑神经元不可再生，通常在人成年后就会随着年龄的增加而逐步减少。大脑的神经元也就是人体的司令部，对人体的所有功能进行整合、调配，同时对外界进行感知。

6. 脉冲：神经脉冲的本质就是生物电的变化，是神经细胞突触电化学传导，当我们在受到外界刺激时，由神经元传到脊髓之后去到大脑，经大脑分析后，会发送一些神经脉冲到我们的肌肉让我们能作出反应。

7. 纤维变性：指神经系统变性疾病，包括运动神经元病、阿尔茨海默病、痴呆、帕金森症等。症状以肌无力、记忆力减退等为主。

8. 中风禹步：跛行。相传夏禹治水，涉山川，积劳成疾，身病偏枯，行走艰难，古称跛行为"禹步"。

9.线圈短路：线圈，通常指呈环形的导线绕阻，如马达、电感、变压器和环形天线等。短路，即电流增大，油温升高，高压熔丝熔断等，这里指神经传输信息受损受阻，而出现各种疾病。

10.化身植物：植物，即植物人，一种俗称。指人体处于持续性植物状态，患者大脑半球及功能受损而脑干功能相对保留，无法与外界交流，出现大小便失禁等症状。

20. 沁园春·癫痫

百疾烦心，梦魇恐惶，羊角癫疯。诧瞬间神散，嘶声扑地；抽筋吐沫，紧闭双瞳。气若游丝，阴阳恍隔，任尔长呼窍不通。片时后，又魂归突醒，遗忘无踪。

莫名放电迷蒙，举火眼查因学悟空。有遗传上代，宫腔缺氧；肿瘤占位，梗阻输供。高热颅伤，近亲婚娶，脑电图形辨祸凶。遵医嘱，用灵丹妙术，定解忧忡。

疾病简介

癫痫，俗称羊癫疯，是大脑神经元突发异常放电，导致短暂大脑功能障碍的一种慢性疾病。其发病率为7‰，我国约有1000万的癫痫患者，是神经内科仅次于头痛的第二常见病。

由于异常放电的起始部位和传递方式不同，癫痫发作的临床表现复杂多样，可表现为发作性运动、感觉、自主神经、意识及精神障碍等症状。

疾病分类

癫痫发作分为部分性发作、局灶性发作、全面性发作、不能分类的发作。

发病原因

癫痫病因复杂多样，主要有遗传因素、脑部疾病、全身或系统性疾病。

多发群体

癫痫可见于各个年龄阶段。儿童发病率高于成年人。进入老年期，由于脑血管病、阿尔茨海默病和神经系统退行性病变增多，癫痫发病率又见上升。

危害

癫痫发作常表现为：全面强直阵挛性抽搐、失神发作、肌阵挛发作、失张力发作，其持续时间数秒到数分钟不等。或倒地致骨折、呕吐，甚至危及生命。且易产生精神上的压抑和认知障碍，身心健康受到很大的影响。

治疗

主要包括药物治疗、手术治疗、神经调控治疗等。癫痫患者经过正规的抗癫痫药物治疗，约 70% 是可以得到控制的，甚至可以痊愈，患者可以和正常人一样地工作和生活。

预防

禁止近亲结婚。孕期远离辐射，避免感染。小儿避免发生高热惊厥，损伤脑组织。中老年人减少患脑炎、脑血管疾病的发生。

词文注释

1. 梦魇：俗称鬼压床。指在睡眠时，因梦中受到惊吓而喊叫，或觉得有什么东西压在身上，不能动弹。常用来比喻经历过可怕的事情。

2. 羊角癫疯：癫痫的俗称，别名羊角风、羊癫疯。因其发作时发出羊的叫声，故名。

3.瞬间神散：指癫痫患者经常会在任何时间、地点、环境下且不能自我控制、意识丧失，而突然发作，容易出现摔伤、烫伤、溺水、交通事故等。

4.抽筋吐沫：指部分癫痫病人发作时先发出尖锐的叫声，后意识丧失跌倒，全身肌肉强直，数秒后抽搐，口吐白沫。同时伴有瞳孔散大、双眼上翻等症状。

5.魂归突醒：癫痫发作一般在5分钟之内都可自行缓解，表现为突然发作，自动中止，突发突止，又恢复正常。

6.遗忘无踪：指癫痫病人对发作过程不能回忆，毫无记忆。

7.莫名放电：人体休息时，大脑细胞放电频率在1—10次/秒。而在癫痫病灶中，神经元的放电频率可高达每秒数百次。病灶高频重复异常放电，从而产生向周围皮层连续传播，直到抑制作用使发作终止。

8.举火眼：这里借指用孙悟空的火眼金睛识别妖魔的方法来探查、鉴别、诊断癫痫病的病因。

9.宫腔缺氧：指患者脑部病损在产前期和围生期疾病（产伤是婴儿期癫痫病的常见病因）、高热惊厥后遗、外伤、感染、中毒、颅内肿瘤、脑血管疾病、营养代谢性疾病等。

10.近亲婚娶：据统计，有一半的癫痫病发生是由于近亲婚姻和遗传因素，因此要优生优育，禁止近亲结婚。

11.灵丹妙术：癫痫病的治疗措施主要有药物治疗、手术治疗、神经调控治疗等方法。

12.定解忧忡：癫痫患者经过正规治疗，70%是可以得到控制的，甚至可以痊愈，患者可以和正常人一样地工作和生活。

21. 沁园春·失眠

苦短人生，念挂千秋，卧榻九愁。每眼皮打架，五神纠结；近窗云月，不向西游。默数羔羊，遥听邻语，抱枕迷糊雀鸟啾。追庄蝶，美三更香梦，酣息如牛。

寝安胜却珍馐，烦与乐释怀往事悠。若久长焦虑，黄花人瘦；催眠蒙药，欲拒还收。记忆消衰，躁狂易怒，解郁舒心何处求。谁知道，但洛阳阿斗，忘蜀无忧。

疾病简介

失眠病症，是入睡困难、睡眠质量下降和睡眠时间减少，记忆力、注意力下降等症状。

分类

失眠按病因可分为原发性和继发性两类。

1.原发性失眠：主要包括心理生理性失眠、特发性失眠和主观性失眠三种类型。

2.继发性失眠：包括由于躯体疾病、精神障碍、药物滥用等引起的失眠，以及与睡眠呼吸紊乱、睡眠运动障碍等相关的失眠。

临床表现

1. 睡眠过程的障碍：入睡困难、睡眠质量下降、睡眠时间减少、多梦、恶梦等。

2. 日间认知功能障碍：记忆功能下降、注意功能下降、计划功能下降，从而导致白天困倦，出现日间嗜睡现象。

3. 大脑边缘系统及周围的植物神经功能紊乱：表现为胸闷、心悸、血压不稳定，情绪低落、易躁、男性阳萎、女性月经失调，性欲减低等。

诊断

根据《中国成人失眠诊断与治疗指南》，有以下表现即为失眠：

1. 失眠表现入睡困难，入睡时间超过 30 分钟。

2. 睡眠质量下降，睡眠维持障碍，整夜觉醒超过 2 次，早醒。

3. 总睡眠时间减少，少于 6 个小时。

危害

1. 机体免疫力下降，对各种疾病的抵抗力减弱。

2. 记忆力减退，常出现头昏、头痛，影响工作、学习和生活。

3. 夺走女性的健康和美丽：出现面色灰黄，皱纹增多等早衰现象。

治疗

主要有放松疗法、足浴疗法、饮食调养、声音疗法、中西医药物治疗等。

词文注释

1. 念挂千秋：古人云：人生不满百，常怀千岁忧。人生在世，无时无刻不面临各种烦恼的侵扰，郁郁寡欢，患得患失，忧思不断，致身体受损，脏腑运化失调。

2.卧榻九愁：卧床辗转反侧，难以入眠；九愁，这里借指三国曹植《九愁赋》表述的种种愁思。

3.五神纠结：五神，即五脏六腑；纠结，指陷入困惑或混乱的状态，例如：人生最纠结的是，该放弃的你在坚持，该坚持的你却放弃了。这里喻指人体脏腑不协调，发生功能紊乱。

4.近窗云月，不向西游：指深夜窗前的云和月光，似凝固一般，不向西沉。

5.默数羔羊：指部分失眠人群可以借助数羊来缓解失眠，数羊方法有助于进入睡眠状态。但也有一部分人越数越睡不着，因为数羊使失眠者的神经变得更加紧张。

6.遥听邻语：指夜深人静，哪怕外界、邻居细小的声音，都能听到，干扰入眠。

7.抱枕迷糊雀鸟啾：失眠者时睡时醒，似睡非睡，迷迷糊糊，挨到天亮，雀鸟鸣梢。

8.追庄蝶：指庄周梦蝶。梦见自己变成一只蝴蝶，飘飘然，十分轻松惬意。

9.黄花人瘦：句出李清照《醉花阴》：莫道不销魂，帘卷西风，人比黄花瘦。这里指长期失眠尤其是女性容易出现面色灰黄、皱纹增多等早衰现象。

10.催眠蒙药：这里喻指安眠药。蒙药，多见于古典小说、武侠小说，如《水浒传》第十六回"杨志押送金银担，吴用智取生辰纲"，梁山好汉晁盖等人为智取生辰纲，将蒙汗药下到酒里，把官兵麻翻在地，然后大摇大摆地推车劫去财物。

11.洛阳阿斗：蜀汉后主刘禅的小名，投降后迁居洛阳，司马昭设宴，奏蜀中乐曲，刘禅怡然自若，不为悲伤，司马昭见到，便问刘禅："安乐公，颇思蜀否？"刘禅答："此间乐，不思蜀也。"

22. 沁园春·遗传

盘古开天，造物万千，奥秘玄深。究藻菌高等，概行繁衍；人猿拱别，石器搜寻。编码调排，遗传进化，达氏生存法则金。唯吾类，历洪荒天择，统领于今。

阴阳交合怀妊，历十月娘胎身降临。叹行为外貌，皆同亲代；情商眉寿，血脉融心。缺陷余留，细胞突变，白化癌瘤血友侵。主命运，把基因改过，孕育灵琛。

遗传简介

遗传，是生物界的普遍现象。俗话说，种瓜得瓜，种豆得豆，龙生龙，凤生凤等，就是指的遗传。

遗传是亲代的基因通过无性繁殖或有性繁殖，传递给后代，从而使后代获得其父母遗传信息的现象。婴儿出生或长大后，人们经常谈论孩子的脸形看起来像父亲还是母亲。事实上孩子的体型骨骼，甚至性格都可能与父母相似。

研究表明，父母的性状是通过 DNA 从一代遗传传递到下一代的。DNA 是地球上生命的主要遗传物质。每一个子细胞都含有亲本的 DNA 序列。现在，更多的基因被发现，许多遗传疾病被诊断出来，一旦确定了这些疾病的基因，就可以用来预测疾病和评估疾病的风险，来进行孕前或孕期常见遗传病筛查和检测。只要遗传疾病携带基因，就会一直遗传下去。癌症、糖尿病和其他疾病都是由基因缺陷引起的。

遗传的类型

1. 显性遗传：如果父母有一方患病，孩子就有可能因为遗传而有一半的机会导致发病；如果父母有一方带有某种显性基因，常见的如双眼皮等，孩子也可能遗传到这种基因。

2. 隐性遗传：如果父母双方携带某种隐性基因，并且没有发病，就有可能会把这种隐性基因遗传给孩子，导致孩子发病，比如红绿色盲、白化病等。

除了遗传之外，决定生物特征的因素还有环境，以及环境与遗传的交互作用。

词文注释

1. 盘古开天：为中国神话故事，相传很久以前，宇宙混沌一片，盘古抢起大斧头朝眼前黑暗猛劈过去，一声巨响，混沌渐分，清升浊降，形成了天和地。

2. 藻菌高等：藻菌，藻菌类，为自养原植体植物，出现在35亿—33亿年前。主要生长在水中。菌，菌类，是低等生物其中的一类，不开花，不含叶绿素，不能进行光合作用，靠寄生生活，种类很多，如细菌、真菌等。高等，指人，因人会创造及拥有思想、语言，会制造及使用工具。所以，人类是高级动物。

3. 人猿拱别：指早期猿人进化成直立行走，是猿到人转变过程中具有决定意义的一步。

4. 石器搜寻：指石器时代，是考古学对早期人类历史的假设划

分，始于距今二三百万年，止于青铜器的出现。

5.编码调排：遗传密码，匿藏了生命及其历史演化的秘密；调排，随着科技的发展，可将遗传密码重新优化、调节、排列。

6.进化：指生物种群里遗传性状在世代之间的变化。这种进化在种群中变得较为普遍或不再稀有时，就表示发生了进化。

7.达氏：达尔文进化论。

8.天择：自然选择，在生物进化过程中适者生存，不适者灭亡的学说。

9.白化：白化病。是基因突变导致黑色素生成异常，是一种无法治愈的遗传病。

10.血友：血友病，是一种遗传性凝血功能异常出血性疾病。患者终生具有轻微创伤后出血倾向，有很高的致残和致死率。

23. 沁园春·面瘫

晓日循常，盥漱疑云，右脸软瘫。似区间断电，关机停转；细胞脉络，顿失通连。口眼歪斜，抬眉乏力，嘴鼻沟平流玉涎。是何怪，敢无端捉弄，昼夜难安。

祛邪探究根源，乃缺养神经核痉挛。致皮层病变，末梢痿损；风凉外感，气血淤关。妙手华佗，神奇理疗，针灸推拿甲钴胺。少熬夜，避酒精积毒，永驻欢颜。

疾病简介

面瘫，即面神经炎，俗称面瘫、"歪嘴巴"、"吊线风"，是以面部表情肌群运动功能障碍为主要特征的一种疾病。它是一种常见病、多发病，不受年龄限制。一般症状是口眼歪斜，患者往往连最基本的抬眉、闭眼、鼓嘴等运动都无法完成。

病因

引起面神经麻痹的病因有多种，临床上根据损害发生部位可分两类，即中枢性面神经麻痹和周围性面神经麻痹。中枢性面瘫由脑血管病、颅内肿瘤、脑外伤、炎症等引起。周围性面瘫常由感染性病变、耳源性疾病、拔牙等容易损伤的神经（鼻内神经、颊、面神经、下牙槽神经、舌神经等）及麻醉引起的暂时麻木面瘫。另外，长期饮酒，导致酒精中毒或接触有毒物，也可引起面神经瘫痪。

常见症状

面部表情肌瘫痪，前额皱纹消失，眼裂扩大，鼻唇沟平坦，口角下垂等。面神经麻痹引起的面瘫多为一侧性，且右侧多见。

治疗

1. 非手术治疗：一是药物治疗，主要为抗病毒、营养神经，常用糖皮质激素、B 族维生素及滴眼液等；二是采用针灸、按摩、理疗等方法。

2. 在保守治疗 3 个月后神经炎仍未恢复，可采用外科手术治疗。

词文注释

1. 晓日循常：晓日，朝阳，引申为清晨。唐·刘禹锡诗："影近画梁迎晓日，香随绿酒入金杯。"循常，遵守常规。《后汉书·仲长统传》："又中世之选三公也，务于清悫谨慎，循常习故也。"

2. 盥漱：洗手和漱口，泛指盥洗。《礼记·内则》："子事父母，鸡初鸣，咸盥漱。"陆德阴释文："盥，洗手；漱，漱口也。"

3. 右脸软瘫：面神经麻痹引起的面瘫，绝大多数为一侧性，且右侧多见。患者往往于清晨洗脸、漱口时突然发现一侧面颊动作不灵、口角歪斜。部分患者可有舌前三分之二味觉障碍，听觉过敏。

4. 抬眉乏力，嘴鼻沟平：面瘫，是指面部表情肌群运动功能障碍为主要特征的一种疾病，患者往往连最基本的抬眉、闭眼、鼓腮等动作都无法完成。临床表现为额纹变浅、闭眼无力、眼裂变大、鼻唇沟变浅、口角歪斜，可伴有眼底不适、发红、流眼泪、耳后疼痛，并有口水自该侧淌下。

5. 神经核、皮层、末梢：神经核，指中枢神经核、周围神经核无菌性发炎。中枢神经核发炎，病变在一侧大脑皮层之间的皮质延髓束；末梢，即神经末梢，为神经纤维的末端部分，发生病变损伤。它的主要功能为接收内外环境的各种刺激，传向中枢，并把中枢神经的命令传达到各组织器官。

6.华佗：沛国谯县（今安徽亳州）人，东汉末年著名医学家。他医术全面，尤擅长外科，精于手术，被后人称为"外科圣手""外科鼻祖"。后人多用"神医华佗"称呼他，又以"华佗再世"称誉有杰出医术的医师。晚年因遭曹操怀疑，下狱被拷问致死。

7.甲钴胺：是一种维生素辅酶 B12 药物，可营养神经，促进神经轴突再生、恢复，抑制神经退变。主要用于缺乏维生素 B12 引起的贫血、周围神经病变，如面瘫疾患等。

8.积毒：指长期饮酒、嗜酒，致酒精中毒，或长期接触有毒物质，也会引起面神经瘫痪等疾病。

百疾沁园春

24. 沁园春·痴呆

寂静厅堂，窗映曦光，孤影昏酣。叹思维迟钝，悲欢渐忘；茫然数算，缄默难堪。迷路寻家，自由二便，不识亲人僵若蚕。最耽怕，是器官感染，戏散垂帘。

还童别样呆憨，海默症帕金久隐潜。析病因杂厝，遗传智障；肿瘤占位，慢毒侵炎。嗜酒创伤，失眠焦虑，丧偶贫居少笑谈。有何法，避糊涂傻冒，早入诗坛。

疾病简介

痴呆，是指慢性获得性进行性智能障碍综合征。临床上以缓慢出现的智能减退为主要特征，伴有不同程度的人格改变。它是一组临床综合征，而非一种独立的疾病。

病因

痴呆的病因很多，主要分为中枢神经系统变性疾病和非变性病痴呆。

中枢神经系统变性疾病包括：阿尔茨海默病、额颞叶痴呆、克雅病、帕金森病等。

非变性病痴呆包括：

1. 血管性痴呆。

2. 占位性病变，如肿瘤、慢性硬膜下血肿、慢性脑脓肿。

3. 感染：脑膜脑炎、神经梅毒、艾滋病痴呆等。

4. 脑外伤性痴呆。

5. 颅压性脑积水。

6. 内分泌代谢障碍：高胰岛素血症、甲功低下、低血糖、肝、肾、肺功能衰竭、维生素缺乏等。

7. 中毒、缺氧：包括酒精、重金属、一氧化碳、药物及缺氧等。

临床表现

痴呆的发生多缓慢隐匿，记忆力减退是主要的核心症状。表现为记忆力障碍、学习新事物的能力明显减退、患者常找不到回家的路或无目的漫游。情绪不稳、焦虑不安，或无动于衷，或勃然大怒，亦哭亦笑，不能自制等。晚期生活不能自理，运动功能逐渐丧失，穿衣、洗澡、进食以及大小便均需他人协助。甚至出现狂躁、幻觉等。

治疗

痴呆治疗应明确病因，针对病因治疗。如神经变性病所致，以改善认知和对症治疗为主，用药以临床医生为准。除了药物治疗外，生活护理和康复非常重要，加强营养支持，防止肺炎发生。

预后

痴呆进行性加重，患者几年之内丧失独立生活能力，多死于肺部感染和营养不良。如能及时发现、及早治疗，部分非变性病如颅内肿瘤、外伤、中毒等痴呆患者的预后相对较好。

词文注释

1. 思维迟钝：指患上阿尔茨海默病后，智力会出现下降，思维会出现混乱，反应会出现迟钝。

2. 悲欢渐忘：痴呆患者记忆力严重减退，是阿尔茨海默病最为重要的表现，随着病症的加重，会把过往的事情逐渐忘去，甚至把自己的亲戚朋友都忘掉。

3. 茫然数算：指患阿尔茨海默病后，在计算能力和判断力上都会逐渐下降，对数字不再敏感。

4. 迷路寻家：阿尔茨海默病患者会出现认知能力障碍，方向感变差，出门之后不记得自己的家在哪里，很容易迷路。

5. 自由二便：患有严重痴呆症的老人，有可能丧失自理能力，不能够控制自己大小便。

6. 僵若蚕：老年性痴呆到了晚期，就会出现手脚僵硬、活动困难、四肢无力、长期卧床等现象，就像僵蚕一样不动。

7. 器官感染：阿尔茨海默病最常见的感染是肺部感染、泌尿道感染、压疮和全身性衰竭等危及生命安全而最终导致死亡。

8. 戏散垂帘：喻人生就是一场戏，人生舞台、人的生命结束了。

9. 还童：返老还童，指由衰老返回到童年。不过，这不是活泼的童年，而是痴呆、痴憨、愚笨的模样。

10. 海默症帕金：海默症，即阿尔茨海默病，以进行性认知功能障碍和行为损害为特征的中枢神经系统退行性病变；帕金，即帕金森氏症，又称震颤麻痹，是中老年人最常见的中枢神经系统变性疾病，是一种缓慢的、进展性的发展过程。

11. 杂厝：指多种多样的、不单纯的、间杂、混杂。

12. 慢毒：慢性中毒，其中毒后不会马上有反应，而是经过一段时间后才发作。这里指酒精、重金属、药物及缺氧等。

25. 沁园春·帕金森病

手若搓丸，扑克脸板，魔咒头摇。此帕金森症，痉挛肌肉；哆嗦晃动，共济难调。颤抖躯肢，慌张步态，平躺翻身僵直腰。最危险，是不能自理，大命糟糕。

筋骸失控蹊跷，莫非是相传体附妖。乃脑球萎缩，多巴胺少；遗传岁老，中毒呆凋。道法中西，射频良药，至爱亲人化虑焦。防摔倒，解精神抑郁，一样年高。

疾病简介

帕金森病，又称震颤麻痹，是一种常见的神经系统退行疾病。本病常发生于 60 岁以上人群，男性高于女性。由英国医生詹姆斯·帕金森于 1817 年报道并命名。

病因

1. 遗传因素：60%—80% 的帕金森患者有阳性家族史。

2. 年龄老化：65 岁后发病率约 10%。

3. 环境因素：城市居民高于农村居民，脑力劳动者高于体力劳动者。

4. 药物、有毒物的作用：如长期接触杀虫剂的人患此病的危险性较高。长期服用抗精神病药、降压药（利血平、甲基多巴）等。

5. 脑炎、动脉硬化也是引发本病的原因。

6. 脑部外伤可因瘢痕形成而引起继发性损害。

7. 神经系统退行性病变，大脑多巴胺系统功能丧失。

临床症状

帕金森病是一种椎体外系统疾病，其主要症状为静止性震颤、运动迟缓、肌肉张力增加、自主神经功能障碍。静态震颤，指肢体在静态状况下不自主抖动，活动后震颤可减轻。患者在做事或走路时，往往行动迟缓，难以转身，遇到障碍，难以避免，且容易摔倒。由于四肢肌肉张力增加，关节僵硬。

治疗

现有的医疗技术暂不能根治帕金森病。主要采用运动康复治疗、药物治疗、中医药治疗、对症治疗。以减轻病痛、延缓疾病的进展，提高患者的生活质量。患者家人能做到包容他、不责备他，给他一个温暖幸福的环境，就是最好的治疗了。

预后

帕金森病是严重的致残疾病。病程可能在 15—20 年。晚期男性患者容易并发前列腺增生肥大，常有尿频、尿急、尿不尽等症状。女性易出现泌尿系统反复感染。患者不能自己系鞋带，不能做饭，生活不能自理。如果进展较快，护理不当，可能会出现多种并发症，如饮水呛咳，引发肺部感染等而致死亡。

词文注释

1. 手若搓丸：帕金森病最明显的症状就是静止性震颤。病人的手总像在数钱一样，医学上称之搓丸样震颤。

2. 扑克脸板：帕金森病对面部肌肉无法控制协调，面部表情呆板，笑容不自然。所以就有了帕金森病的典型症状——扑克脸。

3. 魔咒头摇：魔咒，即着了魔怪一样，如克制孙悟空的紧箍咒。头摇，即帕金森病人不由自主地摇头症状。

4. 痉挛肌肉，哆嗦晃动：指帕金森病引起的上下肢、腿部肌肉不规律地收缩和舒张，出现痉挛、不稳定和颤抖晃动。

5. 慌张步态：指帕金森患者出现运动迟缓、肌肉紧张、肌肉张力增高，所以患者在行走时出现不自然的小碎步、拖步、行走不稳、越走越快、不能够想停就停等症状。同时上肢不摆臂，没有协同动作。医学上称之为慌张步态。

6. 脑球萎缩：指大脑因年老衰老、脑部创伤、神经系统疾病、感染等原因导致脑细胞异常减少、脑组织发生萎缩的一种现象。

7. 多巴胺少：多巴胺是一种神经传导物质，用来帮助细胞传递脉冲的化学物质。这种脑内分泌物和人的情欲、感觉有关，它传递兴奋及开心的信息。多巴胺作为神经递质调控中枢神经系统的多种生理功能。多巴胺分泌过少，致系统调节障碍，涉及帕金森病、精神分裂症、多动症和垂体肿瘤的发生等。

8. 遗传岁老：指帕金森病有一定的遗传倾向。岁老，指帕金森病随着年龄的增高，发病率也逐渐上升。65岁以上的老年人患病率是18‰。

9. 中毒：指一氧化碳、锰、氰化物、利血平及抗精神病、抑郁症药物中毒引起。

10. 射频：指治疗帕金森病的一种手术方法，即立体定向射频毁损术，俗称细胞刀。此外，还有脑深部电刺激术及脑内神经移植术等方法。

五、肾内科、内分泌科、免疫科

26. 沁园春·肾

　　脊柱边旁，蚕豆垂悬，肾腑藏窝。恰外形如斗，浊清滤过；肌酸尿素，分化中和。电解平衡，匀调脉压，骨髓丰盈造血多。腰杆硬，乐合欢家好，百岁当歌。

　　是钢难耐烧磨，况凡体年劳隐积疴。得炎侵如咒，一生烦透；含囊结石，痛状弯螺。喜啖樽盘，苦熬子夜，萎缩功衰东厕梭。膏肓矣，叹人财亏却，打水投箩。

器官简介

　　肾，是人或高等动物的主要排泻器官，属于泌尿系统的一部分，负责过滤血液中杂质、维持体液和电解质平衡，最后产生尿液经尿道排出体外。同时也具备分泌激素的功能，以调节血压、血糖等生理功能。

部位形态

1. 部位：肾位于脊椎两侧，紧贴腹后壁，腹膜后方，左右各一。

2. 形态：肾脏为成对的蚕豆形器官，长 10—12cm，宽 5—6cm，厚 3—4cm，重 120—150g。肾为暗红色实质性器官，表面光滑，可分为上下两端，前后两面，内外侧两缘。

肾单位

肾实质功能被称为肾单位，每个肾脏由 100 多万个具体相同结构的肾单位和少量结缔组织所组成，其间有大量血管和神经纤维。每个肾单位由肾小体和肾小管组成。肾可分肾实质和肾盂两部分。肾实质由肾小球和肾小管组成。每肾有 2—3 个肾大盏，肾大盏汇合成扁漏斗状的肾盂，肾盂出肾门后逐渐缩窄变细，移行为输尿管，尿液由此流入膀胱。

功能

主要是排出废物：包括肌酐、尿素、尿酸及其他代谢产物。调节体内水、电解质浓度、酸碱平衡、分泌激素等，对维持人体正常的生理功能具有至关重要的意义。

中医论肾

中医认为，肾系五脏之一，主藏精、主发育、主生长、主生殖。肾藏有"先天之精"，为脏腑阴阳之本，生命之源，故称肾为"先天之本"。肾在五行属水。由于足少阴肾经与足太阳膀胱经相互络属于肾与膀胱，故肾与膀胱相为表里。

常见病症

肾病常没有明显症状，但一旦有下列症状，须提高警觉，从速求医：

1. 眼皮和足踝浮肿。

2. 高血压。

3. 腰腹疼痛。

4. 血尿。

5. 蛋白尿，泡沫尿。

6. 尿路感染。

7. 尿量增多或减少及夜尿。

8. 小便排出沙石。

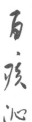

护肾措施

1. 多喝水。

2. 多吃黑色食物。

3. 多吃植物蛋白。

4. 不乱服用药物。

5. 腰部、肾经络、穴位常按摩。

词文注释

1. 脊柱边旁：肾位于脊柱两侧，紧贴腹后壁左右各一个。

2. 蚕豆垂悬：人体肾脏外缘隆起，内缘中间凹陷，其形态极像蚕豆。

3. 肾腑藏窝：肾脏位于脊柱旁浅窝中。由于右肾受肝脏的挤压，比左肾低1—2cm，平常体检时右肾可摸到，但左肾靠上些，摸不到。

4. 恰外形如斗：指肾盂的形态很像漏斗，它收集来自数千个单元（血液过滤器）的尿液。

5. 肌酸尿素：是人体的代谢废物。是肾功能的重要指标，主要是反映肾功能受损的程度。检测项目包括血清尿素、血肌酐、尿酸、白蛋白等，如果这些指标升高，常提示肾功能不全。

6. 骨髓丰盈造血多：骨髓，肾功能受损，对骨髓产生抑制，导致骨髓造血细胞异常，抑制骨髓的造血功能。肾脏会分泌促红细胞生成素，促进红细胞生成。如肾功能受损，往往会表现贫血，称为肾性贫血。

7. 炎侵如咒：指患有慢性肾炎，肾功能受损，机体免疫力下降，感染风险比常人高出3—4倍，还可能发展为尿毒症，身体各个脏器组织都会受到影响，就像魔咒附身一样，难以治愈。

8. 含囊结石：含囊，指肾囊肿，有先天和后天肾囊肿之分。大多数为良性。较大、较多时，可能会影响肾脏的功能，可手术摘除。结石，即肾结石，与遗传、饮食等有关，结石较大者，可通过激光碎石术，清除结石，解除梗阻。

9.东厕：厕所。《水浒传》第六回："还有那管塔的塔头……管东厕的净头，这个都是头事人员，未等职事。"

10.膏肓：指病入膏肓，已危重到无法救治的地步，形容病情十分严重，无法医治，医生也束手无策了。

11.打水投笾：比喻白费力气，劳而无功。这里指肾功能衰竭，就会出现很多严重的并发症，如急性心衰、高钾血症、中枢神经障碍、心血管病变，甚至危及生命，最终死亡。

27. 沁园春·尿毒症

五谷维生，百疾滋衍，尿毒症藏。似凶嚣癌肿，疑难根治；浊污积聚，腰肾摧伤。探究成因，孽芽多样，原发遗传继发狂。吐氨味，又虚浮面暗，乏力心慌。

奈何带病撑扛，增自信坦然莫恐惶。应寻源治本，临床对症；低盐饮食，少恋膏粱。忌避疲劳，遵医调养，毒素清除透析忙。最有效，乃器官移植，生命重光。

〖 **疾病简介** 〗

尿毒症，即慢性肾衰的终末期。尿毒症不是一个独立的疾病，而是慢性肾功能衰竭进入终末阶段时出现的一系列临床表现所组成的综合征。一般指慢性肾脏病的 4 期和 5 期。由于各种肾脏疾病引起肾脏慢性、进行性、不可逆性的破坏，以致肾脏不足以排除代谢废物，导致代谢废物和毒素在体内积累，从而表现出一系列自身中毒的症状。

病因

1.原发性肾脏病，如慢性肾小球肾炎、肾小动脉硬化症、慢性肾盂肾炎等。

2.继发全身性疾病的肾损害，如糖尿病肾病、高血压肾病、过敏性紫癜肾炎、狼疮性肾炎等。

3. 遗传性肾病。

临床表现

1. 胃肠道症状：常表现为纳差、恶心、呕吐等。

2. 血液系统：有贫血、出血现象，检查有白细胞异常。

3. 心血管系统：出现心绞痛，包括劳力性呼吸困难、心律失常、心力衰竭、心脏骤停或猝死。

4. 呼吸系统：口有氨味，尿毒症肺、胸膜炎等。

5. 神经肌肉症状：失眠、抑郁、幻觉、意识障碍、肌无力与周围神经病变等。

6. 骨代谢紊乱：骨痛、易摔伤骨折、低钙血、高磷血症、肾性骨软化症、骨质疏松症和肾性骨硬化症。

7. 皮肤症状：皮肤干燥瘙痒、面色晦暗、色素沉着、浮肿，俗称"尿毒症面容"。

8. 内分泌失调，代谢异常：全身乏力、口渴、消瘦、高甘油三酯血症、高尿酸血症等。

9. 水电解质酸碱平衡失调：水肿、水钠潴留、低钾低钠低钙血症、高钾高镁高磷血症、代谢性酸中毒、肌酐升高等。

治疗

尿毒症是药物治疗不可治愈的疾病，主要是病因治疗和对症治疗。同时进行透析治疗，包括血透、腹透。对有条件的患者可进行肾移植，它是尿毒症病人最合理、最有效的治疗方法。

词文注释

1. 凶器癌肿：因尿毒症肾脏衰竭，肾功能丧失后，体内代谢产生的废物和水分不能被排出体外，引起一系列代谢失常。而临床上对于尿毒症又没有特效药物，患者处于带病生存状态，又不会在短时间内死亡，且存在贫血、尿毒症肺、神经肌肉改变等严重不适症状，所以将尿毒症称为"不死癌症"。

2. 孽芽：祸端、灾祸的苗头。

3. 原发遗传继发狂：①原发，即原发性，指肾小球肾炎、慢性肾盂肾炎、肾小动脉硬化症。②继发，即继发性，是指高血压、糖尿病、狼疮等。③遗传，尿毒症本身不会遗传，但是引起尿毒症的病因部分有遗传性，常见有多囊肾病、遗传性肾炎、先天性肾病综合征及有家族遗传性肾脏疾病病史患者。

4. 吐氨味：指尿毒症患者口中的氨味，氨味即尿骚味。这是因为尿毒症患者的肾脏排泄能力明显下降，导致体内大量毒素堆积，尤其是尿素氮和肌酐，可致口腔异味，出现氨味。

5. 虚浮面暗：尿毒症患者由于贫血通常脸上表现苍白、水肿、面无光泽、面色晦暗，被称为"尿毒症面容"。

6. 低盐：指人体每天摄入盐的含量不应超过6克，约一个啤酒瓶盖的量。一个咸鸭蛋等于4克盐，吃一个咸鸭蛋再加上其他盐分，就很容易超过6克盐。

7. 透析忙：尿毒症的透析分为三类：血液透析、腹膜透析、结肠透析。①血液透析：简称血透。通过弥散、对流将体内各种有害及多余的代谢废物移出体外，达到净化血液、纠正水电解质及酸碱平衡的目的。一般隔日做1次，一周做3次，每次约4小时。②腹膜透析：是利用腹膜作为半渗透膜，将配制好透析液经导管灌入患者的腹膜腔，通过不断地更换腹膜透析液，以达到清除体内代谢物、毒素等，纠正水电解质平衡紊乱的目的。需要每天在家里做，一般每天做4次。③结肠透析：通过向人体结肠内注入过滤水，进行清洁洗肠，清除体内毒素，最后再灌入中药制剂，起到对肾脏的治疗作用。可每天或隔天做一次。

8.器官移植：这里指肾移植，俗称换肾。人体有左右两个肾脏，通常一个肾脏就可以支持正常的代谢需求。当双肾功能丧失时，肾移植是最理想、最有效的治疗方法，可极大地提高患者的生活质量，延长患者的生命。

28. 沁园春·糖尿病

圣哲凡人，皆盼体安，百疾莫生。若甘饴不厌，病颂执照；美名消渴，害发狰狞。四孽勾连，三多一少，肾眼神经脑失灵。更悲叹，倘肢端溃烂，挂拐扶撑。

此君隐袭无声，索性命甜甜非耸听。故首当防范，肥腴割舍；迈开双腿，进出平衡。烟酒长离，促分胰岛，污浊排除血管清。遵医嘱，或打针服药，福寿添增。

疾病简介

糖尿病，又称高血糖病，是指血糖高于正常值，即临床上空腹血糖高于6.1mmol/L，餐后2小时血糖高于7.8mmol/L，均可称为高血糖、糖尿病。

病因

1.遗传因素：1型或2型糖尿病均存在明显的遗传因素。

2.环境因素：进食过多，体力活动减少，导致肥胖是2型糖尿病最主要的环境因素。

临床表现

1.多饮、多尿、多食和消瘦，俗称"三多一少"。

2. 疲乏无力、肥胖。

检查

主要有以下几个方面：血糖、尿糖、尿酮体、糖化血红蛋白、糖化血清蛋白、血脂等。

诊断

糖尿病的诊断一般不难，空腹血糖大于或等于 7.0mmol/L，餐后两小时血糖大于或等于 11.1mmol/L 即可确诊。

1. 1 型糖尿病：发病年轻，大多小于 30 岁，起病突然，多饮、多尿、多食、消瘦症状明显，血糖水平高。单用口服药无效，需用胰岛素治疗。

2. 2 型糖尿病，常见于中老年人、肥胖者，发病率高，常伴有高血压、高血脂、动脉硬化等。起病隐袭，早期无任何症状，或仅有轻度乏力、口渴。若得不到及时治疗，体重会逐渐下降。

治疗

目前尚无根治糖尿病的方法，但通过多种治疗手段可以控制好糖尿病。主要有以下 5 个方面：糖尿病患者的教育、自我监测血糖、饮食治疗、运动治疗和药物治疗。

1. 一般治疗：指教育和自我监测血糖。即要教育糖尿病患者懂得糖尿病的基本知识，如何控制糖尿病，控制好血糖对健康的益处，根据患者的特点制定恰当的治疗方案。

2. 药物治疗：一是口服药物，如磺脲类药物，双胍类降糖药等。二是胰岛素治疗。胰岛素有动物胰岛素、人工胰岛素和胰岛素类似物。根据作用时间分为短效、中效和长效胰岛素，并已制成混合制剂。

3. 运动治疗：增加体力活动可有效改善机体对胰岛素的敏感性，降低体重，减少身体脂肪量，增加体力，提高工作能力和生活质量。

4. 饮食治疗：饮食治疗是各种类型糖尿病治疗的基础，部分轻

型、早期糖尿病患者可有效控制、延缓病情发展。

词文注释

1. 消渴：消渴症，中医病名，泛指以多饮、多食、多尿、形体消瘦或因其尿液中含有葡萄糖微甜，故名。

2. 四孽勾连：四孽，指高血压、高血脂、高血糖、血黏稠，这四者相互是独立的又相互联系，通过间接的方式，或间接的因素相互影响，从而形成恶性循环。

3. 三多一少：指糖尿病人的多饮、多尿、多食而体重逐渐下降的表现。多饮，使血糖升高，刺激口渴中枢导致口渴增强，因此会大量饮水。多食，是指体内葡萄糖不能充分利用，无法为身体提供足够能量，产生强烈的饥饿感，因此会频繁或大量进食。多尿，是因尿液中葡萄糖含量增加，导致渗透性泌尿增多。体重下降是因葡萄糖不能被充分利用，致使脂肪和蛋白质分解增多，导致机体营养不足，体重下降。

4. 肾眼神经脑失灵：长期的高血糖会导致患者的心、脑、肾、眼、血管、神经等多系统器官功能障碍、慢性损害。如糖尿病肾病会导致肾功能不全、尿毒症。糖尿病视网膜病变，会导致视力下降，以致失明。糖尿病神经病变，会引起皮肤感觉异常、疼痛、麻木等。糖尿病会引起心脑血管疾病发病率的大幅上升，引起动脉粥样硬化，下肢血供变差，致糖尿病足合并感染溃烂等。糖尿病是所有慢性病中并发症最多的一种疾病。

5. 索性命甜甜非耸听：糖尿病被人们称为"甜蜜的杀手"，因为血糖升高的时候，就会导致甜甜的一个感觉。糖尿病是一个慢性的过程，可以导致很多并发症，而这些并发症可使患者致残、致死。如糖尿病酮症酸中毒、糖尿病高渗性昏迷、乳酸酸中毒等，可危及生命。

此外，糖尿病大血管病变会引起急性脑梗塞和心肌梗死而发生猝死的情况。综上所述，糖尿病会危及生命，建议患者应遵医嘱治疗。

6.促分胰岛：指促进胰岛素的分泌，其方法有：控制体重、改善代谢异常、适量运动、使用胰岛素增敏剂加速胰岛素分泌。药物治疗有罗格列酮、吡格列酮、二甲双胍等。

29. 沁园春·痛风

寂静三更，酣眠梦醒，切割惊呼。似针锥刺趾，拒摸禁碰；抬高侧放，片刻轻舒。热痛微红，跛行拄杖，旬日炎消烦恼无。杜康唤，又友朋豪爽，忘了当初。

寻踪缘起膏腴，结晶体积沉关节区。究病因繁错，四高隐恶；羹汤鲜美，畅快倾酤。肥胖伤胰，尿酸危肾，嘌呤飙升毁尔躯。多喝水，迈长生双腿，啖食宜粗。

疾病简介

痛风，是因为身体里嘌呤分解代谢后形成尿酸异常升高，出现高尿酸血症。痛风可分为原发性和继发性。好发于肥胖人群，各个年龄阶段均可发生，男性发病率高于女性。

病因

痛风是血尿酸水平过高，导致高尿酸结晶沉积在关节内而引发的一种疾病。尿酸超标到一定程度，就无法留在血液里，会析出尿酸晶体，沉积在关节里，关节里的尿酸结晶导致关节发炎，引起剧痛，这就是"痛风发作"。

痛风的风险因素有以下6点：①肥胖、高血脂：肥胖和高血脂症是痛风的危险因素，肥胖可导致胰岛素抵抗，最终致肾脏尿酸排泄减少。②饮酒：过量酒精摄入是痛风发作的独立危险因素，啤酒中含有大量嘌呤成分，因此诱发痛风风险最大。③高血压。④高血糖：高血糖可加重肾脏的损害，使肾脏尿酸排泄减少。⑤高嘌呤的食物：如海鲜、啤酒、豆类、高脂肪类饮食、果糖碳水化合物饮料等。⑥某些药物：如利尿剂、阿司匹林、环孢素、他克莫司等，可促使血尿酸升高，增加痛风发生的风险。

症状

患者常在夜间出现突然性关节疼痛，关节呈红肿热痛，痛不可触，疼痛在 48—72 小时达到顶峰，70% 的患者首发关节为足趾关节，其后累及踝、膝、指、腕、肘关节。

治疗

1. 急性期治疗：一般采用抗炎止痛治疗，常用药有甾体消炎药，如吲哚美辛、秋水仙碱、糖皮质激素。

2. 慢性治疗用药：主要有别嘌醇、非布司他、苯溴马隆、丙磺舒等。

3. 伴发病的治疗：如高血压、高血脂、高血糖、肥胖症等。

4. 对变形关节必要时进行剔除痛风石手术治疗。

5. 中医治疗：采用祛湿化浊、祛湿化瘀药物治疗。

预防

1. 多喝白开水，每天保持在 1500—3000ml，促尿酸排出。

2. 少食高嘌呤食物，如动物内脏、海鲜鱼类、豆类及其制品，包括豌豆、菠菜等。

3. 禁酒戒烟，包括啤酒、白酒。

4. 避免吃炖肉、卤肉等。

词文注释

1. **寂静三更……切割惊呼**：痛风一般好发于夜间，主要是因为：①晚上饮水量较少，血液浓缩，尿酸浓度升高，从而形成尿酸结晶，导致疼痛症状加重。②吸入的氧气减少：当夜间睡眠吸入的氧气减少时，会引起缺血缺氧，代谢减慢，可诱发痛风。③糖皮质激素晚上会降低，不能更好地对抗痛风，症状会加重。④食物未代谢：如果晚餐过多进食高嘌呤食物，会增加体内尿酸含量，加重痛风的症状。

2. **似针锥刺趾**：通常情况下，痛风都先发作于大脚趾，主要因为大脚趾属于肢体末端，血液循环不佳，皮肤较薄，温度较低，受力较多，极易受到损伤。所以痛风都在大脚趾。另外，当尿酸沉积在这些关节部位析出结晶，致使关节肿胀、发红、发烫，刺激性引起剧烈疼痛，如同针刺样的感觉，非常痛苦。

3. **热痛微红**：痛风在急性期突出的表现为关节处红、肿、热、痛，局部可有发热，但不会存在高烧、寒战等感染性发烧的表现。

4. **旬日炎消**：急性痛风症状较轻的，可持续一周左右，一般在两周之内其症状会自行缓解。但如果出现反复发作，有可能会迁延不愈，形成慢性发作，发病期可达一个月或数月之久。

5. **杜康**：夏朝的国君，也是中国古代传说中的"酿酒始祖"，后世将杜康尊为酒神，亦多以"杜康"借指酒，古有"杜康好酒，一醉三年"的传说。

6. **四高**：通常指高血压、高血脂、高血糖、高尿酸。这四种疾病都是和平时饮食不规律、进食过多含油脂、含糖、含高嘌呤的食物相关。

7. **尿酸**：尿酸是嘌呤代谢的终产物，一般会通过肾脏排泄。如果体内尿酸滞留过多，导致人体液变酸，长期置之不理，将会引发痛风。一般血液中尿酸含量超过 420μmol/L，就定义为高尿酸血症。

8.嘌呤：是有机化合物，无色结晶，在人体内嘌呤氧化而变成尿酸。高嘌呤食物包括酵母粉、动物内脏、浓汤、火锅汤等。很多人理所当然地把嘌呤和脂肪挂钩，但是嘌呤还是人体必须的能量物质和日常的能量来源，维持人体的正常生活。所以不要因为它会引起痛风，就把它全盘否定。

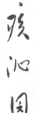

30. 沁园春·风湿病

　　暑湿寒霜，岁久癆伤，脊柱四肢。似机梭手指，畸形肿胀；躯腰强直，举步行迟。卧起晨僵，胶黏关节，硬化狼疮心肾摧。遭瘫痹，叹余生残疾，痛苦谁知。

　　风邪隐匿凶危，令今古方家脉理追。析病因二类，遗传感染；血沉检测，成像无疑。激素消炎，矫形手术，国粹岐黄辨证施。避劳累，用银针电烤，大益于斯。

 疾病简介

　　风湿病并不是某一种特定的疾病，而是一类病，是指一组侵犯关节、骨骼、肌肉、血管及有关软组织或结缔组织为主的疾病，常为多个器官或系统受累。其中又以关节、肌肉疼痛、皮疹、发热为常见症状。发病多较隐蔽而缓慢，病程较长，且大多数具有遗传倾向。

疾病分类

　　1.以关节炎为主，如类风湿性关节炎、强直性脊柱炎、银屑病关节炎等。

　　2.与感染相关：如风湿热、莱姆病、反应性关节炎等。

　　3.弥漫性结缔组织病：系统性红斑狼疮、原发性干燥综合征、系统性硬化症、多发性肌炎、血管炎等。

病因

大多数风湿病的病因目前尚未完全清楚，但与自身免疫反应密切相关。一是遗传因素，如红斑狼疮、类风湿性关节炎、强直性脊柱炎等。二是非遗传因素，如微生物感染，可引起自身抗体交叉反应，导致患病以及结缔组织、关节、皮肤黏膜的炎症持续加重，如风湿热、疱疹病毒等。

症状

1. 关节疼痛、酸胀，且有随天气季节变化的特点。

2. 晨僵：患者晨起后，常感到关节、肢体、腰部等有僵硬感，关节有胶黏样僵硬感。

3. 关节肿胀和压痛。

4. 关节畸形和功能障碍，关节非正常的外形和活动范围受到限制。

5. 其他症状：风湿病随着病情进展可造成全身多系统、多器官的损伤，如脑、眼、心脏、肺、肾、皮肤、血管和神经系统等。

诊断

一是根据病史及体检发现。二是实验室检查，如红细胞沉降率测定即血沉测定和关节滑液检查。三是CT、磁共振等检查，即可确诊。

治疗

主要有药物治疗和手术治疗。如矫形、滑膜切除、关节置换、物理治疗、康复锻炼、对症处理等手段。

词文注释

1. 痨伤，即中医五劳七伤。

2. 脊柱四肢：指人体的脊柱和四肢受风寒暑湿侵扰和长期劳作，出现损伤、疼痛、姿态形体异常、活动受限等功能性障碍。

3. 机梭手指：机梭，即织布机上的梭子，这里指梭形指，是关节肿胀以中间为重，远近两端较轻，形似梭形的指间关节畸形。

4. 躯腰强直：强直性脊柱炎，是以骶髂关节和脊柱炎症为主要症状的疾病。可引起脊柱强直和纤维化，致使病变处关节炎性疼痛，造成行动困难、迟缓。

5. 卧起晨僵：早晨起床手指关节有肿胀、疼痛、僵硬等症状。常与滑膜炎、腱鞘炎、骨关节炎、类风湿性关节炎、强直性脊柱炎等病因有关。

6. 胶黏关节：关节粘连，主要有：①无菌性炎症，如肩周炎、类风湿性关节炎、滑膜积液等，引起韧带组织增生，致关节挛缩、粘连、僵硬。②关节感染。③创伤或疤痕导致关节粘连，活动受限。

7. 狼疮：指红斑狼疮，常见于育龄期女性。因其面颊部出现被狼咬伤的蝶形红斑而名。可累及多脏器和系统，具有家族聚集性遗传。

8. 心肾摧：风湿病可使心、肺、肾、血管、眼、皮肤多器官、多系统累及受损。

9. 瘫痹：衰弱，关节或肌肉疼痛、麻木。

10. 风邪隐匿：指风湿病发病较隐蔽，发病缓慢，病程较长，且由于前期症状较轻，病人大多不能早期发现，致使病情延误。

11. 病因二类：风湿病的遗传因素和非遗传因素。风湿病有家族遗传倾向，如家族内有风湿病患者，其后代发生风湿病的概率要比正常人群高。非遗传因素，如微生物感染，导致患病以及结缔组织、关节、皮肤黏膜的炎症持续加重。

12. 血沉：指红细胞在一定条件下的沉降速度。一般男性为 0—15mm/h，女性 0—20mm/h。

13. 成像：指 CT 和核磁共振的成像检查。

14. 银针电烤：银针，指中医针灸用针。电烤，泛指理疗的声、光、电、冷、热、磁等物理方式治疗疾病的方法和仪器。

31. 沁园春·甲亢

　　咽颈前方，喉结两旁，蝴蝶翅撑。主泌分腺液，和调代谢；典司生长，兴奋神经。心率维持，平衡钙素，恰似身胚一引擎。性娇气，若高升低降，九系全崩。

　　偌多危害嗟惊，辨真相细查病特征。总焦烦易躁，怦怦律快；失眠多汗，食欲添增。体乏经延，突睛手颤，眉发凋零脖子膨。中西治，或切除服药，准保安平。

疾病简介

　　甲亢，全称甲状腺功能亢进症。是常见的内分泌疾病。由于甲状腺释放过多的甲状腺激素，引起心悸、出汗、进食和大便次数增多、体重减少的病症。同时常伴有眼突、眼睑水肿、视力减退等症状。

甲状腺部位

　　甲状腺位于颈下前部，在甲状软骨两侧，像两片叶子一样分布两侧，中间有一个峡部连接左右两叶，平时触摸不到。它是人体最大的内分泌腺。

病因

　　1.弥漫性毒性甲状腺肿。患者体内产生过量甲状腺激素，从而导致甲亢。占所有甲亢患者的 80% 左右。

2. 炎性甲亢。

3. 药物食物致甲亢：包括摄入含大量碘的食物和药物。

临床表现

甲亢常有易激动、烦躁、焦虑、失眠、心动过速、乏力、怕热、多汗、体重下降、食欲亢进、大便次数增多、女性月经延期减少等症状。患者可有甲状腺肿大，即"脖子粗"。手颤抖。部分患者可出现眉毛、头发脱落、眼突等症状。

诊断

患者具有以下三项即可诊断：

1. 高代谢症状和体征，如易激动、体重下降、低热、心动过速、突眼。

2. 甲状腺肿大。

3. 血清甲状腺激素（T3、T4）水平增高，促甲状腺激素水平降低。

治疗

甲亢的治疗不存在最好、最快之分，医生根据病情不同，采用最佳综合性的方案，目前主要有四种：

1. 药物治疗。

2. 碘 131 治疗。

3. 手术治疗。

4. 中医治疗。

目的都是降低已升高的甲状腺激素水平。口服药物治愈率一般在 50% 左右，手术和碘 131 治愈率较高，复发率低，但有出现甲减的可能性。

饮食

甲亢患者应避免进食高碘食物，如海带、紫菜、深海鱼等，应避免酒类、辣椒、葱、姜、蒜等刺激性较大的饮食，以及卷心菜、甘蓝等会导致甲状腺肿大的食物。

词文注释

1. 咽颈前方：咽颈，即甲状软骨，甲状腺位于颈部正前方的浅表组织内。

2. 喉结两旁：甲状腺软骨最突出的位置，两侧就是甲状腺的生理位置。

3. 蝴蝶翅撑：甲状腺像两片叶子，呈蝴蝶状，中间一个峡部相连，分左右两叶。

4. 泌分腺液：甲状腺是机体最大的内分泌腺，主要功能是合成、分泌甲状腺激素。

5. 和调代谢：甲状腺激素具有调节人体新陈代谢、生长和发育等重要功能。

6. 兴奋神经：甲状腺激素无论过高过低都可以使神经系统兴奋衰减，包括心脏的收缩能力，导致功能紊乱，影响全身。

7. 引擎：甲状腺被喻为"身体的发动机"，控制着人体的代谢活动，影响人体的每个器官。

8. 九系全崩：指身体的九大系统：①循环系统。②消化系统。③视觉系统。④生殖系统。⑤内分泌系统。⑥神经系统。⑦血液系统。⑧运动系统。⑨外貌心理系统。

9. 怦怦律快：甲状腺激素可以促进心脏正常活动。如甲状腺激素过多，功能亢进，会引发心脏收缩增加，心跳加速，心律失常；如甲状腺分泌不足，功能减退，则会出现心律变慢，亦可引发全身疾患。

10. 体乏经延：体乏，患有甲状腺疾病时，会出现怕热怕冷，食欲增加，浑身乏力；经延，指女性甲功减退时，容易致月经的改变，如经期量少，甲功亢进时，则容易出现月经不规律，经期紊乱，最终影响怀孕。

11.突睛手颤：突睛，指患有甲状腺疾病时，会致眼睛肿胀、眼球突出等症状；手颤，指甲状腺功能亢进时，导致手抖的情况。

12.眉发凋零脖子膨：眉发凋零，指甲状腺患者会有眉毛脱落、头发枯萎、稀疏断裂、皮肤粗糙等症状发生；脖子膨，甲状腺功能亢进时，会致患者脖子增粗，肿大坚硬。

六、血液科

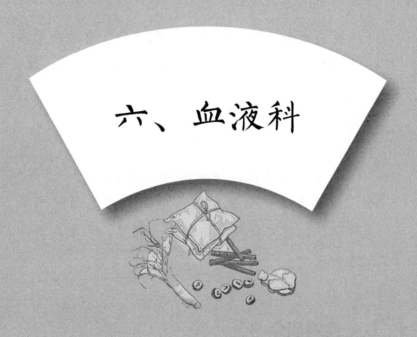

32. 沁园春·贫血

　　鬓面无华，臃肿浮虚，气色蜡黄。感神疲乏力，纳差腻味；头昏目眩，手足冰凉。病起三因，厘分九症，供氧低能脏腑伤。求真相，把根源查究，免避穷忙。

　　血亏不必诚惶，防与治寻医有妙方。补叶酸铁剂，维生素类；细胞移植，输血扶帮。国粹中医，健脾调养，瘦肉肝花红枣汤。五精旺，又朱颜腴润，玉体安康。

疾病简介

　　贫血，指人体外周血中没有足够的红细胞。红细胞不足则无法对组织器官充分供氧，这将引起一系列症状，甚至导致进一步的器官病变，这一临床综合征被统称为贫血。

病因

　　贫血并不是一种独立的疾病，而是继发于多种疾病的综合征，病因为造血不良性、失血性和溶血性三大类。

诊断标准

　　依据血红蛋白的浓度（Hb），将贫血分为轻度、中度、重度、极重度贫血。在海平面地区，男性血红蛋白（Hb）<120g/L；女性

Hb<110g/L，凡低于以上指标即为贫血。贫血的正常范围受年龄、性别、海拔高度等诸多因素影响。据世卫组织报道，全球贫血患病率为24.8%，约有近30亿人不同程度贫血。

在贫血人群中，女性高于男性，妇女的贫血率为64.4%，女性例假、怀孕、分娩出血都是直接原因。老人、儿童高于中青年，有30%—40%的婴幼儿患有贫血。过去贫血的主要原因是营养不良，近年来因减肥而造成的营养失调，是严重贫血的又一人群。

临床症状

常见面色苍白、乏力、胃口不好，头晕耳鸣，皮肤、黏膜、眼球发黄等。

治疗

贫血病因不同，治疗原则不同。针对贫血病因治疗，根除病因是治疗贫血的关键。一是有效控制感染和出血等。二是根据指征输血。三是补充叶酸和维生素B12。四是干细胞移植。五是中医治疗，中医在防治贫血方面具有独特优势。如气血双补、健脾和胃等。

预防与饮食

要食物多样性，不偏食。多食含铁丰富的食物如猪肝、猪血、瘦肉、红糖、豆类。忌食碱性、油炸类食物，少茶、少咖啡、少脂等。

词文注释

1.臃肿浮虚：臃肿，肌肉肿胀，双足臃肿，过度肥胖肥大，转运不灵。浮虚，华而不实，空虚。中医名词，指虚肿。

2.纳差腻味：纳差，"纳"指"胃纳"，"纳差"指食量减少。在中医范畴中归属于脾胃病，称为脾胃虚弱。腻味，厌烦，讨厌，如油腻的食品。

3.病起三因：贫血的病因可分为造血不良性、失血性和溶血性三

大类。

4.九症：①造血不良性贫血如缺铁性贫血。②恶性贫血。③干细胞缺陷。④骨髓造血组织遭挤占，破坏。⑤红细胞生成调节因子缺陷如肾性贫血、内分泌腺如垂体、甲状腺功能低下等。⑥失血性贫血（包括急、慢性失血）。⑦溶血性贫血。⑧红细胞内在先天性缺陷。⑨红细胞外在因素，指免疫（自身免疫和非免疫性），后者如人工心脏瓣膜术后溶血性贫血，及蛇毒、蕈毒等。

5.叶酸铁剂：叶酸，是B族维生素中一种，也叫作B9，是营养物质，微量元素。用于治疗叶酸缺乏导致的巨细胞贫血、妊娠、哺乳期预防神经管畸形、先天性心脏病和治疗贫血的药物。主要来源于蔬菜、水果、动物的肉以及内脏等；铁剂，用于缺血性贫血的预防和治疗，主要有硫酸亚铁、葡萄糖酸亚铁、右旋糖酐铁等。

6.维生素类：分水溶性和脂溶性。水溶性包括：①B族维生素如维生素B1、B2、B5、B12及维生素E等。②维生素C。脂溶性包括维生素A、维生素D等。用于预防和治疗贫血，一般常用维生素B12、维生素C、叶酸等。

7.细胞移植：异基因造血干细胞移植。

8.国粹：我国的京剧、武术、书法和中医学被世人称为"中国的四大国粹"。中医药文化凝聚着深邃的哲学智慧，在守护人民健康方面发挥了极其重要的作用。

9.健脾调养：亦称补脾、益脾。脾主运化，具有气血生化，运化水湿等作用。适用于脾气虚弱、腹部胀满、食欲不振、贫血等症状。

10.五精：中医学名词。指心、肺、肝、脾、肾五脏所藏的精气。是五脏进行正常生理活动的基本物质，也是与五脏相关的组织器官及精神活动的营养保证。

33. 沁园春·白血病

苦短人生，祸福相依，恶疾悼心。患血癌沉病，
频烧持续；牙龈皮下，丹液骏淫。苍白容颜，肝脾
肿大，遍体淋巴硬似金。骨关节，总莫名疼痛，无
奈悲吟。

毒瘤急慢阴侵，细胞裂克隆瘀积沉，现病因锁
定，糖酸异变；家装染发，辐射灾褪。高科如今，
类分点打，骨髓移栽靶向针。非绝症，喜七成获得，
康复佳音。

疾病简介

白血病，俗称血癌，是血液系统的恶性肿瘤，是造血干细胞的恶
性克隆性疾病。因白血病细胞增殖、失控、分化障碍、凋亡受阻，白
血病细胞大量增生积累，使正常造血受抑制并浸润其他器官组织。

我国的白血病发病率为十万分之五，2015 年全国白血病死亡的患
者为 53.4 万人，在恶性肿瘤所致死亡率中占第 6 位。

病因

1. 病毒因素：核糖核酸变异在鸡、猫、鼠、牛等的致白血病的作
用已经肯定。

2. 化学因素：含苯的的化学物质，如染发剂、杀虫剂等，可能诱

发白血病。甲醛、家庭装修后房间内可能存在过量甲醛，增加白血病发病率。

3. 放射因素：各种电离辐射可以引起人类白血病。

4. 遗传因素：有染色畸变的人群，白血病发病率高于正常人。

分类

根据白血病的分化程度，自然病程的长短，可分为急、慢性白血病。临床上常将白血病分为：淋巴细胞白血病、骨髓细胞白血病、混合细胞白血病等。

临床表现

1. 持续发热，是白血病最常见的症状之一。

2. 感染：病原体以细菌多见，疾病后期，由于长期粒细胞低于正常和使用广谱抗菌素，真菌感染的可能性逐渐增加。

3. 出血：出血部位可遍及全身，以皮肤、牙龈、鼻腔出血最为常见。

4. 贫血：贫血可见于各类的白血病，老年病人更多见。

5. 肝脾淋巴肿大变硬。

6. 骨和关节疼痛。

治疗

主要有：化学治疗、放射治疗、靶向治疗、免疫治疗、干细胞移植等。

预后

白血病是癌症，但并非绝症。随着现代医疗技术的提升，治疗有效率达 70% 以上。通过系统的治疗可延长生存期，部分患者可以正常学习、工作，与正常人无异。

预防

避免某些化学品，如苯、甲醛及相关化学制品。戒烟，因吸烟会增加罹患急性髓系白血病的风险。

1. 恶疾：谓难以医治的疾病，这里指白血病。

2. 悼心：谓心中惶恐，伤心、痛心。

3. 频烧持续：发烧是白血病的常见症状，是由于白细胞的降低合并感染导致持续性的低烧和反复高烧。

4. 牙龈皮下，丹液骏淫：白血病常有出血，其部位包括皮肤、牙龈、鼻腔，还可能造成视网膜、耳内、颅内、消化道、呼吸道等内脏大出血；丹液，血液。

5. 苍白容颜：白血病患者常有贫血症状，表现为面色苍白。

6. 肝脾肿大：白血病细胞可浸润肝脾淋巴结，导致肝脾淋巴结肿大坚硬。

7. 骨关节：白血病患者常发生骨关节疼痛，是由于骨髓内白细胞大量增殖，造成骨髓内腔内压力升高，出现骨关节剧烈疼痛。

8. 毒瘤急慢阴侵：白血病是恶性肿瘤，分急性、慢性两大类。急性白血病，病情发展迅速，病程仅几个月。慢性白血病，病情发展缓慢，隐匿时间较长，病程可达数年。

9. 细胞裂克隆瘀积沉：白血病是造血干细胞恶性克隆性疾病，克隆性白细胞因为增殖失控、分化障碍、凋亡受阻，在骨髓和其他造血组织中大量增殖累积，并浸润其他非造血组织和器官，同时抑制正常造血功能。

10. 病因锁定：现已确定白血病的病因为：病毒因素、化学因素、放射因素、遗传因素。

11. 糖酸异变：白血病的病源是由于细胞内脱氧核糖核酸的变异，形成的骨髓中造血组织不正常工作。

12. 家装染发：家装，室内装修后甲醛超标，会增加白血病的发病率；染发，长期频繁染发，染发剂中苯类化学物质，会诱发白血病。

13. 辐射：大量电离辐射会诱发白血病。

14. 类分点打：类分，临床上将白血病分为淋巴细胞白血病、骨髓细胞白血病、混合细胞白血病等；点打，指经过细致的分型和预后分层制定的治疗方案，进行针对性的治疗方法，主要有以下几类：化学治疗、放射治疗、靶向治疗、免疫治疗、干细胞即骨髓移植等。

15. 非绝症：通过合理的、科学的综合性治疗，白血病的预后得到了极大的改善，70% 的患者可以获得治愈或者长期稳定。白血病是"不治之症"的时代已经过去了。

七、外科、皮肤科

34. 沁园春·肌肉

灵长吾尊，敏捷躯躬，随意伸牵。但管腔内脏，无权掌控；四肢项背，柔韧翩翩。六百家丁，纤维亿万，遍布身胚蛛网般。任收展，似军师坐帐，强弱心间。

神奇肌腱刚坚，长僵硬易遭病葺缠。有颈腰压迫，炎邪内犯；伤残废用，三大根源。萎缩丝丝，蜗行寸寸，瘦瘠干枯重症瘫。祛顽疾，用五禽妙戏，或且安痊。

器官简介

人体肌肉，包括平滑肌、心肌、骨骼肌，主要由肌肉组织构成。肌细胞的形态细长，呈纤维状，故肌细胞通常称为肌纤维。人体肌肉约 639 块，约由 60 亿条肌纤维组成，其中最长的肌纤维达 60 厘米，最短的仅有 1 毫米左右。一般人的肌肉占体重的 35%—45%。每块骨骼肌都具有一定的形态、结构、位置和辅助装置，并有丰富的血管和淋巴分布，受一定的神经支配。因此，每一块骨骼肌都可以看作一个器官。

分类

按结构和功能的不同可分为平滑肌、心肌和骨骼肌三种，按形态可分为长肌、短肌、扁肌和轮匝肌。

1. 平滑肌：主要构成内脏和血管，包括消化系统、膀胱、血管、呼吸道和子宫。具有收缩缓慢、持久、不易疲劳等特点。

2. 心肌：只存在于心脏，构成心壁。它最大的特点是耐力和坚固。心肌有固定收缩规律，从而产生心跳。心肌不随人的意志收缩，故称不随意肌。

3. 骨骼肌：收缩迅速、有力，容易疲劳，可随人的意志舒缩，故称随意肌。骨骼肌在显微镜下观察呈横纹状，故又称横纹肌。

功能

肌肉是人体运动及生理过程的动力来源。骨骼肌与骨相连，有产生运动、维持姿势、保护、产热和血管泵多种功能；平滑肌构成内脏稳定，有紧张性收缩来对抗重力或外加负荷，保持器官的正常形态和实现其运动功能；心肌具有自动有节律的兴奋和收缩，维持心脏舒缩活动的功能。

疾病

肌肉可能发生的疾病有很多，比较常见的有肌肉痉挛、肌肉损伤、重症肌无力、肌营养不良症等。

护理

皮肤下的肌肉就是一部神奇的引擎。它让我们能走路、蹦跳，帮助我们对抗地心引力。肌肉纤维控制每个动作，从轻轻眨眼到微笑，都需要肌肉的松紧收缩。因此在日常生活中要适度补充营养，注意做好热身，适量运动，锻炼肌肉力量和柔韧性，避免损伤发生。

词文注释

1. 灵长吾尊：人类属于灵长类动物，是动物界最高等的类群。DNA 与化石证明，人类大约于 300 万年前起源于非洲。与其他动物相

比，人类具有高度发展的大脑，具有复杂的抽象思维、语言、自我意识以及解决问题的能力。

2.管腔内脏，无权掌控：平滑肌，分布在人体内脏、动脉和静脉血管，包括消化系统、呼吸道、膀胱和子宫，不随人的意志收缩，故称不随意肌。

3.四肢背项，柔韧翩翩：指骨骼肌，大多数骨骼肌都附着于骨上，是体内数量最多的组织，占人体体重的 40%。骨骼肌收缩受意识支配，收缩的特点是快而有力，但不持久。

4.六百家丁：人体有肌肉约 639 块，在完成躯体的各种活动中起着不同的作用。

5.纤维亿万：肌细胞呈纤维状，故又叫肌纤维。人体有 600 多块肌肉，由约 60 亿条肌纤维构成，如蜘蛛网般遍布全身，收缩自如。

6.刚坚：坚硬，坚强。

7.长僵硬易遭疾孽缠：肌肉要松弛有度、刚柔并济、和谐统一、收放自如。否则，我们的肌肉就成为"硬肌"和"肉痿"，百病丛生。

8.三大根源：引发肌肉萎缩的原因，一是神经源性，如颈、腰椎等疾患，压迫神经。二是肌肉内部炎症，如肿瘤、拉伤、发炎等。三是废用性肌萎缩，如外伤、久卧、少活动等。

9.五禽：华佗创立的"五禽戏"：一曰虎，二曰鹿，三曰熊，四曰猿，五曰鸟。是中国传统导引养生的一个重要功法。

35.沁园春·毛发

　　毳毛通身，顶上方寸，十万青禾。拥囊根髓质，绵柔黑亮；日阳遮挡，鼻睫防呵。美饰容颜，散储热量，翠发圆颅气血和。肤光滑，赞人猿拱别，便捷挥戈。

　　梳头照镜嗟哦，巅峰处愁烦且奈何。叹油脂渗溢，馊酸味远；稀疏萎谢，鬼剃旋涡。七彩时髦，鬓霜频染，化学侵伤隐患多。长久计，得移栽荒垦，任尔揉搓。

毛发简介

　　毛发，由毛干和毛根两部分组成。伸出皮肤外面的部分为毛干，埋在皮肤内部的称为毛根。毛根周围包有由上皮和结缔组织组成的毛囊，其四周含有丰富的血管和神经，基部增大呈球状，叫作毛囊。毛囊底部凹陷，内为富含血管和神经的结缔组织，称为毛乳头。

　　毛根与皮肤表面所成的钝角侧有一束斜行的平滑肌，称立毛肌。立毛肌构成的一端附着在毛囊上，另一端终止于真皮浅部，其受交感神经支配，收缩时使毛发竖立，皮肤呈现鸡皮样改变。故有怒发冲冠之说。

生长

毛发的生长呈现周期性，分为生长期、退行期、休止期。生长期：生长期的头发每日生长 0.27—0.40 毫米，持续 2—7 年，以连续地生长为特征，然后进入退行期。退行期：头发停止生长，易脱落，一般为 2—3 周。休止期：一般持续 3—4 个月，直到新的毛囊周期开始。

影响因素

生长激素及甲状腺激素，可促使毛发生长，皮质激素可缩短生长期并延长衰老期；贫血、蛋白质不足及慢性消耗性疾病等可妨碍毛发的生长，尤其是内分泌对毛发的生长有显著影响。

作用

毛发起着保护身体的作用。头发可以减少头部热量的损失，保护头部免受阳光、灰尘以及汗液的伤害。睫毛、眉毛可使眼睛免受灰尘异物的伤害。鼻毛可以减少鼻腔对灰尘及其他异物的吸入量。

毛发的疾病

常见的有多毛症和毛发稀疏。表现为身体各部位毛发异常增多，如女性胡须增多、面部毛发增多、体毛增多、阴毛茂盛等。毛发稀疏，如局部皮炎导致的斑秃、化疗放疗等导致的毛发脱落、先天遗传因素导致的特发性毛发稀疏症。

中医对毛发的认识

中医认为，心主血脉，其华在面，发为血之余。肾主骨，其华在发。肺主皮毛，其华在毛。脾统血，其荣在发。肺主升宣，如有病变，毛发枯黄易断。故观其发，可知其身体气血亏盈。

毛发的诗句名言

最为有名的当数李白的《将进酒》，其中"君不见高堂明镜悲白发，朝如青丝暮成雪"。岳飞的《满江红·写怀》其中的"莫等闲，白了少年头，空悲切"。

词文注释

1. 毳毛：毳，拼音：cuì。指除人的手掌、足底、口唇等部位外，几乎全覆盖的细毛。

2. 十万青禾：据统计，人体毛发约 10 万根之多。

3. 囊根髓质：指发根为球囊状，内含丰富的神经、血管和结缔组织。

4. 日阳：指太阳。亦作日旸，太阳光。

5. 鼻睫防呵：指鼻毛、睫毛和眉毛。鼻毛可以减少鼻腔对灰尘及其他异物的吸入量。睫毛、眉毛保护眼睛，可使其免受灰尘异物的伤害。

6. 美饰容颜：指头发、眉毛、睫毛能起到修饰五官的作用，使整个人看起来更加精致、美观。

7. 散储热量：头发有调节体温的作用，如冬天保温，夏天散热。

8. 人猿拱别，便捷挥戈：人从猿进化与猿猴分开了，形成了两个不同的物种。人类为了适应自然，方便行动，退化了躯干肢体的粗毛，有利于方便、使用工具。

9. 鬼剃旋涡：斑秃，民间俗称的鬼剃头，常因极度忧思、劳累，一夜之间头发莫名其妙脱落一块，光秃秃的。病因与精神、遗传、内分泌失调、感染和自身免疫等因素有关。

10. 七彩时髦，鬓霜频染：指利用植物或化学的色素把头发染成各种颜色。一是中老年人为了遮掩白发来染黑；二是年轻人为了时尚，随意染饰彩发。据研究，如长期频繁染发，易伤皮危身，有致癌风险。

11. 移栽荒垦：植发，把自身其他部位的毛囊种植到头部、眉毛、睫毛、胡须及隐私部位，就像垦荒一样，可以达到增发美容的效果。

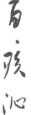

36. 沁园春·皮肤

　　万样身姿，筋骨百骸，全是皮包。约平方两米，三层堆叠；面如纸薄，足踏红烧。匀调寒温，汗排废物，屑脱光鲜肤嫩娇。耐摩擦，若抚摸丝滑，快乐飘飘。

　　人无千日逍遥，疥癣疾些微心苦焦。倘荨麻侵犯，或留疤脸；病菌湿疹，恨不搔挠。白癜黄斑，痣疣隐患，带状缠腰似裹刀。垂老矣，望皱纹秃顶，干瘪枯凋。

器官简介

　　皮肤覆盖全身表面，是人体最大的器官，约占体重的16%。成人皮肤面积为1.2—2.0平方米。皮肤的厚度为0.5—4.0毫米，眼睑、外阴、乳房的皮肤最薄，约0.5毫米，面、掌、跖部位皮肤厚度可达3—4毫米。

皮肤结构
皮肤分表皮、真皮及皮下组织三部分。

功能
包括屏障、吸收、感觉、分泌腺、体温调节、代谢、免疫等功能。

1. 屏障功能：①物理、化学性的刺激损伤保护作用。②微生物的防御作用。③防止营养物质的丢失。

2. 吸收功能：皮肤主要通过三种途径进行吸收：①角质层。②毛囊、皮下腺。③汗管。

3. 感觉功能：分为两类：①单纯感觉，如触觉、痛觉、压觉、冷暖知觉。②复合感觉，如湿、糙、硬、软、光滑等。

4. 分泌腺功能：主要通过汗腺和皮脂腺分泌。

5. 体温调节功能：通过外周神经和中枢神经感受信息，对皮肤进行舒缩，对体温进行双向调节。

6. 代谢功能：主要是对糖、蛋白质、脂类及水和电解质代谢。

7. 免疫功能：包括细胞免疫和免疫分子，与体内其他免疫系统相互作用。

皮肤的新陈代谢

皮肤的基底层不断分裂，产生新生细胞，将原有细胞向上推，直至形成角质细胞，最后脱落。

指纹

指纹是人类手指末端指腹上由凹凸的皮肤所形成的纹路，又称手印。广泛用于司法、民间取证，鉴别身份。指纹具有独一无二、至死不变的特征。世界上没有两枚完全相同的指纹。

疾病

皮肤疾病主要有：

1. 炎症性，如皮炎、湿疹、荨麻疹等。

2. 感染性，分细菌、真菌、病毒。细菌：包括毛囊炎、疖肿、丹毒等。真菌：糠疹、念珠菌病等。病毒：如疱疹等。

3. 银屑病、白殿风等。

4. 结缔组织病，如红斑狼疮、硬皮病等。

5. 日光性皮炎。

6. 性传播疾病，如梅毒、尖锐湿疣、艾滋病等。

词文注释

1. 平方两米：人体皮肤若摊开，面积约为 2 平方米。

2. 三层堆叠：人体皮肤由表皮、真皮和皮下组织即疏松的脂肪细胞构成，共 3 层。

3. 面如纸薄：人体皮肤面部最薄，有些部位仅 0.5 毫米，故有面子薄，肤浅之说。

4. 足踏红烧：足底、足趾最厚，可达 4 毫米以上。湘西绝技踏火海、上刀梯即是足底皮厚，锻炼起茧的缘故。

5. 屑脱光鲜：人体皮屑每年脱落重约 500 克以上。皮肤新陈代谢的周期为 28 天。

6. 抚摸丝滑，快乐飘飘：温柔抚摸，可使神经迅速传入大脑，分泌内啡肽、催产素，引起兴奋，缓解焦虑烦燥、孤独不安，产生快乐。

7. 疥癣疾些微心苦焦：概指皮肤诸多疾患，是皮肤表面的疾病，人们常用比喻有关痛痒，但无碍生命的小问题。疥虫，一般侵袭毛发浓密处，如阴毛、腋毛、头发等。疥虫是夜行昼伏，致晚上皮肤瘙痒剧烈，抓挠引起皮肤破溃，感染。愈合后，造成脱发，形成疮疤，俗称疥癞头。

8. 痣疣隐患：痣疣一般属于先天性良性增生性皮肤肿物。需观察是否有异常变化，可手术切除，或激光冷冻方式治疗。

9. 带状缠腰似裹刀：带状疱疹由水痘—带状疱疹病毒引起，通常发生在身体的一侧，皮疹呈带状分布，不跨过身体的中线。可发生于头部、颈、胸、腹部及四肢，腰部最为常见，民间俗称缠腰龙、蛇盘疮等。主要症状有针刺、刀割样疼痛。

37. 沁园春·男根

老少儿郎，无论卑尊，胯下龙潜。隐长圆宝柱，垂牵耻骨；悬浮鹌蛋，威武夫男。三体联排，两丸左右，褶皱皮囊若御帘。搜寻遍，却无鸡无鸟，但挂桅帆。

娲皇抟土根黏，施壬水耕田溺尿兼。奈股沟蓬草，灵龟湿困；蘑菇藏垢，久积侵炎。恣意鸳鸯，随心云雨，纵是金鞭也不堪。腰酸痛，致肾虚劳损，神器如阉。

器官简介

男根，男人阴茎的俗称，医学名阴茎，是男性重要的性器官，具有性交功能，并有排尿和射精作用。

解剖结构

1.阴茎分根、体、头三部分。阴茎后部为阴茎根，附着于耻骨下支、坐骨支及尿生殖膈；中部为阴茎体，呈圆柱状，悬垂于耻骨联合前下方；前部膨大为阴茎头，头尖端有矢状裂口叫尿道裂口。头与体交界处有一环状沟称阴茎颈或冠状沟。

2.阴茎海绵体：位于阴茎的背侧，为两端细长的圆柱体，左右各一。尿道海绵体位于阴茎海绵体的腹侧。阴茎海绵体的腔隙充血时，阴茎即变粗、变硬而勃起，反之则变软。

3.包皮：是阴茎前方皮肤形成的双层游离的环形皱襞，包绕着阴茎头（即龟头）。幼儿时期包皮较长，成年后逐渐后退。若不能外翻，即为包茎，或需手术。

4.阴囊：阴囊位于体外阴茎的后下方，有很多褶皱，起保护和调节温度的作用。阴囊内装有左右两个睾丸、附睾及精索的阴囊段，有易收缩及伸展的特点。

疾病

阴茎可能有外观形态上的异常，如包茎、阴茎短小等。阴茎损伤后，可出现红肿疼痛、发热等局部症状。由于阴茎具备多种功能，会出现相应的功能障碍，如勃起无力、射精过快等性功能障碍。常见疾病有：

1.包茎和包皮过长：可引起排尿困难，甚至尿潴留，必要时可手术治疗。

2.阴茎短小：指阴茎长度小于正常阴茎平均长度2.5个标准差以上。可伴随有第二性征发育不全、性功能异常、不育等并发症。

3.包皮龟头炎：是龟头与包皮间弥漫性炎症。

4.尖锐湿疣：是由人乳头状瘤病毒，通过性接触而传染所致。

5.阴茎癌：好发于40—60岁男性，表现为阴茎头部早期有硬结，继之肿大、溃烂，呈菜花样，并有恶臭炎性分泌物。

6.阳痿：指阴茎不能足够勃起以完成满意的性交，中年以上男性发病率为50%左右。

词文注释

1.胯下龙潜：胯，指腰和大腿之间的部分，两股分开为胯下。成语典故"胯下之辱"，指韩信忍辱从屠夫胯下爬过去的故事。龙潜，龙，男性生殖器官的美称，号玉龙，潜伏在胯下。

2. 垂牵耻骨：阴茎正上方属于耻骨联合，存在阴茎悬牵韧带，将阴茎固定在下方。

3. 悬浮鹌蛋：男人的两个睾丸大小和鹌鹑蛋差不多，但两侧大小不一，略有区别。

4. 三体联排：三体，一是指阴茎海绵体，位于阴茎的背侧，左右各一。二是尿道海绵体，位于阴茎海绵体的腹侧。为两端细长的圆柱状。海绵体充血时变粗、变硬、膨大、威武雄起。

5. 褶皱皮囊若御帘：阴囊是一个皮囊，位于阴茎后面，有色素沉着，薄而柔软，有很多褶皱，能收缩和扩张，可调节睾丸周围的温度（阴囊内温度比体温低1.5—2.0摄氏度），有利于产生精子，像帘子一样保护睾丸。

6. 无鸡无鸟：阴茎戏称鸡鸡，又称鸟儿。《水浒传》中读作鸟（diǎo）。

7. 但挂桅帆：桅帆，船的桅杆船帆。这里喻指男人阴茎勃起，撑起内裤，就像船上桅杆挂起船帆一样。

8. 娲皇抟土根黏：女娲抟土造人，是中国上古神话传说。相传女娲以泥土仿照自己抟土造人，并造出突出男性性特征的男性原形。

9. 施壬水耕田溺尿兼：壬水，阳水，奔腾之水。男性阴茎的三大功能：性交、射精和排尿。

10. 股沟蓬草，灵龟湿困：成年人下面都有块"芳草地"叫阴毛，戏称"黑森林"，是人体第二性征之一，阴毛长度1—8厘米，呈卷曲状，3000根左右。阴毛具有分泌汗腺的作用，故外阴部常潮湿。

11. 蘑菇藏垢，久积侵炎：男性阴茎的龟头呈菌伞状或蘑菇状，若包皮过长，包茎过紧，不能顺利外翻，则容易藏污纳垢，产生细菌，致糜烂、发炎。

12.神器如阉：神器，男性的阴茎，又称阳具；如阉，即阉掉了，把男性的睾丸除掉了。古时的太监进宫后被除掉睾丸，伺候皇宫娘娘和皇帝。古今中外，丧失性器官和性功能是男人失去尊严和非常悲哀的事情。

38. 沁园春·淋巴

七窍交连，百结潜通，万众蜗居。喜傍依脉管，战场隐蔽；沟窝秘聚，棋布雷区。异类清除，漕输浆液，前哨巡罗使命殊。筑屏障，建九关烽火，热肿传呼。

预防切莫松疏，体羸弱易遭菌毒停。久阴邪累积，瘿瘤内浸；滋繁恶变，脏腑罹辜。胸腺胰脾，转移骨髓，病入膏肓白血枯。增免疫，重养生固本，郭靖肌肤。

器官简介

淋巴，也叫淋巴液，是人体内的无色透明液体，内含有淋巴细胞，部分由组织液渗入淋巴管后形成。淋巴管在结构上是跟静脉相似的管子，淋巴在淋巴管内循环，最后流入静脉，部分组织经此流入血液往复循环。淋巴遍布于人体各个部位，是人体内重要的防御功能系统。淋巴系统一方面引流淋巴液，清除机体内的异物、细菌等，另一方面淋巴系统是身体防御的前哨，分散于身体各部分的淋巴结，似一过滤装置，可有效阻止经淋巴管进入的微生物。

淋巴腺
包括扁桃腺、脾脏和胸腺也制造淋巴球。淋巴球属于白血球的

一种，它负责身体的免疫功能。人体有 500—600 个淋巴结或淋巴腺，身体的颈部、腹股沟和腋窝特别密集。淋巴结滤出微生物和毒素，并加以消灭，以阻止感染蔓延。当病毒侵入人体发生感染时，淋巴结就会肿大疼痛。像喉咙发炎时，会在下巴颏下摸到两个肿块，那就是淋巴结。炎症消失后淋巴结也会自然缩小。

淋巴的疾病

常见的包括淋巴结炎、淋巴管炎、淋巴结结核等。恶性淋巴瘤，原发性淋巴结和其他器官中淋巴组织的恶性肿瘤，由淋巴细胞、组织细胞的恶性肿瘤性增生引起。淋巴癌，是指正常结构的淋巴结被破坏原样，代之以形态上不成熟的淋巴球的增殖，主要发生于颈部、腋下、腹股沟的淋巴结，以及身体内部、胸部纵隔腔或腹部的淋巴结。

治疗

淋巴结肿大的治疗以病因而定，如淋巴腺结核，可应用链霉素和雷米封等，若为恶性淋巴瘤，应以联合化疗为主，若为癌晚期转移，则预后极差。

词文注释

1.七窍交连：窍，指人体与外界相通的孔窍。七窍，人体头部的七个孔窍：双眼、双耳、鼻部、口。七窍联结人体五脏，如果五脏出现异常，会表现在七窍上，反之亦然。

2.百结潜通，万众蜗居：人体淋巴结多达 600 余个，这些淋巴结呈现散在和聚集分布，就像体内淋巴细胞的驿站和营地。几个主要的聚集地是腋窝、颈部、胸部、腹部和腹股沟。正常人淋巴细胞总数为 4000—10000 每微升，有数亿之多。

3.傍依脉管，战场隐蔽：淋巴是由单独的淋巴系统组成，一般它和血管的走形一致。淋巴管收集周围组织的淋巴液，然后汇入大静脉血管中。多隐敝在如颈、腋、胸、腹沟窝处。

4.前哨巡逻使命殊：淋巴系统相当于人体的哨兵。当人体受到外敌入侵，如感染细菌、病毒等，哨兵们就会启动防御反应，召集大批军队来剿灭外敌，这个狼烟四起的战场从外界看就表现为淋巴结的肿大。

5.九关烽火：九关，指人体的九条淋巴干，包括左右颈干、左右锁骨下干、左右支气管纵隔干、左右腰干等，最后汇入胸导管，注入静脉角；烽火，指烽火台。古时用于点燃烟火传递重要信息的高台，是古代重要军事防御设施，遇有敌情发生，则白天施烟，夜间点火，台台相连，传递消息。这里喻比淋巴结就像烽火台一样。

6.病入膏肓白血枯：膏肓，心尖脂肪叫"膏"，心脏和隔膜之间叫"肓"。指药力达不到的地方，病到无法医治的地步，医生也束手无策了。白血枯，即白血病，是造血系统的恶性肿瘤性疾病。

7.郭靖肌肤：金庸小说《天龙八部》中的郭靖在无意中吃了梁子翁的药蛇后，百毒不侵，特别是对于蛇毒，在桃花岛，还用自己的所学救了中了蛇毒的周伯通。

39. 沁园春·乳腺

　　罩褂兰胸，恍若雪堆，扣碗玉墩。恰莲房初露，巫峰云壑；盘根圆润，酥嫩香熏。手托颠颠，口含颤颤，自古英雄迷断魂。甘甜汁，哺凡灵人类，无比功勋。

　　仙桃曼妙撩春，愁何奈病魔亦紧跟。致乳淤腺管，肉芽炎肿；增生结节，月事吟呻。恶变瘤癌，橘皮异样，溢液低凹坤祸神。常自摸，避外源激素，永葆青春。

器官简介

　　乳腺是皮肤的附属腺，位于胸部，左右各一个。男性乳腺在一岁半左右逐渐退变。女性乳腺在青春期增生，月经开始后，乳腺发育已经成熟。乳房腺体由 15—20 个腺叶组成，每一腺叶又由 10—100 个腺泡组成，腺泡的开口与小乳管相连。

生理变化

　　乳腺受神经和激素的作用，有明显的年龄和功能变化。20 岁前后，乳腺已发育到最高程度，40 岁左右开始萎缩，绝经后显著萎缩。在月经周期中乳腺的大小略有变化。妊娠和哺乳期间，乳腺的结构和功能有显著变化。成年不妊娠时乳腺无分泌活动，称静止期乳腺。妊娠期乳腺增生，哺乳期乳汁分泌旺盛，称活动期乳腺。断乳后，催乳激素水平下降，乳腺停止分泌，腺组织逐渐萎缩，乳腺又转入静止期。绝经后，体内雌性激素及孕激素水平下降，乳腺组织萎缩退化，脂肪减少。

功能调节

乳腺的功能有赖于复杂的神经和内分泌因素，乳腺的生长和发育是几种激素协调作用的结果。

性生理反应

乳房是女性成熟的重要标志，是女性最重要的性敏感区之一，也是分泌乳汁、哺乳后代的器官。乳房对孩子来说是母性的象征；对男性来说是美与欲望的对象。

乳腺疾病

乳腺疾病是女性常见的一类疾病。一般乳腺病都会有乳房包块的症状。因此，学会乳房自我检查，早发现病情，尽早治疗。主要疾病有乳腺发育不良、乳腺炎症性疾病、乳腺肿瘤性疾病等。

1. 乳腺发育不良：一般指乳腺发育畸形，表现为乳房较小、乳头内陷等。

2. 乳腺炎症：分哺乳期炎症和非哺乳期炎症。

3. 肿瘤性疾病：分良性肿瘤和恶性肿瘤。2020年全球乳腺癌新发现病例226万，首次超过肺癌（220万），成为"世界第一大癌"。"多年蝉联"女性健康"头号杀手"。

4. 男性乳腺疾病：如果男性体内雄性激素低或雌性激素高，喜好饮酒、吸烟，长期使用含有雌性药物或有肝脏、睾丸疾病等也会患有乳腺疾病，只是发病率低于女性。

词文注释

1. 兰胸：喻指女性的乳房。古人有"鬟垂香颈云遮藕，粉著兰胸雪压梅"的诗句。

2. 扣碗：为四川、江南一带的一道名菜，这里指乳房如扣碗一样的圆润形态。

3. 仙桃：古代对乳房的别称。

4. 乳淤腺管：指哺乳期乳腺炎，多为急性乳腺炎。哺乳期，乳腺不断分泌乳汁，如果乳汁排出不畅，在乳腺内产生淤积，就容易滋生细菌。另外，宝宝嘴里、手上及妈妈的内衣上，都可能存在细菌，引起乳房红、肿、热、痛等症状。

5. 肉芽炎肿：非细菌性感染，与长期口服避孕药有关，也可能为感染、创伤、化学刺激引起炎症，毁坏乳腺导管上皮，腔内容物进入小叶间质，引起肉芽肿反应及超敏反应，破坏小叶结构。好发于生育年龄、已婚经产的妇女。

6. 增生结节：女性最常见的乳房疾病，是正常乳腺小叶生理性增生与复旧不全，出现紊乱，属于病理性增生，是既非炎症又非肿瘤的一类乳腺疾病。

7. 月事吟呻：月事，即月经，又称月水、月信、例假等，它是指女性每月有规律的、周期性的子宫出血生理现象。吟呻，指月经前后出现下腹部疼痛、坠胀，伴有腰酸等不适症状。疼痛常呈痉挛性。剧烈疼痛者，可出现面色苍白、恶心、呕吐、出冷汗等症状。

8. 恶变瘤癌：一是指良性乳腺肿瘤，包括纤维腺瘤和管内乳头状瘤，通常较少复发，预后良好。二是恶性乳腺肿瘤，包括乳腺癌和乳腺肉瘤。通常是手术联合放化疗、靶向治疗等，预后较差。

9. 橘皮异样：乳腺橘皮样，是乳腺癌的典型表现。乳房表面皮肤凹凸不平，像橘子皮样纹理，并常伴有乳头溢液，且多呈血性、浆液性、水液状。

10. 常自摸：指乳房自摸自查，很多病人发现乳腺肿块是通过自摸自查出来的。

11. 外源激素：指外源性雌激素，它不是机体产生的，是通过药物或饮食中获得的。有三种类型：①人工合成的雌激素，如补佳乐、乙烯雌酚等。②环境中雌性激素样化合物，如DDT等。③植物雌激素，如大豆异黄酮。若体内雌激素水平不足、低下，应在医生的指导下，可以应用小剂量的外源性激素进行治疗。

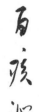

40. 沁园春·前列腺

耻骨中央，上覆膀胱，性腺藏身。乃形如栗子，匝环尿道；主司生殖，掌控精喷。扼守龙门，调排小便，敏感神经勃命根。肌收缩，把海绵膨胀，快活销魂。

恣情耗损元真，金箍咒男宫应惜珍。忌贪图久坐，潴留废液；肆淫充血，嗜好甘辛。频急烦人，染菌炎肿，恶变阳痿祸主君。治与养，了难言之隐，重获严尊。

器官简介

前列腺，又称摄护腺，是男性生殖器最大的实质性性器官，也是男性生殖系统中最重要的性腺器官。其外形似栗子，位于耻骨联合后方骨盆内，后依直肠。所以，前列腺肿大时，可做直肠指诊。它的大小、功能很大程度上依赖于雄激素。小儿前列腺很小，性成熟期迅速生长，老年人腺组织逐渐退化，腺结缔组织增生，压迫尿道，引起排尿困难。前列腺腺体中有尿道穿过，扼守着尿道上口，因此，如前列腺有病，排尿首先受到影响。

生理功能

前列腺分泌物是精液的主要成分，为无色混浊液，呈弱酸性，富含蛋白水解酶、纤维蛋白酶，有液化精液的作用。前列腺参与排尿、控尿，前列腺包绕在尿道外部，贴向膀胱颈部，其环状平滑肌纤维参与尿道内括约肌的组成，有控制、协调排尿的功能。

前列腺参与射精

尿道和射精管从前列腺组织内通过，射精时前列腺及精囊腺的平滑肌收缩、挤压，协助精液排出。前列腺内布满大量神经网和神经末梢，是一个性敏感部位，能够激发性冲动和性兴奋，从而有利于提高性生活的质量，增强性生活的和谐美满。

前列腺疾病

1.急慢性前列腺炎：细菌经尿道口上行，侵入前列腺体引起。

2.前列腺增生：主要发生在 50 岁以上的男性。

3.结石。

4.性欲亢进或手淫过度，致前列腺反复充血，诱发前列腺炎。

5.导尿或尿道检查将细菌带入尿道引起炎症。

6.经血液或淋巴感染引起炎症。

危害

1.痛苦，影响工作和生活。

2.影响性功能，导致阳痿、早泄。

3.影响生育，可导致不育。

4.可导致慢性肾炎。

5.传染配偶引起妇科炎症。

6.易患肿癌。

治疗

1.药物治疗。

2.理疗。

3.手术。

预防

1. 防酗酒。

2. 少吃辛辣刺激性食物。

3. 少久坐。

4. 多喝水。

5. 避免憋尿，不便秘。

 词文注释

1. 耻骨：位于骨盆前方的两块骨头，中间有间隙，两片骨头间靠韧带及纤维软组织连接起来，这个区域就叫耻骨联合。

2. 性腺：前列腺，是男性生殖系统的附属性腺，位于膀胱和尿道之间。

3. 形如栗子，匝环尿道：前列腺形状为板栗状，上端宽大，下端尖细，后面较为平坦，贴近直肠，包绕尿道根部。

4. 主司生殖，掌控精喷：主司生殖，指前列腺两侧的精囊腺分泌腺液，腺液是精液的重要组成部分，占精液的75%，能营养精子；掌控精喷，指前列腺参与了阴茎的勃起以及射精过程，在勃起过程中，前列腺会高度充血，在射精过程中它会起到加压的作用，让精液射得更远。

5. 调排小便：前列腺就像一个水龙头的开关，它控制着排尿。尿液是人体中随时产生的，但没有随时流出，而是靠前列腺的松解、收缩来控制尿液的流出，否则就会出现尿失禁。

6. 敏感神经：指男性的敏感区域除龟头、阴囊外，前列腺更为敏感，受到刺激后也会引发强烈的性兴奋。

7. 海绵膨胀：指男性阴茎的海绵体，当性冲动来临时，阴茎深动脉进行供血，形成海绵窦扩张，并维持阴茎勃起，完成性交，这是阴

茎海绵体的主要作用。

8. 紧箍咒：前列腺是男性泌尿生殖系统中的一部分，体积虽小，但在尿道上方绕了个圈，相当于给尿道上了一个金箍。

9. 男宫：前列腺是男性特有的生殖器官，就像女性拥有子宫一样，故有男宫之称。

10. 潴留废液：尿潴留。指膀胱内充满尿液而不能排出。病因包括前列腺增生、尿路结石、尿道狭窄畸形、肿瘤癌症等阻塞，引发尿潴留。此外，长期久坐、憋尿等也亦引发前列腺炎。

11. 肆淫充血：指男性过度手淫自慰，引发前列腺反复长期充血而发炎致病。此外，还会导致男性出现阳痿、不射精，严重者可引发男性不育。因此应当控制手淫的次数，每周不要超过 3 次。

12. 频急烦人：这里指病理性尿频尿急，是尿路感染的典型症状，指小便次数增多。正常人每天排尿次数在 7 次左右，而前列腺增生肥大，感染炎症，就会出现尿频尿急，排尿不尽，小腹胀痛等症状。

41. 沁园春·痔疮

　　国语韬精，教化开导，总喻魄门。位夹沟两股，排糟关口；脏污潮湿，疙瘩窝囤。临症三分，暗红裤底，羞涩难言忍不呻。些微病，谓十人九痔，男女均分。

　　后庭屁事烦神，引历代方家查诱因。乃长期站坐，曲张淤血；手机书报，如厕长蹲。饮食熏辛，妊娠便秘，堵塞黄龙鼓肉墩。求医去，改不良习惯，爽快双臀。

疾病简介

　　痔疮，是生活中的常见病，俗话说"十人九痔"。也是临床上最常见的肛门疾病。根据其发生部位的不同，分为内痔、外痔和混合痔。

内痔

即肛门内痔，是肛门疾病中最常见的病种。主要表现有肛门齿线以上发生静脉曲张，表面上存在黏膜覆盖，可能有便血、便秘等症状。

外痔

起因很多，主要有以下几种：

1. 排便习惯不正确：长时间蹲厕，或大便时看书、看手机，使肛门长时间受压，形成痔疮。便秘、腹泻等都可会引起外痔。

2. 遗传：有的人静脉壁先天性薄弱，抵抗力弱，逐渐扩张，引起外痔。

3. 长期保持一个姿态，如长期坐办公室，司机开车，久坐不活动，使肛门直肠长时间被挤压，都是引起外痔的原因。

4. 饮食：长期食用辛辣、油腻刺激性的食物，过量饮酒，都会导致痔疮的形成。

混合痔

即在肛门同一方向，同时存在内痔和外痔，互相融合而成，是痔疮中最为严重的。表现为肛门肿块脱出，可伴有肛门坠胀感、便血、疼痛、瘙痒等症状。以青壮年发病为主，常在进食辛辣、饮酒后发作。

治疗

痔疮治疗的三大原则：一是没有症状的痔，没有必要药物或手术治疗，以生活习惯改善为主。二是有症状的痔，重在减轻和消除症状，而不是非要根治。三是痔疮的治疗以非手术治疗为主，绞窄性痔、嵌顿性痔发生坏死到二度以上的内痔、外痔、混合痔，可考虑手术治疗。具体如下：

1. 痔疮的一般治疗：改变生活方式、饮食及排便习惯，进行坐浴，缓解症状及手法复位，均可好转。

2. 药物治疗：局部外用药改善症状，口服中成药及抗炎药，缓解疼痛，注意避免引起便秘或腹泻的药物。

3. 手术治疗：包括痔切除、吻合器痔上黏膜环切术等。

预后

痔疮如果及时干预，早期治疗，一般预后良好。但是以后仍可能形成新的痔。如果长期出血，可能出现贫血等症。

词文注释

1. 教化开导，总喻魄门：教化开导，即化导，意为儒家所提倡的政以体化，教以效化，民以风化。总喻魄门，魄门，指肛门。《素问·五藏别论》："魄门亦为五脏使，水谷不得久藏。"这里指人们常作比喻的：屁眼大的事，计较什么。

2. 夹沟两股：指屁股，两腿，胯下。如韩信胯下之辱。

3. 脏污潮湿：指肛门周围肮脏、污秽、潮湿、阴暗、不洁净。

4. 疙瘩：这里指痔疮，痔疮是静脉曲张性肿块，当排便困难时，痔疮容易从肛门脱落成肛周肿块。

5. 临症三分：痔疮的三种类型：内痔、外痔、混合痔。

6. 暗红裤底：指痔疮出血，浸润、沾染到内裤底部的血迹。

7. 十人九痔，男女均分：痔疮是人们非常熟悉的病名，俗称"十人九痔"。在临床上痔疮的男女发生比例基本上为1∶1。

8. 后庭：①犹后宫、宫人等。②指肛门。明·冯梦龙"俞大夫华麓有好外癖，尝拟作疏奏上帝，欲使童子后庭诞育，可废妇人。"

9. 曲张淤血：由于肛门静脉没有静脉瓣，因为受到地球重力的影响，血液回流受阻，容易淤积在肛门的血管里，形成静脉曲张，静脉曲张团最后就形成了痔疮。

10. 妊娠：指在妊娠期间，由于子宫跟直肠是近邻，子宫会持续压迫直肠，使直肠末端血液淋巴回流受阻，也会引起静脉曲张，导致痔疮发生。

11. 黄龙：戏指大便。

12. 鼓肉墩：指痔疮的肉球外形呈圆鼓墩墩的形状。

13. 双臀：俗指人的两个屁股，尻也，脊骨的末端，如丰臀。

150

八、骨科

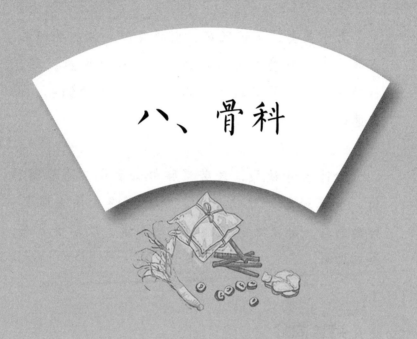

42. 沁园春·脊柱

上承天灵，下连骶尾，引接百骸。似层层积木，弯弯鹿颈；撑身龙脊，护体梁材。减震间盘，环包神髓，三十三椎五段排。乃中轴，可曲伸侧展，佛坐莲台。

铮铮铁骨钦哉，久劳累腰杆必受灾。恰垫圈移位，手麻腿胀；外伤折裂，楚痛声唉。强直肌炎，肿瘤恶转，瘫痪无能任拽抬。中西术，改不良姿态，挺立神来。

器官简介

脊柱是人体骨骼的重要部分，是人体的中轴，位于人体的背部正中，贯穿颈部至臀部。主要由 24 块椎骨、1 块骶骨和 1 块尾骨组成。脊柱从侧面看似"S"形，颜色为白色。成年男性的脊柱长度为 70—75cm，女性为 66—70cm。根据位置不同，脊柱从上到下可分为四个部分，分别为 7 块颈椎、12 块胸椎、5 块腰椎以及 1 块骶骨、1 块尾骨。

功能

脊柱的主要功能分为三类，即支撑、保护和运动功能。其中支撑为主要功能，脊柱作为人体的中轴骨骼，坚固的骨骼结构，可以将人体稳定地支撑起来。

脊柱损伤的症状

脊柱损伤后，可出现多种不同类型的症状，包括疼痛、麻木、活动障碍、瘫痪等肌骨骼系统和神经系统的症状。

检查

分为临床检查、影像检查，包括X线、CT和磁共振检查。

疾病

脊柱在临床上通常会出现两类疾病，即外伤性疾病和退行性疾病。

1.外伤性疾病主要有脊柱骨折，包括颈、胸、腰椎及骶尾的椎体骨折，以胸、腰段椎体骨折最为常见。

2.退行性疾病：指脊柱及其周围组织老化或退化，而引起的疾病。以腰椎和颈椎最常发生。临床症状为局部疼痛、肢体感觉、运动障碍、生理反射异常等。椎间盘退变、椎体边缘退变增生、小关节增生肥大、韧带增生肥厚是该疾病最主要的原因。

3.脊柱侧弯：也称脊柱侧凸，分特发性脊柱侧弯、先天性脊柱侧弯、退变性脊柱侧弯以及综合征类脊柱侧弯。

治疗

脊柱病的治疗方法通常有：一般方式，如适当运动、锻炼，改善身体不适；药物治疗，如止痛、舒筋活血等中西药物；手术治疗，如牵拉、微创手术等。

词文注释

1.上承天灵：头颅、颅顶骨，又称天灵盖。指脊柱支撑起头部。

2.下连骶尾：骶骨和尾骨，处于人体脊柱末端的位置，二者为上下相连关系。骶骨由5块骶椎融合形成，呈倒三角形。尾骨处于脊柱最末端，略呈三角形，由3—5节尾椎融合而成。

3.引接百骸：指脊柱连接人体的各个骨骼全身。

4. 似层层积木，弯弯鹿颈：比喻人的脊柱就像叠堆积木一样，亦如长颈鹿的脖子，弯弯长颈。

5. 减震间盘，环包神髓：椎间盘类似一个水垫，介于椎体之间。由于髓核是胶样的半流体物质，有很大的缓冲力。纤维环和周围韧带又可以制止髓核的过度膨胀，从而保证脊髓既有弹性又有一定的稳定性，就像汽车的减震器一样，缓冲运动带来的震荡，保护脊柱和中枢神经。

6. 三十三椎五段排：人体脊椎有33节，由颈椎7节、胸椎12节、腰椎5节、骶椎5节、尾椎3—5节，共5段组成。

7. 乃中轴：脊柱是位于头部到臀部的正中位置的骨骼，属于人体的中轴部位。

8. 佛坐莲台：指脊柱自然挺直，就像如来佛坐莲台一样端庄、稳定。

9. 恰垫圈移位，手麻腿胀：指椎间盘老化退变，或急性暴力作用下，髓核突破纤维环而"疝"入椎管，压迫脊髓或神经根，导致疼痛、麻木无力，或大小便失常，甚至瘫痪等症状发生。

10. 肿瘤恶转：转移性骨肿瘤，是原发于骨外的器官或组织的恶性肿瘤，如肺癌、食管癌、淋巴癌等，经血液循环或淋巴转移至脊柱的骨骼，并继续发生，形成子瘤，形成新的肿瘤。

43.沁园春·四肢

寰宇群生，直立为尊，上下肢分。叹神奇关节，
巧连骸骨；手调毫末，足鼎千斤。韧带牢牵，腱膜
展缩，护掩躯躬甘屈伸。独聪慧，创文明人类，卓
著功勋。

指尖腿臂防身，保供给持家事事勤。久举提抓
挺，肘肩劳损；蹒跚步履，髋膝吟呻。避险神驰，
救援电闪，折裂伤灾扯断筋。最无奈，是股头坏死，
挂杖扶轮。

器官简介

四肢，指人的双上肢和双下肢的合称。上肢，可分为肩、臂、
肘、前臂、腕和手部。下肢包括臀部、股部、膝部、胫部和足部。上
肢，通过肩部与颈胸和背部相接，下肢是人体腹部以下的部分，包括
大腿、小腿和足。

功能

1.支撑作用：机体有了骨的支架和支撑，各脏器、组织结构才能
发挥作用。

2.保护功能：四肢骨在形成支架的同时，也对周围器官等形成了
保护屏障。四肢的神经、血管都位于不易损伤的方向和部位，带骨对

周围组织、器官形成保护。

3. 运动功能：人体运动离不开四肢，四肢骨及连接装置在肌肉的作用下完成运动。

4. 造血功能：四肢的带骨、长骨端侧具有大量的红骨髓，长骨骨干骨髓腔内的黄骨髓在应激状态下，也可以转化为红骨髓，造血是红骨髓完成的。

疾病

根据有关统计，四肢疾病共有 400 多种，其中胳膊 68 种，腿 79 种，手部 44 种，足部 54 种，关节 154 种，指（趾）17 种，肩部 23 种。

四肢疾病的治疗原则

四肢疾病范围广、病种多，应以专科专业医生诊断、治疗为准，切不可自己盲目、随意处置，以免贻误病情。

形容四肢的成语

手舞足蹈、举手投足、蹑手蹑脚、情同手足、手忙脚乱、手足无措、指手画脚、白手起家、眼疾手快、眼高手低、不择手段、拿手好戏、妙手回春、游手好闲等，多达 60 余条。

词文注释

1. 直立为尊：在 200 万年前，直立人的出现标志着人类又一次巨大的变化，直立人有了相当复杂的文化行为，已经掌握有声音语言的能力。显示了人的智慧，构建了人为万物之尊的地位。

2. 手调毫末：手是人类区别其他动物的重要标志之一。"心灵手巧""得心应手"，手能干非常精细的活儿。美国专家皮内尔教授写过一本科普书《手》，他说手部能做 75 万个动作姿态。

3. 韧带：由纤维结缔组织组成，分布在关节周围，具有加强关节稳固或限制关节过度运动的作用。韧带还可以固定子宫、肝、脾等脏器的位置。

4. 腱膜：腱，肌腱；膜，筋膜。肌腱是连接骨头和肌肉的一种索状或膜状致密结缔组织，由平行致密的胶原纤维构成。具有调节人体运动的功能。筋膜，肌肉的辅助装置，包括滑囊膜和腱鞘等。具有协助肌肉活动、保持肌肉的位置、减少运动时的摩擦和保护等功能。

5. 创文明人类，卓著功勋：手是人类使用频率最高的"第二大脑"，科学家顾玉东院士说过，手创造了人类，创造了世界。"人有两件宝，双手和大脑。大脑会思维，双手能创造。人之所以从猿变成人，是劳动创造了人类，创造了文明，人类整个历史就来源于人的手和脑不断地思维和创造。"

6. 肘肩：肘关节和肩关节。肘关节是上肢的第二个关节，能进行伸展运动，如握物、抬手等。肩关节是人体上肢最灵活的关节之一，可举起重物、旋转手臂等。

7. 髋膝：髋关节和膝关节。它们承担上半身的重量，具有活动、负重、减震等作用。

8. 股头：指股骨头，人的直立行走、活动、劳动都依靠股骨头的支撑作用。所以股骨头也是最容易受伤的部位。

157

44. 沁园春·腰椎间盘突出

脊柱擎天，傲立旋转，全赖椎盘。似垫圈脱出，滑丝损杆；下肢坐骨，麻木筋牵。迈腿防倾，跛行拄杖，代步移轮叹废残。求良法，解屈伸痛苦，抛却煎烦。

腰间痹症探源，长负重劳伤中轴偏。致退行性变，纤维硬化；髓膜破裂，膨出歪弹。压迫神经，粘连水肿，血少循环引痪瘫。中西治，用微创理疗，再舞翩跹。

疾病简介

腰椎间盘突出症是常见的疾病，指腰椎间盘有不同程度的退行性改变后，在外力因素的作用下，椎间盘的纤维环破裂，髓核组织从破裂之处突出于后方或椎管内，导致相邻骨髓神经根遭受刺激压迫，从而产生腰部疼痛，一侧或双侧下肢麻木疼痛等一系列症状。

腰椎间盘突出症大多可以保守治疗，其治疗目的并非将突出的椎间盘组织回复原位，而是改变椎间盘组织与受压神经根的相对应位置或部分回纳，减轻对神经根的压迫，松解神经根的粘连，消除神经根的炎症、肿胀，从而缓解症状。

腰椎间盘突出症以腰 4—5、腰 5—骶 1 发病率最高，约占 95%。

病因

1.腰椎间盘退行性改变。

2.损伤：长期反复的外力造成损害。

3.椎间盘自身因素：椎间盘在成年之后，逐渐缺乏血液循环，修复能力差。

4.遗传因素。

5.腰骶先天异常。

6.诱发因素：常见的因素有：增加腹压、腰姿不正、突然负重、妊娠、受寒受潮等。

临床分型

1.膨隆型：纤维环部分破裂，保守治疗大多可缓解或治愈。

2.突出型：纤维环完全破裂，髓核突向椎管，常需手术治疗。

3.脱垂游离型：破裂突出的椎间盘组织或碎块脱入椎管内或完全游离，需手术治疗。

临床表现

1.腰痛，发生率约91%。

2.下肢放射痛：最常见的为坐骨神经痛。

3.马尾神经症状：表现为大、小便障碍，严重者可出现大、小便失控及双下肢不完全性瘫痪等症状。

检查诊断

主要采取X线片、CT、磁共振及查体，结合病史，一般即可诊断。

治疗

1.非手术治疗：包括牵引、推拿、按摩、理疗、髓核化学溶解法及髓核激光汽化术、髓核切吸术。

2.手术治疗：应用显微椎间盘摘除等微创手术，一般可取得良好的效果。

词文注释

1. 脊柱：脊柱是人身体的支柱，位于背部正中，上接颅骨，下达尾骶。成年人脊柱是由 24 块椎骨（颈椎 7 块，胸椎 12 块，腰椎 5 块）、骶骨 1 块、尾骨 1 块和韧带、关节、椎间盘连接而成。脊柱具有支持躯干、保护内脏、保护脊髓和进行运动的功能。

2. 椎盘：椎间盘，两个相邻椎骨的椎体之间的软骨连接称椎间盘。由纤维环、髓核及上下椎体的透明软骨板组成。当脊柱运动时，具有承受压力、缓冲震动、保护大脑和脊髓的作用。

3. 垫圈：螺帽与螺杆中间的弹簧垫，如汽车中的垫片，具有吸收震荡、缓冲压力的作用。如使用久了，使用不当，也会出毛病。出现松动脱出，滑丝损毁螺杆的现象。

4. 坐骨：坐骨神经，是人体最粗大的神经。由腰神经和骶神经组成。起始于腰骶部的脊髓，经骨盆并从坐骨大孔穿出，抵达臀部，沿大腿后面下行至足部。管理下肢的感觉和运动。

5. 麻木筋牵：坐骨神经的疼痛是沿着臀部的后侧、小腿的外侧向下放射，感觉像一条筋被牵扯而疼痛。

6. 痹症：中医对骨关节疾病的统称。

7. 中轴：脊柱是人体的中轴骨骼，它连接头、躯干、下肢，保证头部和身体的稳定性，支撑人体正常活动等。

8. 退行性变：指椎间盘随着年龄的增长、过度的运动和超负荷的承载，使得其加速老化。

9. 纤维硬化：由于腰椎间盘弹性下降，纤维增生，日久会导致椎间盘出现钙化。

10. 髓膜：指椎间盘髓核，呈乳白色半透明胶体状，富于弹性，具有平衡应力作用。位于两软骨板与纤维之间。若破裂膨出，可压迫脊柱神经。

11. 血少循环：指椎间盘突出后，逐渐缺乏血液循环，修复能力差，也有可能引起瘫痪。

12. 微创：指腰椎间盘微创手术，主要有三种：①臭氧溶解吸除术。②椎间孔镜摘除术。③等离子消融术。

45. 沁园春·骨质疏松症

　　症曰疏松，寂静无声，似魅赖缠。每伸腰背痛，起身受限；疲劳乏力，脊柱驼弯。关节椎间，四肢骶髂，最易横遭致废残。中招率，是女多男少，中老翻番。

　　常言玉骨刚坚，怎何奈虚空成这般。乃颓年衰退，失衡代谢；绝经功失，激素枯源。烟酒咖啡，血糖甲亢，一日三餐爱醋酸。查密度，重预防补钙，固本培元。

疾病简介

　　骨质疏松是一种代谢性骨病，是由于多种原因导致骨密度下降，致骨量丢失，骨组织微结构破坏、脆性增加，导致患者容易出现骨折的全身代谢性骨病。

临床分类

骨质疏松症分原发性和继发性两大类。

1. 原发性又分绝经后骨质疏松症、老年性骨质疏松症和特发性骨质疏松症三种。

2. 继发性骨质疏松症常因为内分泌代谢性疾病如甲亢、糖尿病、慢性肾病和胃肠营养性疾病。也可因药物作用如激素影响到骨代谢引发。

特发性骨质疏松症主要发生在青少年。

发病率

好发人群为 50—60 岁的中老年人。发病率为 36%，男性为 23%，女性为 49%。

病因与诱因

骨质疏松症主要是由于骨形成减少、骨吸收增加导致。其诱因主要包括：

1. 吸烟酗酒、嗜饮咖啡饮料等。

2. 体力活动减少，长期卧床。

3. 日照减少，缺钙，缺维生素 D 及高钠饮食。

4. 胃切除术，高血糖人群等。

症状

1. 乏力。

2. 骨痛。

3. 脊柱变形。

4. 骨折。

检查与诊断

1. 骨密度测定。

2. 定量超声。

3. X 线影像。

治疗

止痛、补充钙剂，补充维生素 D。骨折后手术治疗。绝经后女性补充雌性激素调节剂。

中医治疗

以补肾益精、健脾益气、活血祛瘀等基本治则。

预防与筛查

骨质疏松症可防可治，关键在于对高危人群的早期筛查和早期识别。50 岁以上人群 80% 的骨折与骨质疏松有关。如果不能完全恢复，脆性骨折可能伴随慢性疼痛、残疾，严重者并发死亡。女性绝经期和绝经后 5 年内，是治疗骨质疏松症的关键时段。此外，每年应进行一次骨密度检测。

词文注释

1. 症曰疏松：骨质疏松症，是一种代谢性骨病，是由于骨形成减少、骨吸收增加所导致。

2. 寂静无声：指骨质疏松被称为"寂静的疾病""寂静的杀手"。

3. 骶髂：指骶髂关节，由髂骨、坐骨、耻骨构成，左右各一，对称着构成骨盆两侧。髋骨、尾骨、骶骨共同构成整个骨盆。

4. 中招率：骨质疏松症的发生率，平均为 20%。

5. 女多男少：女性患病率高于男性，女性为 49%，男性为 23%。

6. 中老翻番：骨质疏松症在中老年人中较为普遍，我国 60 岁以上老年人患病率为 36%。

7. 玉骨：古人对骨头的雅称。还有称白玉、玉骨琼枝、玉骨金枝等。

8. 绝经功失：指女性绝经后卵巢功能衰退，体内分泌的雌性激素量逐渐减少，易引起骨质疏松。

9. 烟酒咖啡：指这类食物会导致胃肠内食物中钙质吸收受阻，久而久之，会引起患者出现骨质疏松。

10. 血糖甲亢：血糖高，缺乏胰岛素，容易影响骨骼对钙质的吸收；甲亢，即甲状腺机能亢进症，会导致甲状腺激素物质影响体内钙磷物质的吸收，引发骨质疏松症的发生。

11. 醋酸：民间有醋酒同源之说。如果经常大量喝醋，会影响胃肠对钙的吸收，有可能会引起骨质疏松。

12. 查密度：指筛查、检查骨骼强度的一个重要指标和方法，也可以预测病理性骨折危险性的发生。该检查项目已纳入国家医保。

13. 固本培元：是传统中医学理论的精髓。元和本，指的是元气，是维持正常生命活动的基本能量；固本，就是打底子，培养。

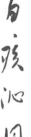

46. 沁园春·颈椎病

上托圆颅，脊髓中藏，垂接胸腰。此命门七寸，通衢百脉；龙椎堆叠，静动匀调。韧带肌群，交横错迭，护卫支撑身骨牢。若劳损，致纤环突出，长痛难消。

颈肩胀痛煎熬，查病症方知怎中招。乃不良习惯，低头久坐；手机不舍，麻将通宵。退变椎盘，神经压迫，缺血眩晕走路飘。戴囊托，或开刀理疗，米字勤操。

疾病简介

颈椎是人体骨骼系统的重要部分。其功能主要分为三类：支撑头部功能、保护神经血管功能、运动功能，能使人体进行多种动作。

颈椎病又称颈椎综合征，是颈椎骨关节炎、增生性颈椎炎、颈椎神经根炎、颈椎间盘脱出的总称。

病因

1. 颈椎退行性变，包括椎间盘、韧带、椎体边缘骨刺形成等。

2. 发育性颈椎椎管狭窄。

3. 慢性劳损，包括不良睡姿，不当的工作姿态，长期低头久坐和不适当体育锻炼等。

4. 颈椎先天性畸形。

临床表现

主要有颈肩颈背疼痛、僵硬、上下肢乏力、手指发麻、行走困难、头晕、恶心、视物模糊、心动过速等。其症状与病变部位、组织受累程度及个体差异有一定关系。

检查诊断

包括临床表现，查体和 X 光、CT、磁共振检查，一般即可明确诊断。

治疗

1. 药物治疗：止痛剂、镇静剂、维生素 B1、维生素 B12 等，可缓解症状。

2. 运动疗法：可作医疗体操。

3. 理疗、牵引、针灸、按摩、药敷等治疗。

4. 手术治疗：严重的神经根炎或脊髓压迫者，必要时可行手术治疗。

预后预防

预后：早中期颈椎病，通过积极的治疗，一般能获得较好的效果。中后期预后较差，若不改善生活、工作习惯，易出现复发，甚至逐渐加重。预防：一是改变不良工作和生活习惯，尽量避免长期卧床看书、看手机、看电视等。二是避免高枕，不要相信高枕无忧。要维持正常脊柱的生理曲度。三是避免风寒潮湿及直吹空调等。

词文注释

1. 上托圆颅：圆颅，即人的头颅。这里指颈椎支撑人的头颅、头部。

2. 脊髓中藏：指颈椎脊髓位于脊髓椎管内，是人类和脊椎动物中枢神经系统的一部分。上端与后脑部延髓相连，下通胸椎、腰椎，是周围神经与脑神经沟通的通路。

3.命门七寸：俗有蛇打七寸，这里意喻人之命门，指颈椎部位。

4.通衢百脉：指人的颈部汇聚众多血管、神经、肌肉、肌腱、淋巴、经络穴位等组织结构。

5.龙椎堆叠：龙椎，指龙的椎骨，喻比人的椎骨，人的颈椎由7块椎骨组成。

6.静动匀调：指颈椎骨具有调节屈伸、旋转、稳定的运动功能。

7.纤环突出：颈椎椎间盘上的纤维环破裂，髓核脱出，压迫神经根，引起急、慢性长久的疼痛。

8.退变椎盘：颈椎退行性改变，是病理性表现。随着年龄的增长，脊椎结构会发生改变，导致颈椎的骨质增生、钙化，属于不可逆转的改变。

9.缺血眩晕走路飘：颈椎病由于椎动脉受到压迫、缺血，交感神经受到挤压刺激，会引起脑供血不足，头晕目眩，走路时会出现摇摆晃动、蹒跚步态、脚底踩棉、走路发飘等现象。危害极大，应及时就医。

10.戴囊托：气囊颈托，是颈椎病辅助治疗器具，能起到制动和保护颈椎、减少神经磨损、减轻椎间关节创伤性反应，并有利于组织水肿的消退和巩固疗效、防止复发。

11.米字操：是颈椎病患者进行颈椎屈伸、旋转动作的一种保健操。即用头部进行上下左右、左上右上、左下右下，在空中画出一个米字，这样可让颈椎有效地运动的方法。

九、妇产科

47. 沁园春·胞宫

　　吾辈雌雄，老幼愚贤，概出娘宫。似香梨倒挂，撑持两伞；腔空壁厚，正位盆中。诚信阿姨，精灵赴约，十月脐连气血供。泳池决，恰紧箍阵咒，化蝶成功。

　　鸳鸯戏帐春风，坤灵地谨防病菌攻。且比邻门近，炎灾易共；违期好事，量少深红。平滑肌瘤，内膜异位，管堵巢衰忧虑忡。最伟大，是摇篮慈母，天下尊崇。

脏腑简介

　　胞宫，即子宫，为女性内生殖器官之一。女人的第六脏器，即女人有六脏六腑。子宫位于骨盆腔内，在膀胱与直肠之间，呈前后略扁的倒置梨形，由子宫体和子宫颈两部分组成。是孕育胚胎、胎儿的场所，可以产生月经。

　　子宫的大小与年龄及生育有关。成年女性的子宫平均的长、宽、厚分别为7cm、5cm、3cm，腔体容量约5ml。

生理功能

　　1.子宫内膜周期性变化：每隔28天左右发生一次内膜剥脱、出血、修复和增生，称为月经周期。

2. 妊娠功能：是子宫孕育胚胎和胎儿，同时在分娩过程中起重要作用。它是妊娠期变化最大的器官。

相关疾病

子宫可能会出现宫颈炎症、宫颈肿瘤、子宫内膜异位、子宫腺肌病及子宫发育异常等疾病。

日常保健

主要是接种人乳头瘤病毒疫苗、宫颈癌筛查、避免人工流产的不良影响及注意日常个人卫生。

子宫与文化

以葫芦象征子宫。葫芦，又称瓠瓜，是世界上最古老的作物之一，也是中华民族最原始的吉祥物之一。在原始人的思维中，葫芦是母体的象征，受到顶礼膜拜，人们把繁衍子孙的希望寄托在它身上。至今民间还保留着很多葫芦生殖崇拜的习俗。葫芦圆润丰满，腹中葫芦籽众多，与丰乳肥臀、大腹便便的孕妇形似，也赋予了葫芦于人类繁衍极为重要又颇为神秘的生殖力。

词文注释

1. 娘宫：母亲的子宫，俗称娘肚子。是创造新生命的器官，是动物和人胎宝宝或幼体生长发育的场地。

2. 似香梨倒挂：子宫坐落于骨盆中央，在膀胱与十二指肠中间，宫腔为上宽下窄的倒置三角梨状，上边二角为"子宫角"，通往双侧输卵管，尖端朝下接子宫颈管。

3. 撑持两伞：指的子宫两侧有输卵管和卵巢。如同子宫的双臂，有多个凸出像手指，又像喇叭花，伞状一般，被称伞端。

4. 诚信阿姨：月经，是人们对它的俗称。月经是伴随卵巢周期性变化而出现的子宫内膜周期性脱落及出血，属生育期妇女重要的生理现象。一般为 21—35 天，平均 28 天。每次月经持续时间称行经期，一般 4—6 日，经量为 20—60 毫升。

5. 精灵赴约：指精子在妇女排卵期受精。规律性周期排卵期是发生在两次月经中间，一般为 14 天左右。如在这时候受精，即为受孕，怀孕。

6. 十月脐连：怀胎十月，脐带相连。脐带是胎儿和胎盘之间的连系结构，形状如绳索，光滑透明，内含结缔组织和一支脐静脉，一对脐动脉。通过胎盘液与绒毛间隙内母体血液之间进行物质交流。

7. 泳池决：泳池，喻孕妇子宫及宫内羊水，孕妇怀孕期间子宫羊膜腔内液体。羊水通常可以起到稳定子宫温度作用，还有利于胎儿在宫腔内自由活动和减少外界的创伤性，是胎儿生长所需的必要物质。决，指生孩子羊水破了，是正常的生理现象。

8. 比邻门近：指阴道位于尿道口的下方，后邻肛门，容易发生感染。

9. 好事：俗指月经。来月经就说明一个女孩子可以生育了，生小孩子算一件好事，所以有一些地方也叫好事；再就是现在的女孩来月经的一种委婉的表示。

10. 摇篮：指子宫是女性特有的器官，是孕育生命的摇篮，它对人类生命的延续作出了巨大的贡献。

48.沁园春·盆腔炎

脐下凝肤，神秘盆腔，妙物蕴含。隐子藏梨状，卵巢花样；传输细管，少腹镶嵌。繁衍温床，薄膜遮挡，激素匀调经带参。坤灵处，乃奇恒之腑，生命摇篮。

阴幽壁垒深严，是何故笄年易感炎。究病因错杂，褥期露染；人流术损，邻里围歼。殃祸蛮腰，粘连不孕，宫外安家房事嫌。但防御，胜千金方药，风韵增添。

疾病简介

盆腔炎，是女性内生殖器官子宫、卵巢、输卵管及其周围的结缔组织、盆腔腹膜发生炎症，统称为盆腔炎。

据统计，近年来，我国盆腔炎患者日益增多，约占25—55岁育龄女性的60%。

盆腔炎分急性、慢性两种临床症状以及结核性盆腔炎。

病因

主要有以下几个方面：

1.产后或流产后感染。

2.宫腔内手术操作感染，如放置或取出节育环、刮宫术、输卵管

173

通液术、输卵管造影术，或者手术后不遵医嘱，不注意个人卫生，致使细菌上行感染。

3. 经期卫生不良，包括经期使用不洁卫生巾、经期盆浴、经期性生活等均可使病原体侵入而引起炎症。

4. 邻近器官的炎症直接蔓延。如阑尾炎、腹膜炎以及宫颈炎，由于它们与女性内生殖器官毗邻，炎症可通过直接蔓延引起盆腔炎症。

盆腔炎的危害

1. 肾病：如果急性盆腔炎未经治疗或治疗不彻底，炎症不仅可以扩散致输卵管、盆腔腹膜等组织器官，引起盆腔脓肿，还可向上蔓延，导致肾周围脓肿。

2. 输卵管妊娠：慢性输卵管炎是常见的干扰受精卵正常运行的因素，为输卵管妊娠的主要原因。盆腔炎性疾病可使异位妊娠的危险增加两倍以上。

3. 败血症及脓毒血症。

4. 弥漫性腹膜炎：炎症的发展和蔓延可以扩散到子宫最外层的浆膜层。

5. 不孕症：当急性炎症未能彻底治疗转变成慢性，常常造成妇女不孕。

6. 导致宫外孕：慢性盆腔炎，多为双侧输卵管炎，久而久之使输卵管粘连堵塞，管腔变窄或闭锁，导致受精卵无法着床宫腔，而形成宫外孕。

7. 影响夫妻生活：盆腔炎反复发作，经久不愈，给患者造成焦虑、烦躁、忧郁等不良情绪，继而造成性冷淡、性厌恶，影响夫妻生活。

盆腔炎的治疗

根据不同症状分别选用抗生素及中成药如妇炎康复片、调经白带丸、痛经丸、妇科千金片等药物，都有显著的疗效。

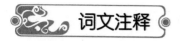

1. 盆腔：盆腔在下腹部的正中位置，盆腔内有许多重要器官，包括消化系统、泌尿系统、生殖系统。这里指女性盆腔包括生殖器官、盆腔腹膜和子宫周围的结缔组织。

2. 子藏梨状：子藏，子宫的雅称，意味着孩子所在的地方；梨状，子宫位于盆腔正中，形如合钵，如倒置的梨。

3. 卵巢花样：卵巢为一对扁椭圆形的性腺，其形像喇叭花。

4. 传输细管：指输卵管，为一对细长而弯曲的肌性管道，长 10—12cm，直径 5mm，位于子宫底两侧，包裹在子宫阔韧带上缘内。自子宫两角分别伸展至左右卵巢，是输运卵子进入子宫的管道。

5. 少腹：少腹为中医名，即小腹，位于肚脐以下。

6. 薄膜：这里指腹膜，是依附于盆壁、腹壁、盆腔表面的一层薄薄的浆膜。

7. 激素：指卵巢可以合成和分泌甾体激素，如雌激素、孕激素以及少量的雄激素，称为卵巢内分泌功能。

8. 经带：中医病名，妇女月经、白带的简称。

9. 奇恒之腑：中医术语，指"脑、骨、脉、胆、女子胞，曰奇恒之腑"。其特点是它们同是一类相对密闭的组织器官，却不与水谷直接接触，即是腑非腑，是脏非脏，但具有类似脏腑贮藏精气的作用。

10. 笄年：女子成年。唐·王韫秀诗："笄年解笑鸣机妇，耻见苏秦富贵时。"

11. 褥期露感：产褥期（4—6 周）恶露不断，从而导致局部感染、全身感染，引起产褥感染。

12. 邻里围歼：指盆腔邻近器官组织的炎症，直接蔓延至盆腔，导致盆腔炎症感染。

13. 殃祸蛮腰：女子细腰，这里喻指女人肾脏，如急性盆腔炎未

及时治疗，炎症可向上蔓延，导致肾炎，肾周围脓肿。

14.宫外安家：指宫外孕。

15.房事嫌：慢性盆腔炎反复发作，易使患者产生焦虑、烦躁、忧郁等不良情绪，继而导致性冷淡、性厌恶。

16.千金方药：指妇科名药，妇科千金片。

49. 沁园春·卵巢早衰

腑日奇恒，雅名胞宫，内隐卵巢。似倒悬喇叭，花开左右；主司雌素，月信如潮。艳遇精虫，阴阳偶合，扎寨安营育宝苗。坤灵毓，葆青春久驻，悉力滋调。

深藏秘境球泡，岂能避外尘祸患遭。有异常染色，自身免疫；人流病毒，烟酒眠熬。好事迟延，激情消退，不孕心烦华色凋。促分泌，改不良习惯，重焕春娇。

疾病简介

卵巢，位于女性盆腔内子宫两侧，左右各一。卵巢是女性的性腺，其主要功能是：产生和排出卵细胞、分泌性激素，以促进女性性征的发育并维持之。

生育年龄妇女除妊娠和哺乳期外，卵巢每个月发生一次周期性变化，左右卵巢每月交替排出一个成熟的卵子。排卵期多在月经周期14—16天。排卵后卵子存活数小时，此时，卵子如进入输卵管并遇到精子，即受精成为受精卵。

卵巢分泌三种激素即雌激素、孕激素和极少量的雄激素。这些激素是女性美丽与健康的守护神。

卵巢早衰是指女性有自然的月经周期规律，而在35岁之后出现卵巢萎缩性持续闭经等症状。

病因

1. 精神压力过大：导致内分泌失调，卵巢出现早衰而使得更年期提前。

2. 不良生活习惯：吸烟、喝酒、辛辣、熬夜等都很容易引起月经紊乱而致卵巢早衰等疾病发生。

3. 盲目过度减肥：容易造成雌激素分泌不足，而导致月经不调、停经，甚至闭经，易抑制排卵功能，引起卵巢早衰。

4. 疾病导致：如疱疹、腮腺炎、妇科炎症易引起卵巢炎症、卵巢损害，导致卵巢早衰。

危害

1. 不孕：这是卵巢功能衰退最严重的危害之一，会导致女性失去生育能力。

2. 性功能障碍：由于雌激素下降，使性欲减退，有性冷淡的表现，性交疼痛。

3. 加速衰老：雌激素降低，会使皮肤松弛、暗黄、色素沉着，影响外观。

4. 远期并发症：卵巢早衰会增加骨质疏松、心血管疾病等并发症的风险。

治疗

1. 一般治疗：疏导情绪，健康饮食，规律运动。

2. 药物治疗：补充雌激素、孕激素、钙剂和维生素D。中医认为属于肾气亏虚，肾精不足，可采用补益肾气、滋补肾精如四物汤、八珍汤和肾气丸等来调理卵巢早衰。

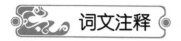

词文注释

1. 腑曰奇恒：中医名，是指与六腑不同的一类脏器组织，包括脑、髓、骨、脉、胆、女子胞（子宫、卵巢）六个器官。奇恒，就是异于平常之意。

2. 胞宫：子宫的别称，是中医固有的名称，属奇恒之腑。

3. 内隐卵巢：指子宫内的卵巢，是女性特有的性器官。

4. 倒悬喇叭：卵巢呈扁椭圆形，分别位于子宫两侧，像倒悬着的喇叭花一样。

5. 主司雌素：卵巢的主要功能是产生卵子并排卵、分泌雌激素、孕激素和少量雄激素，即生殖功能和内分泌功能。

6. 月信如潮：月信，月经的别称，指子宫内膜周期性脱落和出血，并伴有卵巢的周期性变化，每月一次，如潮汐一样规律守时。

7. 坤灵毓：坤灵是古人对大地的美称，这里指女性的卵巢。

8. 球泡：卵泡，是雌性生物的生殖细胞，它是卵巢产生并由卵巢排出的呈球形的卵泡，有一个核，外面由卵黄膜包着。性成熟的女性每个月排卵一次，一次一个，但也有排两个的，即双卵双胞。

9. 异常染色：指染色体异常，是由于遗传物质变化引起的。90%和母亲有关，且随着年龄的增大而风险愈高。是临床称为唐氏综合征高危对象的原因，即35岁以上高龄产妇。

10. 自身免疫：指早发性卵巢功能不全的病人合并其他自身免疫性疾病，如甲状腺炎、红斑狼疮、类风湿性关节炎等。

11. 人流病毒：人流，即人工流产，频繁创伤；病毒，如患乙脑、腮腺炎均可导致卵巢功能不全的发生。

12. 好事迟延：月经，俗称好事，迟延，不规律。

13. 激情消退：指性欲下降，性冷淡，性交疼痛。

50. 沁园春·妊娠

尘世芸芸，圣主凡人，伊始妊娠。叹精虫渺小，征途漫漫；相逢卵管，喜度新婚。埋植胚胎，晨呕腹挺，六甲分离几断魂。育生命，赞娘亲伟大，何等艰辛。

孕珠女性基因，但难免偶然风险存。或畸形异位，包衣破损；交欢流产，感染伤身。筛检优生，定期查探，母子平安啼哭闻。高科技，建工场孵化，早日成真。

妊娠简介

通俗地讲，妊娠就是妇女怀孕。

受孕过程

女性一生排卵的数量为400—500个。大多数情况下一次只排一颗卵子。自青春期到绝经期大约有35年，每次月经周期排一次卵。大部分的受精是由男性在女性体内射精后产生。男性一次约可射出5亿个精子至女性体内，顺利时10个小时后精子可游至输卵管内与卵子结合，有些强壮的精子或射精时的时速高过40千米，则可短在1小时内完成。精子一般能存活36小时。

精子在女性阴道腔里，通过精液液化，游动到子宫里，然后再游到输卵管里，这个时候如果遇到卵子，精子和卵子就产生结合，形成受精卵。受精卵在输卵管纤毛的帮助下，再向宫腔内缓慢移动，并埋入子宫内膜，俗称着床，就形成了胚胎，之后，意味着一个小生命的诞生。

妊娠的诊断

分早、中、晚期诊断。

1. 早期诊断：妊娠12周以前，停经有性生活史生育年龄妇女，月经过期10日以上应疑为妊娠，停经是妊娠最早和最重要的症状。早孕反应：约半数妇女于停经6周左右出现，一般为头晕、乏力、嗜睡、喜食酸物或厌油、恶心、晨起呕吐等症状。一般于妊娠12周左右自行消失。尿频尿急：系增大的前倾子宫压迫膀胱所致，约在12周后自然消失。乳房自8周起逐渐增大，乳房乳头有轻度胀痛。生殖器官可于6—8周出现宫颈充血变色，宫体增大变软。

2. 中、晚期的诊断：妊娠第13—27周称中期妊娠，第28周及其后称为晚期妊娠。妊娠中期以后，子宫明显增大，能扪到胎体，感到胎动，听到胎心音，容易确诊。

辅助检查：一是B超检查，二是多普勒检查，三是血、尿试验。

词文注释

1. 妊娠：是指从受孕至分娩的生理过程，是胚胎和胎儿在母体内生长发育的过程。成熟卵子受精是妊娠的开始，胎儿及其附属物自母体排出，是妊娠的终止。

2. 征途漫漫：指精子在女性阴道腔里被液化后游动到子宫，再到达输卵管，最短1个小时，一般10个小时以上。从阴道口到输卵管大约长17cm，精子一般要游20cm的距离才能到达输卵管。

3. 相逢卵管，喜度新婚：输卵管长8—14cm，分四个部分：一是输卵管间质部，即起始部，长约1cm；二是峡部，长2—3cm；三是壶

181

腹部，长5—8cm；最后是输卵管的伞部。受精就是在输卵管的壶腹部，那里宽大弯曲，是精子和卵子结合的理想场所。

4.埋植胚胎：经输卵管伞部捡拾受精卵及蠕动功能，从而将受精卵送达子宫，着床后，子宫内膜开始积极地生长、增厚，为受精卵提供营养滋润。

5.晨呕：指孕妇的早期反应。其原因一是心理因素，精神压力大。二是人绒毛膜促性腺激素水平升高，造成孕妇恶心呕吐、嗜睡、喜食酸辣食物。

6.六甲：指妇女怀孕。传说天帝造物之日中，甲子、甲寅、甲辰、甲午、甲申、甲戌六甲日，是妇女最易受孕的日子。另一说法是人们对未出生的孩子的美好祈愿，怀的是六个神兵神将。也有说是房中术和道教的求子之语，类似人们观念中"生个男娃"好传宗接代之类，希望怀个男婴。随着社会的发展及语言的演变，这类"专指"就慢慢演变成"泛指"，怀孕也就通称为"身怀六甲"了。

7.孕珠：①蚌类怀珠。②比喻妇女怀胎。明《四贤记·义劝》："夫人貌比桃夭，性同玉润，正在孕珠之际，胡有分枕之谈？"

8.畸形异位：①畸形，指胚胎或胎儿异常发育引起的结构或功能缺陷，包括葡萄胎等。②异位，指孕囊没有正常着床在宫腔居中位置，一是宫外孕，二是宫内位置不对，如在宫角、瘢痕和宫颈妊娠。

9.筛检优生：指怀孕后的筛查，是当今优生项目的检查：①怀孕初期，进行B超确定，是否为宫内妊娠。②中期检查，是否存在畸形。③晚期检查，包括母体、胎儿的系统检查。

10.工场孵化：据报道，未来人类将由工厂生产出来，通过模拟子宫，使受精卵在人造环境下发育，从而摆脱怀孕的痛苦和对母体的需求，批量生产，以适应外太空大量移民的需求。

51. 沁园春·月经不调

地运山川，月转潮汐，宫泌雌娥。赞至诚守信，春秋无缺；内膜脱落，好事抛梭。相遇精灵，怀胎哺乳，天癸消停一载多。更年到，总心焦烦躁，愁叹嗟哦。

卵泡藏匿巢窝，少涵养源枯常断河。久神情压抑，失调激素；苦寒凝闭，瘀滞斑皤。烟酒熏蒸，减肥熬夜，紊乱延期乃积疴。致不孕，诱肿癌贫血，衰瘦黄婆。

疾病简介

月经不调又称月经失调，是妇科常见疾病，以月经的周期、经期、经量等出现异常为特征，患者月经前、经期还可伴有腹痛、头晕、乏力等症状。

病因

1.精神因素：长期处于抑郁、不安、紧张、恐慌等负面情绪中，或者在经历重大精神挫折与创伤后，引起内分泌失调，致使卵巢功能异常，从而出现月经不调。

2.药物因素：长期服用避孕药，可能会影响机体的正常功能，从而导致月经不调的发生。

3.疾病因素：子宫疾病，如子宫肌瘤、子宫息肉、子宫内膜异位、子宫粘连、多囊卵巢综合征、生殖道炎症等是引起子宫出血，月经稀发、月经量减少和闭经的常见原因。慢性肝炎、血液病、甲状腺功能亢进或减退也会导致月经失调。

4.其他因素：如宫内节育器、过度节食、运动量过大、烟酒、熬夜等不良生活习惯，均可导致身体各机能下降，影响机体平衡，引起内分泌失调，致使月经出现异常。

症状

主要表现为月经周期延长或缩短，月经持续的天数变化很大，不规律，经量增多或减少，甚至闭经等。亦常伴有腹痛、头晕、乏力、贫血、腰膝酸痛、乳房胀痛、经前烦躁等症状。

检查

主要为查体、血液、激素、超声影像、腹腔镜、宫腔镜等检查。

治疗

月经失调主要是针对病因进行治疗。如果是疾病因素导致的，则需要药物或手术治疗。如果因不良生活习惯引起的，则需戒除烟酒，不熬夜，避免劳累。如果是情绪引起的则应学会自我调整情绪，缓解压力。停止服用可引起月经失调的药物。

预后

部分患者通过日常调理，规律作息，改良习惯，即可使月经不调得到良好的改善。对于病程较长的患者，通过药物或手术治疗，大多可获得良好的效果。

月经不调如不及时治疗，可出现各种并发症，严重影响患者的生活质量，还可引起贫血和不孕症等。

词文注释

1. 月转潮汐：指发生在沿海地区的一种自然现象，是指海水在月球和太阳引潮力作用下所产生的周期性运动，一般为每日规律性地涨落两次，人们习惯上把海面垂直方向涨落的称为潮汐。而把海水水平方向的流动称为潮流。发生在早晨的高潮叫潮，发生在晚上的高潮叫汐。这是潮汐名称的由来。

2. 宫泌雌娥：月经是子宫内膜在雌孕激素共同作用下产生周期性增生和脱落，导致宫腔出血，血液夹杂着脱落的内膜组织，顺着阴道排出体外，就形成了月经。

3. 守信：指正常女性月经规律出现。一般月经周期在 21—35 天，平均 28 天。经期 4—6 天，经血量 20—60ml。如果超过以上范围，就称为月经失调。

4. 好事：这里指来月经就说明一个女孩子可以生育了，生小孩算一件好事，所以来月经俗称好事。现在有些女孩为了比较委婉地表示来月经，也称大姨妈。

5. 精灵：这里指男性的精子，又称精虫。

6. 天癸消停一载多：天癸，女性月经的别称，中医《黄帝内经》指出，二七天癸至，这意味着女孩一般在 14 岁时来月经；消停一载多，指怀孕 10 个月，哺乳期约 10 个月，共停经一年多时间。

7. 更年：女性更年期。指女性绝经前后的生理阶段。多处于 40—55 岁。

8. 卵泡藏匿巢窝：卵巢是女性生殖器官，能够产生卵子，分泌激素。卵泡是存在于卵巢里面的，青春期后每个女性有 30 万—40 万个卵泡，每个月只有一个能够发育成为成熟的卵泡，其他的卵泡都会慢慢萎缩，自己吸收掉。

9. 致不孕：指患者长期月经不调，会引起内分泌紊乱，从而导致不孕。

10.诱肿瘤：月经不调严重时，可能会诱发恶变，出现肿瘤，癌变，如子宫肌瘤、卵巢囊肿、乳腺癌等的发生。

11.贫血：月经不调可能会导致贫血，如月经量增多、宫血、经期延长，就有可能发生贫血。

十、儿科

52. 沁园春·小儿肺炎

　　学语咿呀，啼哭难安，抚额高烧。乃风邪侵犯，肺炎罹患；唇乌气促，喘咳通宵。涕泪绵延，容颜萎靡，微弱哼哼父母焦。防惊厥，速送医救治，症发凶嚣。

　　此魔婴幼常遭，深探究病因明悉了。是细菌病毒，支原感染；血查胸片，魅影难逃。综合围歼，抗生内酯，吸氧祛痰旬日消。增免疫，付无私爱意，呵护儿娇。

疾病简介

　　小儿肺炎是婴幼儿时期最常见的一种呼吸系统疾病。好发于冬春季，是 5 岁以下儿童死亡的首位原因。据世卫组织统计，2016 年因肺炎造成 5 岁以下儿童死亡人数高达 92 万，其中 98% 发生在发展中国家。肺炎也是我国 5 岁以下儿童死亡的主要原因。

病因

　　小儿肺炎是由病原体及其他因素（如吸入羊水、胎粪）所引起的肺部炎症。分为细菌性肺炎、病毒性肺炎和支原体肺炎。

临床表现

　　一般症状：有发热、拒食、烦躁、喘憋等。体温可达 38—40 摄氏度。

1. 呼吸系统症状：咳嗽，开始为频繁地干咳，随后咽喉部出现痰鸣音，咳嗽剧烈时可伴有呕吐、呛奶，呼吸表浅增快，鼻翼翕动，患者口周、指甲可有轻度发绀。

2. 消化道症状：婴幼儿患肺炎时常伴有呕吐、腹泄、腹痛等症状。

3. 循环系统症状：重症肺炎患儿可出现脉搏加快，可达 140—160 次 / 分，如心率增快至 160—200 次，面色苍白，口唇呈青紫色，面部四肢水肿，是心力衰竭的临床表现。

4. 神经系统症状：常表现烦躁不安、嗜睡、易发生惊厥。出现意识障碍等症状时，可能并发中枢神经系统病变，如脑膜炎、中毒性脑病等。

治疗

小儿肺炎的治疗，主要包括对症治疗、抗感染治疗和预防并发症。

1. 对症治疗：若缺氧，可给予吸氧，若有痰，可口服祛痰药物，痰液黏稠者，不易咳出，可使用雾化治疗。

2. 抗感染治疗：医生根据具体病情，一般选择青霉素或阿莫西林、头胞等抗炎药物，或选择抗支原体大环内酯类药物和抗病毒类药物治疗。

3. 中医治疗：根据寒、热、虚、实，辨证施治。

预防

预防上呼吸道感染，加强体质锻炼，注意增减衣物。有呼吸道病毒流行时，不要带小儿去密集公共场所，家人感冒，不要与儿童接触，注意消毒卫生。对于免疫力较差或年龄较小的患儿，可接种流感、链球菌等疫苗，增强抵抗力。

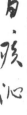

1. 学语咿呀：咿呀学语，形容小孩学说话时发出的声音。

2. 唇乌：也就是口唇紫绀，通常是由于血液当中二氧化碳浓度增高，血氧浓度降低所出现的临床症状。这里指小儿肺炎重症，出现心率增快至 160—200 次，是心力衰竭的表现。

3. 容颜萎靡：指面色暗黄，精神不振。

4. 防惊厥：小儿肺炎体温升高到 39 摄氏度或以上时容易发生惊厥，主要表现为突然发生的全身或局部肌肉群的强直性或阵挛性抽搐，双眼球凝神、斜视、发直或上翻，伴意识丧失。

5. 症发凶嚚：指小儿肺炎发生惊厥会造成患儿发育落后、运动障碍、大脑损伤。比较严重的还会有引起呼吸衰竭、痰液堵塞，或窒息缺氧，会危及患儿生命。

6. 此魔婴幼常遭：小儿肺炎是婴幼儿的常见病，发病率很高，一般在 60% 以上。如治疗不彻底，会导致支气管、呼吸道慢性炎症、儿童营养不良等。

7. 支原感染：支原体是一种介于细菌和病毒之间的微生物，人体感染后引起一系列症状，如咳嗽、咳痰、发热和头痛等。儿童免疫力低，接触了患者或其分泌物，引发间质性肺部炎症。

8. 血查胸片：检查诊断小儿肺炎，需要血常规检查，以观察白细胞总数的变化。也需要胸部拍片，才能确诊。

9. 综合围歼：小儿肺炎的治疗包括对症治疗、抗感染、抗病毒治疗和预防并发症等综合措施。

10. 抗生内酯：抗生，即抗生素，包括青霉素、阿莫西林、头胞等；内酯，即抗支原体大环内酯类药物。

11. 旬日消：指轻症小儿肺炎的治疗期一般为 7—10 天。重症需 2 周以上甚至更长时间。

53. 沁园春·小儿胃肠炎

　　粉面玲珑，哇笑唇红，胃隐脘窝。主廪收水谷，化生营养；吸精弃粕，菌种谐和。分泌酶原，增强消化，皱襞绒毛蠕颤波。细调护，望新苗茁壮，蹦跳欢歌。

　　太仓偶缺嘘呵，引腹泻伤娃危害多。乃细菌病毒，黏膜炎症；不良饮食，呕吐滂沱。烦躁蒙眬，高烧脱水，速速求医切莫拖。中西法，纠失衡补液，捏脊揉搓。

疾病简介

小儿胃肠炎是指各种原因引起的小儿胃肠黏膜炎症。

病因

1.由细菌和病毒造成肠道内感染，特别是大肠杆菌，是主要的致病菌。

2.上呼吸道的炎症、肺炎、肾炎、中耳炎等胃肠以外的的疾病，可以由于发烧和细菌毒素的吸收而使消化酶分泌减少，肠蠕动增加。

3.不良饮食及喂养，如吃得过多、过少，过早过多吃淀粉类、脂肪类食物，或突然改变食物，突然断奶等，都能引起孩子拉肚子。

4.气候变化，如过冷过热，均可诱发急性胃肠炎。

临床表现

不同病因导致的小儿胃肠炎症状不同，其主要表现为恶心、呕吐、腹泻、发热等症状。早期症状以胃肠道症状为主，常表现为食欲不振、呕吐，婴幼儿偶有溢乳。

1.急性胃肠炎轻型：多由饮食因素及肠道外感染引起，以胃肠道症状为主，数日后多可自行痊愈。

2.急性胃肠炎重型：多由肠道内感染引起，除有较重的胃肠症状外，还有脱水、电解质紊乱和全身感染中毒症状，如发热、精神烦躁或萎靡、嗜睡，甚至昏迷、休克。

3.感染性胃肠炎：是秋冬季小儿胃肠炎最常见的病原，被称为秋季腹泻。常伴有发热和上呼吸道感染症状，如呕吐、腹泻，大便呈黄色水样或蛋花样，且有少量黏液，常并发脱水、酸中毒或电解质紊乱。

4.慢性小儿胃肠炎是因病程迁延不愈，常伴有营养不良症状。

诊断

根据发病季节、病史、喂养史、临床表现和大便性状，结合实验室检查，即可作出诊断。

治疗

小儿胃肠炎的治疗原则是：调整饮食，预防和纠正脱水、补液，合理用药，加强护理，预防并发症。中医辨证论治有良好的疗效，有中成药、推拿、捏脊、针灸和磁疗等。

词文注释

1.胃隐脘窝：胃脘，中医名，一是经穴名，二是指胃腔。《黄帝内经》："脘，通胃，气之所积。"

2.廪收水谷：指贮藏米谷的仓库。古云：谷藏曰仓，米藏曰廪。廪收，意思是收纳入仓。中医喻指脾胃受纳运化之功能，有时单指胃。

3. 化生营养：指中医所讲的五谷杂粮，经脾胃所化生的营养精华，或为气血，或为津液，疏散输布并营养全身。

4. 菌种谐和：指胎儿出生后与外界环境接触，肠腔内出现细菌，各种菌群逐渐增多，最终形成人体肠道菌群稳定、和谐的极其复杂的微生物系统。

5. 分泌酶原：消化酶，它是人体消化器官分泌的消化液中的物质，是将食物分解为人体能够吸收的小分子物质，具有促进消化的作用。

5. 皱襞绒毛：皱襞，指小肠内表面的皱襞，它增加了肠壁面积，促进肠道蠕动，提高消化功能，促进食物下行；绒毛，指小肠内皱襞绒毛，可促进营养物质的吸收，吸附有害物质，保护肠黏膜。

6. 太仓：①古代京师储谷的大仓。②胃的别称。③江苏省太仓市。

7. 嘘呵：形容风扬火气，轻轻吹气，呵气使暖，比喻关心爱护。

8. 滂沱：①雨大貌。②形容泪或血流得多，如涕泗滂沱、流汗滂沱、流血滂沱、涕泣滂沱、呕吐滂沱。

9. 脱水：指各种因素导致的人体饮水不足或消耗，丢失大量的水分，而引起新陈代谢障碍的临床综合征。

10. 纠失衡补液：纠正人体因脱水而导致的电解质紊乱，常以补液为主的治疗方法。

11. 捏脊：一种中医治病的按摩方法，两手沿着脊柱的两旁，用捏法把皮捏起来，边提捏，边向前推进，由骶尾部捏到枕项部。捏脊疗法可提高机体免疫力，整体双向调节内脏活动，从而达到防治多种疾病，特别是对小儿胃肠道疾病有较明显的效果。

54.沁园春·小儿脑瘫

牵脑垂肢，曲脸偏斜，涎水外流。乃痴呆婴疾，典型模样；含糊口齿，颤抖摇头。肌肉松弛，手扶拐杖，矮小牙稀迟钝眸。莫岐视，待残尊平等，友爱相投。

人遭不幸烦愁，此何怪居心包祸谋。是妊娠诸症，畸形发育；颈缠脐带，羊水吞喉。窒息肤黄，产钳伤损，萎缩疤痕五软留。早训练，用丹丸针刺，自理唯求。

疾病简介

小儿脑性瘫痪，俗称小儿脑瘫。是指婴儿从出生后一个月内脑发育尚未成熟阶段，非进行性脑损伤所致的中枢神经障碍综合征。病变部位在脑，累及四肢，常伴有智力缺陷、癫痫、行为异常、精神障碍及视觉、听觉、语言障碍等症状。

病因

脑瘫可由多种病因引起，一般将致病因素分为三类：

1.出生前因素：多种因素造成胚胎早期发育异常，胎儿期的感染、缺血、缺氧和发育畸形，母亲的妊娠高血压、糖尿病、腹部外伤和接触放射线。

2.出生时的因素：羊水或胎粪吸入，脐带绕颈所致窒息，难产产钳所致的产伤、颅内出血及缺氧。

3.出生后因素：核黄疸、严重感染及外伤等。

临床表现

1.运动障碍：运动自我控制能力差，双手不会抓东西，双脚不会站立行走。不会正常咀嚼和吞咽。

2.智力障碍。

3.语言障碍：语言表达困难，发音不清或口吃。

4.视听觉障碍。

5.生长发育障碍：个子矮小。

6.牙齿面部发育障碍：质地疏松、易折。

7.口面功能障碍：脸肌、舌肌有痉挛和不协调收缩；咀嚼、吞咽困难以及流口水。

8.情绪、行为障碍：固执、任性、易怒、孤僻，情绪波动大，可出现强迫、自伤侵袭行为。

9.约半数脑瘫患儿由于大脑内有固定病灶而诱发癫痫。

诊断

典型病例在出生时或婴儿期呈偏瘫或双侧瘫，而后常有智能缺损和痉挛发作等症状，通过脑电图及影像检查，即可确诊。

治疗

1.康复医疗为主，早期进行功能训练，尤其是超早期治疗，可获得较大的效果。

2.根据病情，也可采取手术治疗。

3.药物治疗。

4.中医疗法：如针刺、按摩、中药疗法等。

预防

①怀孕时，应防止风疹病毒感染。②怀孕后，进行定期孕检，防

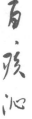

治高血压、糖尿病，防止早产，避免不必要的服药。③出生后，重点保护未成熟儿。④鼓励母乳喂养。

词文注释

1. 牟脑垂肢：脑瘫属于运动发育障碍，竖头有可能支撑不起来，同时还会引起四肢无力、反应迟钝、坐立不稳等现象。

2. 涎水外流：指脑瘫患者面部肌肉和舌部肌肉有时痉挛或不协调收缩，产生口腔咀嚼、吞咽、闭合困难，以至于口水外流。

3. 痴呆：这里指中医对脑瘫的别称。

4. 含糊口齿：脑瘫患者语言障碍，发音不清或口吃。

5. 矮小牙稀迟钝眸：矮小，指生长发育障碍，身体矮小；牙稀，牙齿发育障碍，稀疏，质地疏松，易折；迟钝眸，指脑瘫儿目光呆滞，反应迟钝。

6. 妊娠诸症：指妊娠期患有高血压、糖尿病、营养缺乏，或受到放射照射，或脑部缺氧、难产、产伤，致颅内出血、畸形等症状发生。

7. 颈缠脐带：指脐带围绕在胎儿的颈部，以绕颈一周者多见。若缠绕过紧，可使胎儿血液循环受到阻碍，引起胎儿缺氧，导致胎儿宫内窘迫，甚至危及胎儿生命。

8. 羊水吞喉：羊水，是怀孕后包裹着孕囊的一种液体，主要作用是促进胎儿在子宫内循环并起到缓冲作用，同时可以改善胎儿宫内缺氧；吞喉，指胎儿在子宫内或生产过程中，由于氧气不足，出现胎儿呼吸不畅，吸入了大量的羊水、胎粪，出现呼吸困难，皮肤青紫，口吐白沫，哭声低弱，甚至窒息等羊水吸入综合征。

9. 肤黄：新生儿核黄疸，分生理性和病理性。若黄疸升高迅速，如不及时干预，可至脑病，致残率非常高。

10. 产钳：指在分娩过程中利用产钳助产，是处理难产的重要手段，操作应确保母婴安全，减少损伤等分娩并发症。

11. 五软：中医儿科的一个病名，指头颈软、口软、手软、脚软和肌肉软。相当于西医所说的脑瘫。头颅核磁可提示大脑皮层萎缩、疤痕等病症。

12. 自理唯求：早期轻度脑瘫经过系统的治疗和康复训练，患者是可以生活自理的。但如果脑瘫被确诊较晚，症状严重者，会导致生活不能自理。因此，帮助患者尽早修复，尽最大限度地改善症状，力求提高生活自理能力。

55. 沁园春·麻疹

疾厄无情，幼稚羸身，麻疹俘擒。症高烧喘咳，畏光喷嚏；焦烦渴躁，泪水潸淋。面颊黏膜，手心脚底，背腹红斑如密林。自收没，渐糠麸脱屑，棕色留沉。

蛤蟆瘟毒根寻 ，乃飞沫播传匿伏深。约隐藏旬日，狰狞暴发；专欺婴子，未注神针。病喜冬春，流行迅速，隔岁粰疮复大祲。满八月，把疫苗接种，犊体瓯金。

疾病简介

麻疹是儿童最常见的急性呼吸道传染病之一，麻疹主要通过飞沫传播。其传染性很强。在人口密集而未普种疫苗的地区很容易发生流行，2—3 年一次大流行。我国自 1965 年开始普种麻疹疫苗后，发病率显著下降。

临床表现

患者在感染后，一般会在 8—12 天内出现以下症状：

1. 发热：体温可达 39 摄氏度以上。

2. 全身皮疹：麻疹病毒侵入皮肤和黏膜，引起全身性皮疹，最初出现在面部和口腔黏膜，然后扩散到全身、手掌、脚底。

3. 流涕、咳嗽。

4. 眼结膜炎，常伴有结膜充血和分泌物。

治疗

麻疹为病毒感染性疾病，无特效药物治疗，主要是护理、对症处理。

1. 一般治疗：隔离，卧床休息，保持皮肤、黏膜清洁，用盐水口腔漱口。

2. 对症治疗：包括退热剂、镇静剂、镇咳剂、抗生素和中医药治疗。

恢复期

出疹 3—4 天后，手心和脚心有疹子出现，说明疹子已全部出全，病人进入恢复期，皮疹开始消退。消退的顺序与出疹时相同。食欲、精神等症状也随之好转，体温减退，7—10 天痊愈。疹退后，皮肤留有糠麸状脱屑及棕色色素沉着。

预防

1. 被动免疫：在接触麻疹 5 天内给予免疫血清球蛋白，可预防麻疹发病。

2. 主动免疫：采用麻疹减毒活疫苗是预防麻疹的重要措施，其预防效果可达 90%。初种年龄为 8 月龄。18—24 月龄或 7 岁时复种 1 次。

3. 控制传染源：做到早期发现、早期隔离。一般病人隔离至出疹后 5 天。

4. 切断传播途径：病人衣物应在阳光下曝晒，病人曾住房间应用紫外线照射消毒，尽量少去公共场所。

 词文注释

1. 嬴身：瘦弱的身体。

2. 俘擒：擒获或被擒获。

3. 面颊黏膜：麻疹常先于面部，自上而下出现。麻疹的早期口腔症状是口腔黏膜斑，它是麻疹的特异症状。

4. 背腹红斑如密林：麻疹可累及背、腹部，表现为形状不规则的红斑，大小不一，数量不等，邻近皮损之间可互相连接，融合成片，稍凸起于皮肤表面。

5. 自收没：麻疹属于自限性疾病，多在发病2—3周自行好转，亦称收没期。

6. 糠麸脱屑，棕色留沉：指麻疹出齐后，皮疹依布发顺序渐回，皮肤可糠麸样脱屑，遗留棕暗色的色素沉着。

7. 蛤蟆瘟毒：麻疹的俗称，又叫蛤蟆瘟。麻疹病毒属副黏液病毒，通过呼吸道分泌物飞沫传播。

8. 隐藏旬日：麻疹传播期一般为6—21天，平均10天左右。

9. 婴子：婴儿。

10. 未注神针：指麻疹疫苗防疫针。由于人口流动增加，部分儿童麻疹疫苗漏种，及人体初免时获得的免疫抗体质与量逐年下降，致使成麻疹病毒的易感者。

11. 病喜冬春：麻疹以每年10月至次年2月为发病季节。

12. 隔岁籽疮复大祲：麻疹每隔1—2年为一个小流行年，相隔4年就会有较大的流行，呈周期性发病。籽疮，麻疹的别称，又名糠疮。大祲，不祥之气，灾难，犹灾异，瘟疫。

13. 满八月：我国麻疹疫苗接种对象为婴幼儿，出生八个月后即可接种。麻疹疫苗的免疫期为4—6年，7岁时应再复种。

十一、针推理疗

56. 沁园春·针灸

　　小小银针，享誉盛名，始祖逸才。创钻锥砭石，刺经灸艾；铜人腧穴，华夏标牌。皇甫遗章，医经甲乙，历代官家作教材。神奇术，越五洲传播，异国花开。

　　中华瑰宝奇哉，如经纬相交兵阵排。列纵横廿二，穴门数百；调和气血，通利筋骸。手法专精，捻提熏熨，转插酸麻得气来。穷奥秘，探无形脉络，幻杳疑猜。

针灸简介

　　针灸是我国古代劳动人民创造的一种独特的医疗方法。几千年来，人们利用金属针具或艾柱、艾卷，在人体特定的部位进行施灸，用以治疗疾病，解除病痛，并由此创立了独具特色的人体经络腧穴理论，成为中国医学的一枝奇葩，在世界上享有盛誉。

　　针灸由"针"和"灸"构成，是中医学的重要组成部分之一，是中华民族文化和科学传统产生的宝贵遗产。

　　早在新石器时代，人们就用"砭石"砭刺人体的某一部位治疗疾病。春秋战国名医扁鹊，他起死回生的神奇针术，为后人世代经久传颂。到了隋唐时期，针灸学发展成为专门学科。在太医署专设有针博士、针助教等职衔，并著有《铜人腧穴针灸图经》及铜人模型。明清以后，流派纷争，名家辈出，佳作不断，针灸疗法得到了极大的发展。

医疗特征

针灸在长期的医疗实践中，形成了由十四经脉、奇经八脉等经络理论，以及361个腧穴主病的知识，创造了经络学说，并由此产生了一套治疗疾病的方法和体系。

远在唐代，中国针灸就已传播到日本、朝鲜、印度、阿拉伯等国家和地区。到目前为止，针灸已经传播到世界上140多个国家和地区，为保障全人类的生命健康发挥了较大的作用。针灸是中华民族智慧的结晶，也是全人类文明的瑰宝。

针灸是中医针法和灸法的总称。针法是用特制的金属针，按一定穴位，刺入患者体内，运用捻、提等手法以达到治病的目的。灸法是把燃烧着的艾绒熏灼穴位的皮肤表面，利用热刺激来治病。

词文注释

1. 银针：针灸用的银针，从古到今，针灸经历了多次变革。最初古代用的是砭石，是把石头磨成尖尖的形状，刺激人体，所以叫砭石。以后发展成骨针，进而演化发展成银针。现代则选用不锈钢来作为针灸针。

2. 始祖逸才：专指我们的先祖有出众才能，出众的人才。

3. 铜人腧穴：铜人，即针灸铜人，由宋代针灸专家王惟一制作而成，长短大小与真人相同；外表刻有354个穴位。腧穴，是人体脏腑经络之气输注于体表的部位，是针灸治疗疾病的刺激点与反应点。

4. 皇甫遗章：皇甫，即皇甫谧（215—282），甘肃灵台人，三国西晋时期医学家、史学家。遗章，指其著作《针灸甲乙经》，它是中

国第一部针灸学专著。在针灸学史上占有很高的学术地位，被誉为"针灸鼻祖"。皇甫谧是我国古代历史上唯一与孔子齐名在世界文化史中占有一席之地的历史名人。

5. 医经甲乙：指皇甫谧所著的《针灸甲乙经》，共十二卷一百二十八篇。这是我国现存最早的一部理论联系实际，有重大价值的针灸学专著，被人们称作"中医针灸学之祖"，一向被列为学医必读的古典医书之一。此书问世后，唐代医署就开始设立针灸科，并把它作为医生必修的教材。

6. 异国花开：针灸疗法适应症广、起效快、操作简便易行、费用低、副作用少。远在唐代，中国针灸已传播到日本、朝鲜、印度、阿拉伯等国家和地区，到目前为止，针灸已传播到世界140多个国家和地区，在他国开花结果。为保障全人类的生命健康发挥了较大的作用。

7. 列纵横廿二，穴门数百：指人体经络有十四经脉、奇经八脉等二十二条经络，以及361个腧穴，它们在人体内彼此紧密相连，纵横交错，内通五脏六腑，外络肢体皮毛，从而构成一个完整的循环系统。

8. 捻提：捻转提插，指针灸医生的运针手法，简称行针四法，是行针的基本手法，既可单独使用，又可配合应用。提插法，是将毫针刺入腧穴一定深度后，施以上提下插的操作方法。捻转法，是指将针刺入腧穴一定深度后，施以向前向后，来回旋转，持续均匀的行针方法。

9. 无形脉络：指经络穴位的定位走向、深浅范围，模糊无形，神秘虚无。只能凭医生的经验感觉，施行针刺，得气与否。

10. 幻杳疑猜：幻杳，谓虚玄不可捉摸；疑猜，怀疑猜测。

57. 沁园春·推拿

掌里乾坤，指尖奇功，国术推拿。赞神医扁鹊，救危尸厥；葛洪肘后，爪掐驱邪。行气疏经，丰肌活血，十指流云舒胀麻。周天合，解玉躬寒热，众口称嗟。

疗人元老声华，施八法身田任叱咤。按龙头虎背，颈肩拍打；四肢脊柱，揉捏交加。便腹浮虚，盈肥痿痹，强壮童孩效最佳。只双手，胜良方针药，亘古传夸。

推拿简介

推拿，又称"按摩"，是以中医的脏腑、经络学说为理论基础，并结合西医的解剖和病理诊断，而用手法作用于人体体表的特定部位、特定的经络、腧穴，达到治疗目的的一种物理治疗方法。分为保健推拿、运动推拿和医疗推拿。

推拿是运用推、拿、按、摩、揉、捏、颤、打等八种形式的手法和力道，以达到疏通经络、推行气血、抚伤止痛、祛邪扶正、调和阴阳、延长寿命的治疗方法。

推拿疗法，普遍适用老年、青年、儿童、妇女的治疗方式，副作用少、适应范围广泛，是一种普遍应用的自我保健方法。

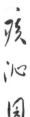

发展历史

推拿有学者赞为"元老医术"，作为"以人疗人"的方法，是由摩挲、接矫、按摩逐渐演变而来的。推拿发展到今天已有五千多年的历史。可见古代很早就掌握用按摩疗法来治疗肢体麻痹不仁、痿症、厥症、湿症和寒热等症。

战国名医扁鹊，在抢救虢太子"尸厥"暴症时，成功运用推拿等方法。《肘后备急方》有爪掐人中治疗晕厥患者的急救法。

隋唐设立了按摩专科，有按摩博士、按摩师、按摩工等职别，并在太医署开设了教学活动。嗣后，各朝代均将推拿列为临床专科。

小儿推拿更是按摩中的一枝奇葩，疗效显著，能有效提高儿童免疫力的作用。

主要特点

推拿经济简便，不需要特殊医疗设备，不受时间、地点、气候条件的限制，随时随地都可实行，无任何副作用，深受广大群众的喜爱，它能增强人体的抗病能力，还可使局部症状消退，加速恢复患部的功能，从而收到良好的治疗效果。

词文注释

1. 国术：中医是中华民族文化的精华，按摩是中国最古老的医疗方法，推拿疗法已有五千多年的历史。

2. 扁鹊：先秦时名医，曾用按摩疗法救人之危，抢救虢太子的"尸厥"恶症，他用针扎太子三阳和五会穴位，按摩其四肢和胸、腹、颈部，使虢太子"起死回生"。

3. 葛洪肘后：葛洪（约281—341），东晋道教理论家、炼丹家和医学家，自号抱朴子。他撰有医学著作《玉函方》一百卷（已失）。他所著的《肘后备急方》，有世界上最早治疗天花等病的记载。《肘后备急方》，书名的意思是可以常常备在肘后（带在身边）的应急书，书中收集了大量的急救用的方子。

葛洪《肘后备急方》在《救卒中恶死方》载"爪其病人人中，取醒"，《救卒死尸蹶方》载"爪刺人中良久，又针人中至齿，立起"等救法。

4. 丰肌：通过推拿可激活肌肉细胞，促使肌肤丰润强壮。

5. 疗人元老：推拿作为"以人疗人"的方法，通常指医者运用自己的双手作用于病患的体表、受伤的部位、特定的腧穴，采取多样的手法，以期达到疏通经络、祛邪扶正、调合阴阳的疗效；元老：①天子的老臣。②比喻各项各业资深望重的人，这里指推拿术作为一种非药物的自然疗法、物理疗法，它是的确由来已久，有学者赞之为"元老医术"，是以人疗人的鼻祖，是最古老的医疗方法。

6. 八法：推拿八法，分别是推、拿、按、摩、揉、捏、颤、打等八种形式的手法。

7. 便腹：指肥满之腹。宋·苏轼《宝山昼睡》诗："七尺顽躯走世尘，十围便腹贮天真。"宋·唐庚《余舍弟既到有作》诗："匪躬老矣惟心在，便腹依然但发稀。"

8. 盈肥：丰满肥腴，这里指虚胖，痰湿痿痹，适宜推拿减肥。

9. 强壮童孩：指推拿对小儿病症的作用十分有效，能有效提高其免疫力。小儿推拿的治疗体系形成于明代，以《保婴神术按摩经》等小儿推拿专著的问世为标准。小儿推拿的穴位有点状穴、线状穴、面状穴等。由于小儿肌肤娇嫩，神气怯弱，在操作方法上主要包含四大手法：开天门、推坎宫、运太阳及耳后高骨。因此强调轻快柔和、平稳着实、注重补泄手法。对常见病、多发病均有较好的疗效，对消化道病症疗效尤佳。

58. 沁园春·理疗

　　远古先民，蠲疾自然，理疗起源。解腰酸背痛，砭针拔罐；疲劳痹湿，蒸汽温泉。宝库精深，国医承续，妙手岐黄除疾烦。喜当代，更发扬光大，术道千般。

　　中西合璧姻连，高科技智能设备全。有直流红外，短波光谱；低频药渗，热袋钩牵。脏腑调和，消炎扶正，自动揉摩腿颈肩。通任督，把周天开窍，疾疹瘳痊。

理疗简介

　　理疗，可以简单地理解为物理疗法。它是通过对人体局部的直接作用和神经、体液的间接作用引起人体反应，调整血液循环、改善营养代谢、提高免疫功能、调节神经系统功能、促进组织修复，从而消除致病因素，达到保健、预防、治疗疾病的目的。理疗学是一门既古老又年轻的学科。早在公元前7000年的新石器时代，当时的原始人就利用阳光、砭石、石针、水和按摩等治疗疾病。我国以及古希腊、埃及、罗马就记载用阳光，冷、热水浴，按摩等治疗疾病。《黄帝内经》更详述了针灸、拔罐、药熨、按摩的具体疗法。春秋战国时期名医扁鹊则更娴熟地运用针灸、砭石、熨帖、按摩等治病。

现代医学常用的人工物理因素有：光、电、声磁、温度和机械力等，具体如下：

1. 电疗：分直流电、中频电、低频电、高频电和静电等疗法。

2. 光疗：分红外线、可见光线、紫外线和激光等疗法。

3. 声疗：分超声波和超低声波疗法。

4. 温度治疗：有热疗、冷疗和冷冻疗法。

5. 机械力疗法：有按摩、推拿、手法治疗、牵引及运动疗法等。

常用的自然界物理因素有：日光、大气、海水、矿泉、高山和森林等，都可用来防治疾病。

理疗在临床上应用广泛，如急慢性炎症、急慢性损伤、肢体运动功能障碍、疼痛症候群、内脏器官功能失调等。

词文注释

1. 远古：指公元前 7000 年的新石器时代。

2. 蠲疾自然：蠲疾，治愈疾。蠲疾自然，即当时的原始人就利用阳光、砭石、石针、按摩、水和森林等来治疗疾病。这就是最原始的理疗方法。

3. 砭针：砭石，治病刺穴的石针。唐·柳宗元《报崔黯秀才论为文书》："吾不幸蚤得二病，学道以来，日思砭针攻熨。"

4. 宝库：指储存金银财宝的地方，资源丰富的地方。毛主席语："中国医药学是一个伟大的宝库，应当努力发掘，加以提高。"

5. 岐黄：指古代医学名著《内经》，全称《黄帝内经》。它是轩辕黄帝和大臣岐伯等人讨论医学的对话。被后人尊为医学之祖，和杏林、悬壶一样，当作中医的别称。也有将"岐黄再世"誉称高明医家。

6. 直流红外：直流，即直流电疗法，是使用低电压的平稳直流

电，通过人体一定部位，以治疗疾病的方法；红外，即红外线理疗灯，它具有温热作用，可以温通经脉、消炎止痛，和局部热敷的作用类似。

7.短波：一般指理疗的短波疗法，包括中波、长波、超短波。主要以电容场法进行治疗。它对软组织、关节、骨骼、五官、胸腹腔脏器、神经系统、生殖器等的炎症有较好的疗效。

8.热袋钩牵：热袋，指加热的盐巴袋、药物袋、米类袋及沙袋；钩牵，指理疗中的牵引疗法。牵引法是应用外力对身体某些部位或关节施加牵引力，使其发生一定的分离，使周围软组织得到适当的伸展，从而达到治疗疾病的一种方法。

9.任督：任督二脉。任脉，行于腹面正中线，其脉多次与手、足三阴经及阴维脉交会，能总任一身之阴经，故称"阴脉之海"。督脉，行于背部正中，其脉多次与手、足三阳经及阴维脉交会，能总督一身之阳经，故称为"阳脉之海"。

10.周天：分大小周天，大周天指地球绕太阳转一圈，小周天指地球自转一周。小周天是气功修炼中常见的说法，常指任、督二脉之循环。五脏六腑之单独循环以及百会与会阴，百会与涌泉之上下交接等，亦可称为小周天。

11.疾疹瘳痊：疾疹，泛指疾病、患病；瘳痊，指疾病痊愈。

59. 沁园春·康复治疗

疾厄逢遭，微命悬绕，此辈了休。叹外伤筋断，肉肌萎缩；三瘫一截，病困如囚。关节蚕僵，失常二便，啖食穿衣任拽搂。最无奈，服万千方药，难解烦愁。

残肢屈体呆头，学蝼蚁抗争康复求。用声光电疗，推拿针灸；生存操习，自理筹谋。气血调和，展舒抑郁，防骨疏松脉畅流。早训练，必功能改善，减却长忧。

康复治疗简介

康复治疗是指促使损伤、疾病、发育缺陷等因素造成的身心功能障碍或残疾恢复正常或接近正常的治疗方式。包括以下几种：

1. 神经康复，如脑出血、脑外伤、脊髓损伤、小儿脑瘫等。

2. 运动康复，主要针对骨折术后引起的关节、肌肉功能障碍而实施的康复手段。

3. 心脏康复，如心肌梗死、心肌功能衰竭后进行的心脏方面功能锻炼。

4. 肺脏康复，如肺气肿等呼吸系统疾病减弱而实施的康复手段。

此外，还包括肾脏康复、心理康复、职业功能康复等，康复治疗是综合的临床学科。

具体作用

促进瘫痪肢体的功能恢复，阻止瘫痪肢体的挛缩，防止废用综合征的出现，为步行创造条件。预防下肢静脉血栓的形成，避免骨质疏松症发生，促进患者自理能力恢复，产生康复信心，以积极的身心状态，更好地配合康复训练。

具体方式

1.运动疗法：康复训练最重要的目的是要解决患肢的肌力、肌张力问题，方法包括肌力增强训练、关节活动度的训练和吞咽功能治疗。构音障碍、吞咽障碍的患者，要进行言语和吞咽治疗。

2.物理治疗：包括电疗、光疗、磁场疗、超声波疗和冷、热传导疗法等。这些均有改善血液循环，增强免疫功能，促进炎症吸收消肿作用。还可以镇痛、缓解肌肉痉挛，促进组织再生以及提高肌腱的伸展性、减轻关节僵硬、促进神经功能逐步恢复、肢体缺失功能重建。

3.作业疗法：是日常生活能力训练，训练患者自己吃饭、穿衣、二便等，恢复其生活自理能力。

4.中医康复治疗：主要有推拿和针灸疗法，可缓解肢体拘挛、行气活血、舒筋通络，有效促进肢体缺失功能恢复。

5.心理治疗：中风患者中抑郁、焦虑的发生率很高，心理治疗对提高生活质量很重要。

6.康复工程：对有关节畸形、生活自理有障碍的患者进行矫行器训练和生活器具的制作及使用方法的训练。

词文注释

1.三瘫一截：指偏瘫、脑瘫、截瘫和截肢的患者。现在康复治疗一般包括神经系统的康复，如脑出血、脑炎、脑外伤以及脊髓炎、骨关节功能障碍的疾病。

2.关节蚕僵：指手指麻木僵硬，如蚕僵般。关节，骨与骨之间的连接，分不动关节、动关节和半动关节。

3.啖食穿衣任拽搂：指三瘫一截的病人，肢体活动受限，生活不能自理，或大小便失禁，致病人尿路感染褥疮形成，因此常需要有专人照料。

4.服万千方药：指三瘫一截病人在通过采用手术治疗、药物治疗等各种方法稳定病情后，没有特效药，能使其彻底治愈恢复，很是烦恼。

5.蝼蚁：喻指微贱的生物。

6.声光电疗：理疗康复中的几种治疗方法，其主要作用方式有温度刺激、机械刺激、化学刺激、电磁刺激等。常用的治疗方法有声疗、光疗、水疗、电疗、冷疗、热疗、牵引和压力疗法及针灸推拿。

7.生存操习：瘫痪病人没有恢复较快的方法，只能通过循序渐进治疗。可以选择器械从而进行功能训练，锻炼手眼等协调能力，增强肌肉和耐力，从而恢复步行能力。

8.自理筹谋：瘫痪病人通过运动疗法、作业疗法，促进上肢粗大的运动功能、促手精细的运动功能、发展日常生活活动等方面来进行恢复，用有趣的物品如夹豆来练习视觉固定、视觉跟踪、手眼协调，反复练习、模仿，逐步学习生活的活动。

9.防骨疏松脉畅流：瘫痪病人长期卧床，容易发生骨质疏松，会伴有骨小梁稀疏、骨头的脆性增加，容易引起骨折，同时会导致下肢循环减慢，容易形成静脉血栓。

百疾沁园春

十二、传染科

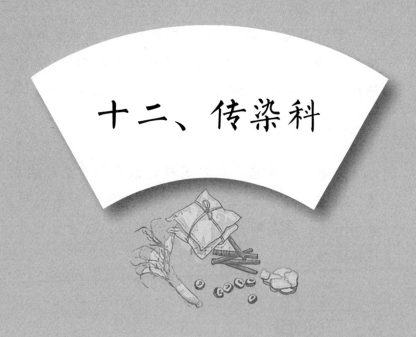

60. 沁园春·国际麻风日

　　野陌山边，孤零院村，掩蔽麻风。看肌肤破损，畸形秃指；丘斑结节，溃烂流脓。飞沫相传，杆菌隐匿，侵犯神经毁面容。无知觉，致躯肢残废，隔绝长终。

　　荣昌盛世今逢，新房屋设施政府供。悉疗疮康养，钱粮全免；互帮邻里，情暖融融。共享文明，和谐社会，华夏斯民一等同。新时代，把苍生至上，匡建奇功。

节日简介

国际麻风日，又称国际麻风节，是世界防治麻风病日。为每年1月的最后一个星期日。2024年为1月28日。

节日起源

1953年，由法国律师佛勒豪发起，时间为每年1月的最后一个星期日。一年一度的国际麻风节很快得到全世界人们的拥护和各国政府的认可和响应。1996年，经由世界卫生组织确立。现今，全世界已有150多个国家和地区举行庆祝活动，从而成为全球性节日。

设立宗旨

调动社会各种力量来帮助麻风病人克服生活和工作上的困难，获得更多的权利。让全世界了解麻风病是可以治愈的。过去恐惧和歧视麻风病人的现象再也不能下去了，呼唤人们伸出援助之手，广泛开展保持麻风病的防治及关心活动。

我国麻风病现状

我国麻风病的分布主要集中在东南沿海和西南地区，包括云南、海南、广东、广西、四川、重庆、贵州、湖南、安徽、湖北等温热带省、自治区、直辖市。麻风院村远离城镇，交通不便，人烟稀少，几乎与世隔绝。麻风患者平均年龄 65 岁，大多数有手、足、眼部畸形或残疾。

1996 年，由卫生部下文称之为"世界防治麻风病日"，制定《全国麻风病院村改造建设规划》，并纳入扶贫项目，现已取得巨大成功。目前全国只有少数零星新发、复发病人。

词文注释

1. 野陌山边：指 20 世纪 70 年代之前，由于缺乏有效的药物治疗，麻风病被视为不治之症。对该病的防治，主要采取隔离措施。麻风院村大多建在远离城镇的深山或孤岛上，环境条件十分恶劣，交通不便，几乎处在与世隔绝的状态。

2. 肌肤破损，畸形秃指：由于麻风病患者的神经受到破坏，他们的手指、脚趾被划破，没有知觉，任由细菌感染，长时间侵蚀伤口，最后坏死脱落，只剩下光秃秃的躯干，所以许多麻风患者不得不跪着走路。麻风病是一种严重危害人类健康的传染性疾病，致残率高，即便被治愈，患者也会落下口眼歪斜、手足畸形、断指缺肢的后遗症。

3. 飞沫相传，杆菌隐匿：麻风杆菌，一般有 5—10 年的潜伏期。它主要经飞沫、衣物和皮肤密切接触而传播感染，侵犯人的皮肤，破坏外周神经，经血液、淋巴散布全身，造成全身骨密度下降、肌肉萎

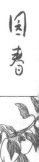

缩，皮肤就像打了麻药一样，失去知觉，四肢就像死去的木头，毫无感觉。

4.毁面容：指麻风患者的面部也难逃疾病的摧残，皮肤慢慢溃烂，直到露出白骨，鼻子自然也没有了，许多严重病人的面部就像被削平了一般。让人觉得"面目可憎"。

5.房屋设施政府供：指国家扶贫开发、改造、建设统一院村，统一功能设施标准的房屋。

6.悉疗疮康养，钱粮全免：据统计，2019年中国有麻风病院村593所，有症病人3000余人，麻风治愈存活者20余万人，其中10多万人有肢体残疾，70%的麻风病人丧失劳动力，留居在院村康复、疗养。生活、治疗、设施、经费全部由国家拨付、提供。

61. 沁园春 · 世界疟疾日

凡类鸿灾，亘古伴存，瘴气害深。若疟原虫染，高烧寒战；炸牙颤抖，大汗漓淋。谵妄昏迷，哕呕抽搐，衰竭循环伤肺心。脾坚硬，又皮肤苍白，大限将临。

岭南湿热潮阴，打摆子恶名传古今。乃按蚊叮咬，入肝繁殖；血球破裂，危命西沉。四症厘分，二三日隔，毒发凶嚣反复侵。青蒿素，合奎宁灭杀，百越难寻。

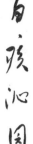

疟疾日简介

世界疟疾日日期：每年公历 4 月 25 日。

2007 年，第 60 届世界卫生组织大会通过决议，从 2008 年起，将每年的 4 月 25 日设为国际疟疾日。我国将每年的 4 月 26 日作为"全国疟疾日"。

疟疾是一种名疟原虫引起的疾病。疟原虫以按蚊为媒介进入人体，随血流侵入肝脏并迅速繁殖，进入血液循环，导致红细胞破裂，引起高热寒战，并发生贫血和脾肿大，如不及时治疗，就会危及生命。

人类疟疾有四种：间日疟原虫、三日疟原虫、恶性疟原虫和卵形疟原虫。

据世界卫生组织报告，全球大约 40% 的人口受疟疾威胁，每年有 5 亿人感染疟疾，110 万人因疟疾而死亡。每天有约 3000 名儿童因患疟疾而失去生命，即每 30 秒钟便有一名儿童死于疟疾。据报告，全球有 59% 的疟疾病例分布在非洲，38% 分布在亚洲，3% 分布在美洲。

据我国报告显示，疟疾病例 2006 年为 6.4 万。主要集中在经济相对落后、交通不便的老、少、边、穷地区。

临床症状

疟疾常见的主要症状为：突发寒战、高热、头痛、乏力、呕吐。通常于感染后 10—15 天出现。

治疗

由于个体差异大，用药不存在绝对的最好、最快、最有效。应在医生的指导下结合个人情况选择最合适的药物。主要采用中西结合，如青蒿素、柴胡制剂，喹啉类如奎宁等。

预后

疟疾患者的死亡率因不同类型而不同，间日疟、三日疟和卵形疟患者的死亡率很低，而恶性疟的病死率则较高。

再燃和复发

急性患者发作停止后，残存在红细胞的疟原虫会重新大量繁殖，四种疟原虫都会引起再燃发作。

词文注释

1. 凡类鸿灾：凡类，平凡的一类人或事物。唐·韦应物《述园鹿》诗："兹兽有高貌，凡类宁比肩？"鸿灾，巨灾。自然界造成的或人为的祸害。

2. 瘴气：古人认为瘴气是山谷丛林中蛇虫鼠蚁等动物尸体腐烂后

220

产生的毒气。也指多种疾病的总称，包括疟疾、痢疾等。

3. 疟原虫：一种寄生虫，可在两栖类、爬行类、鸟类、哺乳动物体内寄生，感染人体后可致疟疾。

4. 炸牙颤抖：指牙齿打战。形容冷得刺牙。这里指疟疾初期高烧、出汗、寒战。

5. 脾坚硬：脾脏是人体重要的免疫器官，感染了疟原虫后，脾脏会大量吞噬含有疟原虫的红细胞产物，因而患者的脾会肿大，肿大的脾质硬、包膜厚，即薄膜厚。网状组织纤维化，脾脏大且不能消失。

6. 大限：一是寿数，即人的寿命有终结的时候；二是死期，即人的死亡期限。

7. 岭南：我国南方地区的概称，大致包括广东、海南、广西、福建和云南省东部。

8. 打摆子：一般指疟疾。

9. 按蚊叮咬：疟疾是人类疟原虫感染引起的寄生虫病，主要由雌性按蚊叮咬传播。

10. 入肝繁殖，血球破裂：疟原虫先进入人的肝脏细胞内发育繁殖，引起红细胞破裂，致红细胞大量、快速死亡。

11. 四症厘分，二三择日：人体疟原虫有4种：①间日疟原虫，②三日疟原虫，③恶性疟原虫，④卵形疟原虫。

12. 青蒿素：一种从植物青蒿中提取的抗疟药，由中国中医研究院诺贝尔奖获得者屠呦呦根据东晋葛洪《肘后备急方》研制而成。

13. 奎宁：一种抗疟原虫的主要药物，起到杀灭疟原虫的作用。

14. 百越难寻：百越，指古代中国东南沿海一带。难寻，目前我国已基本消灭了疟疾，疟疾的发生率和死亡率已经非常低。2022 年全国疟疾病例 845 例，其中境外输入性病例 844 例，本土病例仅 1 例。

62. 沁园春·世界艾滋病日

宵小妖虫，魅影无踪，罹祸女男。易母婴传播，血污输注；高危交合，放荡禽贪。源起非洲，历经五秩，千万生灵见老阎。人惊骇，是世间绝症，焚化封坛。

艾滋荼毒凶奸，中西界璧联诡秘探。乃细胞免疫，受攻缺陷；器官多损，感染邪炎。并发癌瘤，低烧盗汗，体瘦形虚魂脱凡。须三早，用神奇鸡尾，寿可延添。

疾病日简介

世界艾滋病日日期：每年 12 月 1 日。

由于世界上第一例艾滋病是于 1981 年 12 月 1 日诊断出的，世界卫生组织于 1988 年将每年的 12 月 1 日定为世界艾滋病日。从此，这个概念被全球各国政府、国际组织和慈善机构采纳，并在这一天举办相关活动，宣传和普及预防艾滋病的知识。

艾滋病的全称是"获得性免疫缺陷综合征"，英文为 AIDS。它是由艾滋病毒 HIV 感染引起的一种死亡率极高的恶性传染病，是当前最棘手的医学难题之一。

全世界约有 4000 万艾滋病感染者。我国现有艾滋病人数超过 100

万人。新确诊感染 HIV 的大学生人数年增长率为 30%—50%。

主要标志

艾滋病日的标志是红丝带。其意义是：红丝带像一条纽带，将世界人民紧紧联系在一起，共同抗击艾滋病。

主题

世界艾滋病日自设立以来，每年都有一个明确的宣传主题。2023年的主题是：携手合作，达成零艾滋。

传播途径

艾滋病的传播途径有血液传播、母婴传播、性传播。切断传播途径，远离病原体，是控制艾滋病传播的重要方式。

治疗

1. 一般治疗：艾滋病的潜伏期 1—8 年，病毒反复感染，全身多器官受损，无须隔离，给予高热量、多维生素饮食、补液等。

2. 药物治疗：目前在全世界范围内仍缺乏根治 HIV 感染的有效药物。主要是抗病毒药，采用多种药物高效抗逆转录病毒治疗方案，即俗称鸡尾酒疗法。

预后

HIV/AIDS 目前无法治愈，但积极有效的治疗可以延缓疾病进程。

词文注释

1. 母婴传播：①艾滋病孕妇在妊娠期间可通过胎盘血流将病毒传播给胎儿。②在分娩时，产妇的羊水、血液、阴道分泌物中的病毒可传染给新生儿。③艾滋病女性乳汁中的病毒，可使婴儿感染。

2. 血污输注：一是血库中的血液被艾滋病毒污染，输血时受者感染。二是共用针头吸毒传播。三是医源性感染，医护人员采血时，不慎把自己扎伤，出现感染。

3. 高危交合：与艾滋病人发生高危性生活行为而传播。

4. 源起非洲：艾滋病最早是在非洲出现的，随着移民迁移，传到世界各地。

5. 历经五秩：艾滋病最早在 1981 年由美国疾控中心所证实，已有近半个世纪了。1985 年来华旅游的美籍阿根廷人带入中国。

6. 千万生灵见老阎：据报道，到目前，全球已有数百万人死于艾滋病，平均每分钟就有一人死亡。

7. 世间绝症：艾滋病因无法治愈，又被称为绝症。是世界上最恐怖、几乎是谈艾色变的疾病，其致死率 99%，是全球五大绝症中死亡率最高的。

8. 细胞免疫：艾滋病病毒主要攻击淋巴细胞，破坏人体免疫系统，致使身体多器官出现多种机会感染、恶性肿瘤等。不过从艾滋病毒侵入人体直到感染者发病，所需时间较长，平均 8—9 年。

9. 须三早：艾滋病的三早原则：早检测、早发现、早治疗。

10. 鸡尾：指鸡尾酒疗法，医学上叫作"高效抗逆转录病毒疗法"，用于艾滋病的治疗。由 2—3 种药物组合在一起使用的诊治方法。因其配制形式与鸡尾酒相似，故称为"鸡尾酒疗法"。

11. 寿可延添：艾滋病病人坚持定时服药，定时检测，其寿命基本能够活到正常人的预期寿命。有报道，可再活 40—50 年甚至更久。

63. 沁园春·血吸虫病

烟雨湖滩，阡陌港渠，裂体隐潜。忆昔年那景，荒芜村垸；客行稀少，萧瑟凋歼。卧病嶙峋，肚圆如鼓，面色尘黄似瘦蚕。伟人令，把瘟君遣送，尧舜佳谈。

疫情肆虐悲含，觅踪迹查因细勘探。乃水中尾蚴，窝藏螺内；阴侵肤体，飙发皮炎。沉积肝脾，纤维硬化，奄奄垂危惨不堪。于今好，喜血虫扫灭，日子甘甜。

疾病简介

血吸虫病是由血吸虫寄生于人体所致的疾病，严重危害人类健康的寄生虫病。血吸虫病广泛分布于亚洲、非洲、南美洲和中东等国家和地区。

能够寄生人体的血吸虫主要有：日本血吸虫、曼氏血吸虫、埃及血吸虫、湄公血吸虫和马来血吸虫。而在中国主要流行日本血吸虫病。血吸虫病是一种传染极广、危害极大的寄生虫病，在我国流行达2000多年。

该病在我国主要分布在长江流域及以南方地区，其中最为严重的是湖南、湖北、江西、江苏、安徽等省。

血吸虫病通常是接触含有尾蚴的疫水而感染的。其环节是：虫卵污染水体，水体存在钉螺，钉螺可将虫卵孵化为尾蚴，人接触含有尾蚴的疫水而感染，是传播的三个主要环节。

在人体内，尾蚴经皮肤进入血液循环系统，在体内发育为成虫，成虫寄生在肝脏的门静脉系统，其产卵后会随血液进入肝脏或其他器官。虫卵沉积于肝脏、肠道等组织，会引起虫芽肉芽肿炎症，重者继发肝脏纤维硬化。

病症分类

分急性血吸虫病、慢性血吸虫病、晚期血吸虫病、异位血吸虫病四类。

临床症状

主要表现为入侵部位发生皮炎、发热、全身皮疹、腹痛腹泻和肝区压痛等症状。反复或大量感染血吸虫者，如未及时治疗，患者会出现腹水、门脉高压致胃食管静脉破裂出血等肝功能严重受损症状。

诊断

患者如为疾病高发区，若出现腹水、肝区压痛、肝脾压痛，通过采血、寄生虫检查、影像检查，即可确诊。

治疗

一般采用支持、对症治疗，进行抗虫治疗，首选药物为吡喹酮。

预后

早期治疗，效果良好，若到晚期，多器官受损，则预后不佳。

词文注释

1. 裂体：血吸虫也称裂体吸虫，成虫寄生于哺乳动物（包括人）的静脉血管内。其中以日本血吸虫、埃及血吸虫和曼氏血吸虫流行范围最广、危害最大。日本血吸虫，是因1904年，由在日本首次发现此虫，故得名。在我国流行的是日本血吸虫病。

2.忆昔年那景：指20世纪50年代流行的血吸虫病特大疫情，长江流域及江南十数省最为严重，一些村落患病人数高达90%。

3.卧病嶙峋，肚圆如鼓：指患者感染血吸虫之后，就会产生腹腔积水，肚子如圆鼓般肿大，如果用针穿刺腹部，会有脓水淌出。时间一长，患者四肢枯瘦如柴，身体难以支撑，直至气息奄奄。

4.伟人令：指1955年11月17日，毛主席在杭州会议上发出"一定要消灭血吸虫病"的号召。1956年2月27日，毛主席在最高国务会议上又发出"全党动员，全国动员，消灭血吸虫病"的战斗号召。

5.瘟君：1958年7月1日，毛主席写下《七律二首·送瘟神》中的诗句"借问瘟君欲何往，纸船明烛照天烧"。

6.水中尾蚴，窝藏螺内：指血吸虫毛蚴在水中钻入钉螺内发育成尾蚴。

7.阴侵肤体，飙发皮炎：血吸虫尾蚴从螺体逸入水中，遇到人和哺乳动物即钻入皮肤，变为童虫，1—2天迅速引起局部丘疹和瘙痒，致皮肤发炎。

8.沉积肝脾：血吸虫成虫寄生于肝内门脉、肠系膜静脉系统产卵，破坏血管壁，使肠内周围组织发炎坏死，并形成肉芽组织。

9.纤维硬化：血吸虫感染人体以后，如果没有治愈，反复感染，就形成慢性化，长期地慢性化，就会引起血吸虫肝硬化，即血吸虫病的晚期。

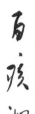

64. 沁园春·抗奥密克戎

　　寅虎残冬，万众惊恐，奥密克戎。似出笼困兽，凶嚣搅动；人稀车少，畏缩家中。口罩端严，绕行躲闪，犹怕瘟神侵自躬。逾三载，与冠魔决战，此必成功。

　　历经久久围攻，防与治双双莫放松。倘中招阳了，发烧威猛；水泥堵鼻，刀割喉咙。清热连花，贝思止痛，病毒旬时绝影踪。待癸卯，拥轻灵筋骨，如兔奔冲。

新冠简介

　　新型冠状病毒肺炎，简称新冠肺炎。2019 年 12 月以来，湖北省武汉市部分医院陆续发现了多例有华南海鲜市场暴露史的不明原因肺炎病例，证实为 2019 新型冠状病毒感染引起的急性呼吸道传染病。

常见症状

发热、干咳、乏力。

传播途径

直接传播、气溶胶传播和接触传播。

奥密克戎病毒是新冠病毒的一种变异株，2021 年 11 月 24 日由南非上报给世卫组织，经世卫组织专家组评估，将其确定为继德尔塔变异株后的又一关切变异株。

在我国，一例来自南非的奥密克戎感染者于 2021 年 11 月 11 月抵达香港，另一例于 2021 年 11 月 10 日抵达香港，均为境外输入病例。随后我国天津、深圳、北京等地也出现了奥密克戎变异株的本土病例。

奥密克戎病毒可能会强化免疫逃逸能力，增强其传染性。但接种疫苗仍然可以降低疾病的严重性，因而建议尽快增加全程疫苗的接种人数占比。

临床病例显示奥密克戎感染者，主要表现为上呼吸道感染，下呼吸道及肺组织的损害较轻，致病能力相较于德尔塔变异株，有所减弱，但仍不可忽视。

致病能力

对于未全程接种疫苗者，该变异株具有较强的致病能力，但对已全程接种疫苗者，该变异株的致病能力弱于德尔塔。

感染人群

人群普遍易感，但老人和基础情况不佳的人群是感染后重症的高风险人群，如慢性肺部疾病的患者、高血压、高血糖患者。

主要检测方式

我国的核酸检测试剂可用于大规模筛查。

防治手段

一旦感染应立即隔离并积极治疗。在预防方面，戴口罩、勤洗手、加强通风、保持一米间距、不聚集等手段依旧可行。

词文注释

1. 奥密克戎：为新冠病毒的一种变异株。2021 年 11 月 24 日由南非上报给世卫组织，并经世卫组织专家组评估，将其确定为继德尔塔

变异株后的又一关切变异株。

2. 逾三载：指2019年12月以来新冠肺炎疫情暴发，至今已过去三个年头了。成为百年来全球发生的最严重的传染病大流行，也是新中国成立以来，我国遭受的传播速度最快、感染范围最广、防控难度最大的重大突发公共卫生事件，人民生命安全和身体健康面临严重威胁。

回首三年抗疫历程，从疫情暴发到常态化防控，我国有效遏制了疫情大蔓延，有力改变了病毒传播的危险进程，避免了数亿人感染，数百万人死亡，同时也为疫苗、药物的研发积累治疗经验赢得了时间。

3. 中招阳了：这里指感染了奥密克戎病毒，抗原测试显示为红色两杠，即阳性。

4. 水泥堵鼻：指鼻塞严重、呼吸困难，鼻腔就像被水泥封堵了一样。

5. 刀割喉咙：当奥密克戎病毒侵入人体时，会导致患者出现嗓子干燥、发痒、疼痛，有如撕裂刀绞般难受的症状。

6. 连花：连花清瘟制剂，有清瘟解毒、宣肺泄热的功效，可用于流感的治疗。

7. 贝思：布洛芬，用于减轻中度疼痛，如关节疼痛、神经痛、肌肉痛、偏头痛、牙痛等。也可用于减轻感冒、流感引起的发烧。

8. 如兔奔冲：农历2023年为癸卯兔年，愿我们的身体度过这一劫难后，像兔子一样健硕强壮、敏捷奔冲。

65.沁园春·武汉抗击新冠肺炎

亥末忧伤，庚子历劫，灾降苍生。瞬新冠病毒，通衢肆虐；骇惊寰宇，涂炭含灵。堵路封城，宅居口罩，闭户关门街冷清。龟蛇怯，任狸虫弥漫，黄鹤悲鸣。

疫情迅猛狰狞，喜决策中央号令声。敢英雄断腕，斯民护佑；火雷两院，瓮捉妖精。集结驰援，挺身险境，天使匆匆向楚行。只旬日，切瘟源魔灭，华夏康宁。

抗新冠肺炎简介

流行特征

世界卫生组织总干事谭德塞于 2020 年 3 月 11 日说，新冠肺炎已具有大流行特征。

2020 年 1 月 20 日，国家卫健委发布公告，将新冠肺炎纳入乙类传染病，但采取甲类传染病的预防、控制措施，同时将其纳入检疫传染病管理。

2023 年 1 月 8 日，经过三年抗疫，对新冠肺炎实行乙类乙管，不再实行隔离措施。对入境人员和物资不再采取检疫传染病管理措施。

2023 年 5 月 5 日，世卫组织宣布，新冠疫情不再构成"国际关注的突发公共卫生事件"。

传播途径

新冠病毒肺炎传播途径主要为直接传播、气溶胶传播和接触传播。

临床症状

新冠病毒肺炎以发热、干咳、乏力为主要表现，少数患者有鼻塞、流涕、腹泻等上呼吸道和消化道症状，多在1周后恢复。多数患者愈后良好，少数患者病情危重，甚至死亡。

诊疗方案

新冠病毒肺炎疫情暴发后，国家卫健委于2020年1月16日至2023年1月7日先后发布十版防控方案。其出院标准是：临床症状缓解、体温正常、两次核酸阴性，才能确保出院没有传染性。

治疗

新冠肺炎的治疗分一般治疗和药物治疗。一般治疗，包括卧床休息、呼吸支持治疗、电解质平衡等。药物治疗；选择抗病毒、抗菌、免疫、抗凝治疗、中医治疗等。

词文注释

1. 亥末忧伤：亥末，2019年是己亥猪年，农历己亥猪年是从2019年2月5日开始，到2020年1月24日结束。忧伤，2019年12月末，湖北武汉市发现多起不明原因肺炎。2020年1月7日，研究人员检测出一种新型冠状病毒，即新冠病毒肺炎。后迅速在全球暴发流行。

2. 庚子历劫：庚子，2020年1月25日至2021年2月11日为农历庚子鼠年。历劫，翻阅中国的庚子年历史：1840年，鸦片战争；1901年，八国联军侵华；1960年，三年困难时期；2020年，新冠肺炎，这些诸多事件，似乎都印证了庚子年的灾难。

3.通衢肆虐：武汉横贯东西，沟通南北，素有"九省通衢"之称，而新冠肺炎在武汉肆虐流行，造成了大量的人员感染。

4.龟蛇：龟，即汉阳的龟山，南临长江，北依汉水，与武昌蛇山隔江相望。相传，大禹治水到此，遇一水怪作乱，数载不克，后得灵龟降伏水怪，后灵龟化作一山，故此得名龟山。蛇，即武昌的蛇山，又名黄鹄山，绵亘蜿蜒，形如蛇状，头临大江，尾插闹市，与汉阳龟山隔江相望，武汉长江大桥横跨龟蛇两山之间，将南北天堑变为通途。

5.狸虫：经研究发现，新冠病毒可以存在于果子狸、竹鼠、蝙蝠、穿山甲等野生动物体内。

6.黄鹤：黄鹤楼，位于武昌蛇山之巅，始建于三国吴黄武二年（223）。因唐代诗人崔颢登楼所题《黄鹤楼》一诗而名扬四海，与湖南岳阳岳阳楼、江西南昌滕王阁并称为江南三大名楼。

7.火雷两院：指武汉火神山、雷神山医院。两所医院，分别于2020年1月、2月仅用十来天建成并投入使用，被誉为中国速度。是新冠初期集中收治新冠肺炎患者的医院。

8.天使匆匆向楚行：天使，指白衣天使，救死扶伤的医护人员。向楚行，楚，湖北的别称。新冠疫情发生后，全国各地医务人员为抗击新冠肺炎，逆向前行，向武汉集结、驰援。

66. 沁园春·肝炎

脏腑将军，统领疏泄，刚烈之臣。若六邪侵染，肋区隐痛；厌油厌食，无力无神。面掌蜘蛛，褐肤白甲，谷丙升高黄疸熏。烦心透，每横遭歧视，另类人群。

瘟君如此伤身，引中外医家究祸因。有急传病毒，喜肥嗜酒；损肝药物，熬夜勾魂。克胜中西，疫苗接种，阻断源头治断根。莫大意，但纤维硬化，恶变悲呻。

疾病简介

肝炎，是由细菌、病毒、寄生虫、酒精、药物、化学物质和自身免疫等多种致病因素引起的肝脏炎症的统称。肝炎是世界上流传广乏、危害很大的传染病之一。7 月 28 日是世界肝炎日。

分型

在我国由各种肝炎病毒所致的病毒性肝炎最为常见，根据病毒不同又分为甲肝、乙肝、丙肝、丁肝、戊肝和庚肝。

临床表现

各种不同类型的肝炎在发病后可以有共同的临床表现，如全身乏力、食欲不振、恶心、厌食油腻等消化道症状。另外，还可出现黄疸，如眼睛黄、皮肤黄、尿黄。有肝区疼痛、腹胀不舒服等。还会引起转氨酶升高，转氨酶升高是由于各种原因导致的肝细胞受损，肝细胞当中的转氨酶释放入血而出现转氨酶升高的现象。

我国最常见的病毒性肝炎为乙肝。亦是乙肝大国。

酒精性肝炎是在长期、大量饮酒后出现的临床综合征，重症者可出现肝衰竭等症。

诊断

肝炎的诊断方法有病史、验血、超声波、ＣＴ、磁共振、肝穿刺等方法。

治疗

肝炎的治疗应根据病因分别治疗，如病毒性肝炎应抗病毒治疗，酒精性肝炎应戒酒和对症支持治疗，自身免疫性肝炎应调节免疫力。中医对肝炎的治疗历史悠久，根据辨证采用疏肝解郁、活血化瘀、清热解毒和保肝护肝等措施。

预后和预防

肝炎总体预后良好，大多数可以治愈。但如果没有得到及时治疗，可演变成肝硬化，甚至肝癌。预防：一是接种疫苗，二是做好饮食和个人卫生等。

词文注释

1.脏腑将军："将军之官，谋虑出焉。"《黄帝内经》认为，肝是将军之官，主谋略。

2.统领疏泄：肝主疏泄，调整生发，肝是人体五脏中最重要的器官之一。

3.刚烈之臣：肝的生理特性主升主动，喜条达而恶抑郁，刚强躁急，故称刚烈之脏。

235

4. 六邪侵染：六邪，指病毒性肝炎的六种病毒，即甲肝、乙肝、丙肝、丁肝、戊肝、庚肝病毒侵犯人体。

5. 面掌蜘蛛：指患有慢性肝病的人面部和手掌出现类似于蜘蛛的红色痣。肝掌指在手掌的指腹，大小鱼际肌出现明显的充血发红，而掌心是发白的，称为肝掌，是慢性肝病的常见体征。

6. 褐肤白甲：慢性肝病患者常有面色晦暗、有褐色色素沉着，且指甲发白的症状。

7. 谷丙升高：谷丙转氨酶升高，导致皮肤、眼睛、尿液出现黄疸症状。

8. 瘟君：指肝瘟，是古代中医对肝病的一种说法，相当于现代的急性肝炎。

9. 急传病毒：急性传染性肝炎病毒。

10. 喜肥嗜酒：肝病患者早期一般喜食肥甘辛辣食物，长期过量饮酒，致慢性中毒性肝损伤，即酒精肝。

11. 损肝药物：指抗结核药物、化疗药物、非甾体抗炎药物等。

12. 熬夜：肝脏是人体的重要解毒器官，而肝脏代谢毒素较好的时间是晚上 11 点到凌晨 1 点，经常熬夜容易导致内分泌失调，如记忆力减退、失眠等。还会引起消化酶分泌紊乱，影响消化功能。

13. 疫苗接种：指乙肝疫苗，接种对象为密切接触乙肝患者的易感者以及新生儿，用于阻断母婴传播的源头。

14. 纤维硬化：指肝纤维化向肝硬化的发展，逆转非常困难，甚至进一步发展为肝功能衰竭或肝癌，预后不佳。

十三、眼科

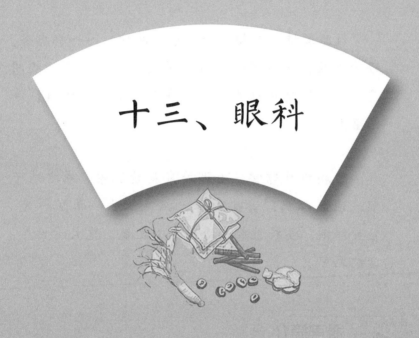

67. 沁园春·眼

放眼乾坤，天物缤纷，尽入两瞳。闪一泓水杏，万千辉映；传情眉语，眸子灵通。书画图文，趣闻逸事，爱恨情仇秋水容。衰年惑，看旁人迷目，浮影重重。

睫梢柳叶琼宫，失调养泉枯物混蒙。感玄珠干涩，浊晶痒痛；黄斑白障，飘晃蚊虫。晕眩青光，睑炎涕泪，萎缩神经怕冷风。心之镜，览大千世界，含纳无穷。

器官简介

眼，又称眼睛，一个能感知光线的器官。最简单的眼睛结构可以探测周围环境的明暗，更复杂的眼睛结构可以提供视觉。

器官结构

人的眼睛近似球形，位于眼眶内，最前端突出于眶外 12—14mm，受眼眶保护。眼球包括眼球壁、眼内腔和内容物、神经、血管等组织。眼球中充满透明的凝胶状的物质，有一个聚焦用的晶状体，还有一个可以控制进入眼睛光线多少的虹膜。

1. 眼内腔：包括前房、后房和玻璃体腔。

2. 眼内容物：包括房水、晶状体和玻璃体。三者均透明，与角膜一起共称为屈光介质。

3. 视神经：是中枢神经系统的一部分。视网膜所得的视觉信息，经视神经传送到大脑。

4. 眼副器：包括睫毛、眼睑、结膜、泪器、眼球外质和眶脂体与眶筋膜。

功能

眼睛是人类感官中最重要的器官，大脑中大约80%的知识都是通过眼睛获取的。读书认字、看图赏画、看人物、欣赏美景等一些事物都要用到眼睛。眼睛能辨别不同的颜色和光线的亮度，并将这些信息转变成神经信号，传送给大脑。

人眼是望远镜放大倍数的基准，就是说放大倍数是1，口径就是人眼瞳孔的大小，它随着光照强度的变化而变化，一般在2—7mm波动。

词文注释

1. 两瞳：一双眼睛，亦称目、招子，是大部分动物接收光线并在大脑形成影像的器官。对于人类来说，它是视觉器官，是最重要的感觉器官之一。眼是一个非常精细的器官，可以在不同的环境下，对自己的具体形态进行改变，使人类在复杂的环境中获得正确的信息。

2. 一泓水杏：一泓，清水一片，犹言一汪。泓，水深而广，一泓清泉。水杏，是一种杏属植物，落叶乔木，果实呈椭圆形，果肉淡黄白，分布在我国山东省等地。常用来描述女子的眼睛，如眼同水杏。

3. 秋水容：秋水，秋天的水，比喻女人清澈明亮的眼睛，如"望断秋水"。唐·王勃《滕王阁序》："落霞与孤鹜齐飞，秋水共长天一色。"元·赵雍《人月圆》词："别时犹记，眸盈秋水，泪湿春罗。"

4. 浮影：飘浮的影子，浮动的身影。这里指的是飞蚊症。飞蚊症

239

一般是由玻璃体变性引起的。随着年纪老化，玻璃体会"液化"，产生混浊物。患者眼前会出现黑点，随着眼球的转动而飞来飞去，好像飞蚊一般，其形态有圆形、点状、线形等，但又抓不到、打不着。人到中年之后，不少人都有"飞蚊症"。

5. 干涩：指角结膜干燥症。常见症状包括眼睛干涩、容易疲倦、眼痒、有异物感、痛灼热、分泌物黏稠、怕风畏光等。常见于老年人、计算机使用者、戴隐形眼镜者。

6. 黄斑白障：黄斑，即黄斑病变。黄斑病变可由遗传性病变、老年性改变、炎症性疾变所引起，也可受其他眼底病变的累及。常出现视力下降、眼前黑影或视物变形。白障，即白内障。凡是各种原因如老化、遗传、局部营养障碍、免疫与代谢异常、外伤、中毒、辐射等，导致晶体蛋白质变性，而发生混浊称为白内障。其表现为视物模糊不清。

7. 萎缩神经：视网膜神经萎缩，出现传导功能障碍、视力减退、丧失。

8. 心之镜：眼睛被视为人类身上最迷人、灵巧精细的器官之一，它给我们带来光明，它是观察、了解世界的重要器官。眼睛代表着智慧、活力和能力。它还是通向大脑的唯一在体表开的窗户，因此眼睛被称为"心灵之窗"。正所谓：杏小眼球，玄览世界。

68.沁园春·近视

日月星辰，七彩缤纷，尽入瞳珠。览山川物景，世间尘色；是非真假，饱阅匡庐。妙有灵犀，神通髓海，举目斜眉一笑舒。乃窗户，察伪真善恶，眸子无虚。

秋波一寸功殊，悉呵护相依莫损污。看荧屏距短，灯光昏暗；超时写读，歪扭身躯。远望浑蒙，前趋凑近，未到青春把镜扶。快勒马，改不良习惯，或可回苏。

近视简介

眼睛近视是眼疾的一种，表现为看不清远方的目标。

病因

近视原因分为两大类，即遗传因素和环境因素。遗传因素：近视具有一定的遗传倾向，已被公认，有高度近视的双亲家庭，下一代近视的发病率较高。但对一般近视遗传倾向就不明显。**环境因素**：近视的发生和发展与近距离用眼的关系非常密切。青少年的眼球正处在生长发育阶段，调节能力很强，眼球壁的伸展性也较大。在阅读、书写等近距离工作时，不仅需要眼的调节作用的发挥，双眼球还要内聚，这样眼外肌对眼球施加一定的压力，久而久之，眼球的前后轴就可能变长。眼轴每增加 1 毫米，近视就达 –3.00 屈光度（即常说的 300 度），当然这种近视绝大多数为单纯性近视。一般度数都比较低，发病都在青春期前后，进展也比较缓慢，有人把这种近视称为真性近视。

近视的分类

1. 3.00D 即 300 度以内称为轻度近视。

2. 3.00—6.00D 为中度近视。

3. 6.00D 以上为高度近视眼，又称病理性近视。

近视眼的治疗

配镜是屈光矫正，用以满足"视远"，也就是说在"治标"。配合针对性的治疗，用以缓解眼肌疲劳，提高眼肌自身调节能力，提高和解善自身裸眼视力、控制度数发展，可以说是"治本"。治本才能遏制近视发展趋势。二者有机结合，才能标本兼治。

近视病的食疗

1. 多吃绿色蔬菜，尤其是菠菜和新鲜水果。

2. 多吃干果，如生瓜子、核桃。

3. 多吃鱼，尤其是深海鱼，鱼眼对眼睛有很好的补益作用。鱼眼主要是补充 DHA 和蛋白质，每周至少吃一次。

4. 蛋黄，富含卵磷脂和叶黄素。

5. 虾蟹，补钙补锌。

6. 动物肝脏和胡萝卜，可以补充维生素 A，可增加夜视力。

近视的预防

1. 培养正确的读书、写字姿态，不要趴在桌子上或扭着身体。书本和眼睛保持一尺距离。

2. 看书、写字时间持续 1 小时后，要休息，眼睛向远眺望，做眼保健操。

3. 写字读书要有适当的光线，光线最好从左边照射过来。

4. 教导学生写字不要过小过密，时间过长。

5. 看电视、手机要注意高度与距离，时间不宜过长，一般不超过1.5 小时，要休息、远眺、做眼保健操。

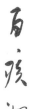

词文注释

1. 匡庐：庐山，位于江西省九江市境内。庐山地形较为特殊，宋·苏轼诗："横看成岭侧成峰，远近高低各不同。不识庐山真面目，只缘身在此山中。"这里喻指人的眼睛有时也会被复杂、虚幻的现象迷糊，难以分辨。

2. 灵犀：古代传说犀角有白纹，感应灵敏，所以称犀牛角为"灵犀"。意思是比喻心领神会，感情同鸣。唐·李商隐《无题》诗之一："身无彩凤双飞翼，心有灵犀一点通。"

3. 髓海：指脑。《灵枢·海论》："脑为髓之海。"脑是精髓和神明高度汇聚之处。人的视觉、听觉、嗅觉、感觉、思维记忆力等，都是由于脑的作用。脑是人体极其重要的器官，是生命要害所在。

4. 乃窗户："眼睛为心灵的窗户"这句名言是意大利画家达·芬奇（1452—1519）从人物画的角度来说的。而我国早于他 1800 多年的孟子（前 372—前 289），在其《孟子·离娄上》写道："存乎人者，莫良于眸子，眸子不能掩其恶。"意即"观察一个人再没有比观察他的眼睛更好的了，眼睛不能掩盖一个人的丑恶。

5. 秋波一寸：秋波，①秋天的水。②比喻美女的眼睛，形容其清澈明亮。③喻指含着深情。一寸，这里指眼睛大致范围。①正常人角膜横径约 12 毫米，垂直径约 11 毫米。②眼球的前后径称为眼轴，成人约 24 毫米。青少年眼球正处在生长发育阶段，调节能力很强。但如果阅读写字距离很近，时间过长，双眼球还要内聚，这样眼外肌对眼球长期施加压力，久而久之，眼球的前后轴就可能变长，进而发展为屈光不正，近视。

6. 把镜扶：这里指配戴眼镜。

69. 沁园春·白内障

　　黑白分明，并蒂眉间，横卧两瞳。阅山川尘世，春秋半百；寒泉枯萎，视物昏蒙。相越经年，角膜云翳，拄杖扶行雾眼朦。愁无奈，祈光明使者，天日重逢。

　　青盲好恋衰翁，引历代方家妙术攻。有丹丸汤药，金针拨障；高科当代，碎核消融。乳化超声，人工晶体，植入须臾眸子通。舒眉笑，赏江湖夕照，举目轻松。

疾病简介

　　白内障是眼科的一种常见病。凡是各种原因如老化、遗传、局部营养障碍、免疫与代谢异常、外伤、中毒、辐射等，都能引起晶状体代谢紊乱，导致晶状体蛋白质变性而发生混浊，此时光线被混浊的晶状体阻扰，无法投射在视网膜上，导致视物模糊，称为白内障。此病多见于50岁以上人群，且随年龄的增长而发病增多。世界卫生组织的标准，是将矫正视力在0.7以下诊断为白内障。

病因与诊断

　　本病可分为先天性和后天性两类：先天性白内障，又叫发育性白内障，多在出生前后即存在。即胎儿发育障碍和母体全身病变对晶状

体造成损害所致。后天性白内障,分为6种:

1.老年性白内障,最为常见。

2.并发性白内障(并发于其他眼病)。

3.外伤性白内障。

4.代谢性白内障。

5.放射性白内障。

6.药物及中毒性白内障。

临床上表现

单侧或双侧性,两眼发病可有先后,视力进行性减退。

治疗

1.药物治疗:对一些早期白内障,临床用药以后病情会减慢发展,视力也稍有提高。可服用中成药、维生素类等。但成熟期的白内障,药物治疗则无实际意义。

2.手术治疗:①白内障超声乳化手术,为近年来国内外开展的新型白内障手术。使用超声波将晶状体核粉碎使其呈乳糜状,然后连同皮质一起吸出,保留晶状体囊膜,同时植入房型人工晶状体。适应于视力低于0.3,切口小,手术时间短,视力恢复快。②白内障囊外摘除,切口较囊内摘除术小,将混合的晶状体核排出,吸出皮质,但留下晶状体后囊,同时植入后房型人工晶状体,术后可立即恢复视力功能。因此,白内障囊外摘出,已成为目前白内障的常规手术方式。

词文注释

1.黑白分明:眼睛黑色的部分就是我们的眼角膜。白色的部分就是我们的巩膜,而巩膜的表面往往有球结膜,所以说我们的眼睛是黑白非常分明的。

2.春秋半百:春秋,这里指人的年岁,如春秋正富。半百,指五十岁。因白内障多见于 50 岁以上人群，且随年龄的增长而发病率增多，一般情况是：60 岁以上的患病率为 60%，70 岁为 70%，80 岁为 85%。

3. 寒泉：眼睛又称"寒泉"，喜凉不喜热，喜滋润怕干燥，眼球适宜的最佳温度是 19 摄氏度。

4. 角膜云翳：是指眼角膜疾患痊愈后结成厚薄不一的瘢痕翳障组织，即翳。以角膜呈灰白色、白瓷色或色白带黑为主要特征。《医宗金鉴·眼科心法要诀》："因患病后生云翳，赤烂日久翳遮瞳。"

5. 天日：①天空和太阳喻指光明。②喻天理或光明。③喻帝王。

6. 青盲：中医病名，这里指白内障。是指眼外观正常，唯视力逐渐下降，或视野缩小，甚至失明的内障疾病。其他眼底病变之晚期，近乎失明阶段亦属本病之范畴。

7. 金针拨障：金针拨障术在我国已有数千年历史。唐代大诗人白居易有诗云："案上谩铺龙树论，盒中虚撷决明丸。人间方药应无益，争得金篦试刮看。"金针拨障术是应用一根拨障针，将成熟的白内障压向下方玻璃体中，达到患者复明。

不仅毛主席接受了由唐由之医生成功进行的这种古老治疗方法，还曾经走出国门，为柬埔寨宾努亲王、朝鲜金日成主席、印度尼西亚总统瓦希德等六位外国元首成功进行过眼科手术。

目前，金针拨障这一技术已经过时，主要采用更先进的超声乳化联合人工晶体植入术。

8. 乳化超声：超声乳化，是利用超声乳化仪，通过 3—5 毫米大小的角膜或巩膜切口，应用超声波将晶状体核粉碎，使其呈乳糜状，然后连同皮质一起吸出，保留晶状体后囊膜，同时植入后房型人工晶状体。目前，已成为国际上公认的最为先进、可靠的白内障治疗方法，可立即恢复视力。

70. 沁园春·老花眼

炯炯双眸，闪亮明瞳，尽览物华。感天光五彩，世间百态；毫分明察，极目云涯。展阅书文，聚收知识，细缕蛛丝瞬息查。喻窗口，把心灵传递，眼福于咱。

年来眙视歪斜，求医治查因说老花。乃角膜晶体，屈光不正；睫肌衰退，生理亏差。远望如常，近观重影，咫尺凝神犹隔纱。悉养护，服金英枸杞，配镜尤佳。

疾病简介

老花眼，多发生于 45 岁以上人群，是由于晶状体硬化，弹性减弱，睫状肌收缩功能降低，而致使调节功能减退，近点远移，发生近距离视物困难，这种现象医学上称为老视，又称老花眼。

临床症状

老花眼最直接表现为近距离阅读模糊、疲劳、酸胀、多泪、畏光、干涩及伴有头痛等症状。人们常说的"四十七八，两眼花花"，就是老花眼的典型症状。

老花眼患者视远如常，近视则模糊不清，将目标移远即感清楚，故常不自主地将近物远移。

病因病理

老花眼是人体生理上的一种正常现象，是身体开始衰老的信号。即使注意保护眼睛，眼睛老化的度数也会随着年龄增长而增加，一般按照每5年增加50度的速度递增，如45岁时眼睛老化度为100度，55岁提高到200度，到了60岁，度数会增加至250度，到300度后，眼睛老化度数一般不再加深。

致病因素

除年龄外，老花眼的发生、发展还和以下因素有关：

1. 屈光不正：远视眼比近视眼出现老花眼的时间要早；戴角膜接触镜比戴普通框架镜者，眼睛出现老花要早；近视患者出现老花症要比正视眼晚些，或者终身不用戴老花镜。

2. 用眼方法：从事近距离精细工作者比从事远距离工作的人出现老化眼要早。

3. 患者的身体素质：长手臂的高个子比短臂矮个子，因有比较远的工作距离，需要比较少的调节，因此，手臂短的较早出现老花眼症状。

4. 地理位置：由于温度对晶体的影响，生活在赤道附近的人们较早出现老花眼症状。

5. 药物影响：长期服用胰岛素类、抗焦虑抑郁药、抗精神病药、抗痉挛药等患者，由于药物对睫状肌的作用，会比较早地出现老花眼。

检查与诊断

验光，即做屈光不正检查，根据检测结果，结合患者的年龄及临床表现，即可诊断。

治疗与预防

1. 验光配镜是可靠、有效的方法。

2. 食疗：菊花枸杞茶是防治老花眼的古老、常用方法。

3. 预防保健：冷水洗脸、定时远眺、眨眼、旋转眼球、热敷护眼和防眼疲劳，都有助于改善老花眼的症状。

词文注释

1. 炯炯双眸：形容眼光发亮，表示精神充足的双眼。

2. 闪亮明瞳：闪亮的瞳仁，眼睛。例：他的眼瞳总是光芒闪耀的模样。

3. 物华：美好的景物，万物的精华。

4. 毫分明察：比喻目光敏锐，连极其细微的事物都看得很清楚。例：离朱之明，察秋毫之末。

5. 云涯：意思是与云相接之处，高远之处，曲折的河岸。例：千里山河尘如雪，云涯坐断问青天。

6. 蛛丝：蜘蛛分泌结成的丝。它是自然界已知强度、弹性、韧性最高的天然蛋白纤维。形容极其细微的物质。铅笔芯粗的蛛丝，足以支撑一艘万吨级远洋货轮，是钢的 10 倍。

7. 窗口：指眼睛是心灵的窗户。孟子曰："眸子不能掩其恶。"

8. 眼福：指看到珍奇或美好事物的福分，精神上得到很大的满足。如大饱眼福、一饱眼福等。

9. 眙视：睁大眼睛直视。

10. 角膜晶体：角膜即眼角膜，是眼睛前端一层透明薄膜，呈横椭圆形，为眼睛提供大部分屈光力，加上晶体的屈光力，光线便可准确地聚焦在视网膜上构成影像；晶体，这里指眼睛晶状体，位于玻璃体前面，呈双凸透镜状，富有弹性。其是眼球屈光系统的重要组成部分，具有调节屈光间质作用，其调节能力随着年龄的增长而逐渐降低，形成老视（老花眼）现象。

11. 睫肌：指眼睛的睫状肌，睫状肌可收缩放松，调节晶体曲度。

同样，睫肌随着年龄的增长及使用某些药物等因素，可引起功能衰退，同时也是一种自然、生理老化减退现象。

12. 远望如常：指老花眼患者看远处时，通常是清晰的。

13. 近观重影：老花眼是晶体老化造成的，会导致看近处模糊，出现重影。

14. 金英：菊花的别称。

15. 配镜：指通过验光，为老年人配上适宜的老花镜。

71. 沁园春·结膜炎

　　翳面憔容，颊热心烦，锐眦乜斜。似蟠桃睚睑，瞳蒙目赤；畏光干痒，泌物留渣。乳凸增生，滤泡暄肿，充血炎侵泪水遮。是红眼，得遵医疗治，防扩居家。

　　结膜染疾伤嗟，起病急何方小孽邪。乃微生病毒，细菌化学；隐形镜片，尘粉风沙。查准成因，依时滴药，冲洗除瘥效最佳。卫生好，少搓揉挤压，眸子无瑕。

疾病简介

　　结膜炎，俗称"红眼病"，是由感染、外界刺激及过敏反应等引起的结膜炎症。

病因

　　1.微生物感染：指病毒、细菌和衣原体感染，是结膜炎最主要、最常见的病因。具有很强的传染性。

　　2.外界刺激：物理刺激、化学损伤引起的结膜炎症，不具有传染性。

　　3.过敏性结膜炎，又称变态反应性结膜炎。

　　4.其他诱因：佩戴隐形眼镜，尤其是超期配戴和不注意隐形眼镜卫生，是引起细菌性结膜炎的主要风险因素；到水质不洁净的地方游泳；工作环境，包括接触毛发、花粉、风沙、烟尘等刺激性物质。以上各种原因导致结膜中小血管扩张，从而出现眼睛红肿、流泪等现象。

症状

结膜炎的症状，主要表现为：眼睛发红、干涩、眼痒、疼痛、异物感、怕光、分泌物多、流泪等。细菌性结膜炎，通常单侧起病发展至双侧，病毒性结膜炎多为双侧发病。

治疗

结膜炎的治疗主要是针对病因进行治疗，包括控制炎症、恢复和维持正常的视力功能，治疗潜在的全身性疾病，以及防止减少眼部受损。治疗以局部给药为主，必要时全身给药。一般不需手术治疗。不同类型的结膜炎选择不同类型的滴眼剂或眼膏，需在医生的指导下严格用药。

预后和护理

结膜炎一般两周左右即可消退，只有少数因并发角膜炎症而出现视力损害。眼部日常管理对预防和治疗结膜炎都很重要，比如注意个人卫生尤其是手部的清洁。防止共用毛巾和眼化妆品，以免传染他人，减少使用或不使用隐形眼镜，避免接触过敏原，以减少感染风险等。

词文注释

1. 翳面：掩面，宋·颜延之《七绎》："抗妍歌以跕跃，扬轻袖而翳面。"

2. 锐眦乜斜：锐眦，指外眼角。《灵枢经·癫狂》："且眥决于面者为锐眥，在内近鼻者为内眥。"乜斜，指眼睛略眯而斜着看。没有精神，昏昏欲睡的样子。

3. 蟠桃：就是把人哭得又红又肿的双眼比喻成熟透了的桃子，这里指眼结膜发炎，眼睑又红又肿，像蟠桃一样。

4. 目赤：指眼睛结膜充血，俗称火眼，多由于风火、肝火或阴虚火旺所致。常见于中医学的暴风客热、天行赤眼、天行赤眼暴翳、白睛溢血等。

5. 泌物留渣：眼屎。眼屎在医学上指眼部的分泌物。这里指感染结膜炎后，眼睛分泌物增多，分泌出黄色黏稠的分泌物，形成残渣。

6. 乳凸增生：指眼结膜炎症所引起非特异性体征。多见于春季结膜炎和结膜对异物刺激的反应，以及过敏性结膜炎。

7. 滤泡暄肿：眼睛里出现滤泡，常见于结膜炎。产生滤泡的原因，是由于局部炎症刺激导致结膜出现一种异常改变；暄肿，肿胀隆起。

8. 红眼：结膜炎，俗称红眼病。是急性、亚急性细菌性结膜炎的俗称，又称"急性卡他性结膜炎"。

9. 防扩居家：结膜炎具有较强的传染性，患者要进行自我隔离，尽量不要接触其他人。要勤洗手，不要揉眼，毛巾、盆等个人卫生物品，不要与他人混用。

10. 微生病毒：指结膜炎感染的因素：①病毒、细菌或衣原体等病原微生物感染。②物理因素，如风沙、烟尘等。③化学因素，如化学原料、有毒气体等物质。④免疫因素，过敏原刺激。⑤隐形眼镜、个人卫生等。

11. 除瘥：瘥，疾病的意思。除瘥，即去除疾病，病已去体，病有好转。

十四、耳鼻喉科

72. 沁园春·耳

　　造物千般，别样五官，听户一双。看外形异状，深弯幽径；识音远近，平稳横梁。蜜语馋言，是非曲直，福祸从来洞穴藏。悬垂大，聚天聪颖慧，寿相绵长。

　　窗笼重任承当，总难免临风或受伤。若邪侵孔道，腮红脑闷；鼓穿耵塞，嗡响惊惶。熬夜巫云，透支肝肾，侧耳闻声满眼茫。尘根静，悟随缘逆顺，乐享安康。

器官简介

　　耳位于眼睛后面，它具有接收机械波（声波）的功能，能将机械波转换成神经信号，传给大脑。在脑中，这些信号又被翻译成我们可以理解的句子、音乐和其他声音。

耳的构成

耳包括外耳、中耳和内耳三部分。

　　1. 外耳，包括耳郭和外耳道两部分。耳郭：外面有一个大孔，叫外耳门，与外耳道相接，耳郭呈漏斗状，有收集外来声音的作用，其下方部位叫耳垂。耳郭是耳穴治疗和耳针麻醉的部位，也是常作临床采血的部位。外耳道：是一条自外耳门至鼓膜的弯曲管道，长2.5—

3.5cm。其功能是保护耳的深部结构，保持外耳道深部温度的恒定、共振作用，是声波传导的通道。

2. 鼓膜：鼓膜为半透明薄膜，呈浅漏斗状，凹面向外，边缘固定在骨上。外耳道与中耳以它为界。经过外耳道传来的声波，能引起鼓膜振动。

3. 鼓室：鼓室位于鼓膜和内耳之间，是一个含有气体的小腔。其功能是使鼓室内气体与外界气体相通，使内外气压平衡。

4. 内耳：包括前庭、半规管和耳蜗三部分。由结构复杂的弯曲管道组成，所以又叫迷路。其功能是主听觉和维持身体平衡。

耳肌

人和动物一样，耳后有一块动耳肌，在神经的支配下可以活动，只不过有的人动耳肌退化了，耳朵就不会动了。耳朵会动是天生的，有遗传，不是后期成长的，是大脑皮层发达的表现，脑神经更有力，往往有更强的意志力与洞察力。

耳的功能

耳的功能主要是产生听觉、维持平衡、保持美观等。如半规管、前庭等出现疾病状况，则可能引起患者眩晕，出现视物旋转感，不能站立或行走。

耳的中医理论

耳与脏腑的生理病理联系中，以肾开窍于耳、心寄于耳、脾主升清以充养耳、肝胆之气影响耳的理论最为历代医家所重视。

词文注释

1. 听户：指的是接收声音的门户，即耳窍。《素问玄机原病式》中提到，聋者由于水衰火实、热郁于上，导致听户元府壅塞，神气不能通泄。

2.外形异状：耳朵是由复杂的三维软骨框架及内、外侧被覆的皮肤组成。耳郭呈漏斗形，凸面向后，凹面朝向前外，有收集声波的作用。

3.深弯幽径：指内耳管道，是一个复杂曲折的幽深弯曲管道，又叫迷路，它包括耳蜗、前庭和半规管三部分。耳蜗形如其名，就像一个蜗牛壳，螺旋2周半，主要将传递内耳的声波振动转化为神经电冲动，然后经过听神经传导到大脑听觉中枢，进而产生听觉。

4.平稳横梁：耳朵除了有听觉功能，还有平衡功能，如果想要保持身体平衡，除小脑调节身体平衡、调节肌张力外，还需要通过耳朵来帮助保持平衡。如耳朵出了问题，就会出现平衡功能障碍、眩晕、行走不稳等表现。

5.悬垂大：耳垂长大。据研究发现，长寿老人的耳垂往往明显超长，耳郭长便是长寿的特征之一。古人认为，肾开窍于耳，如果一个人的耳垂比较大，说明先天肾气比较健足，而肾气足，则聪慧长寿。

6.窗笼：古人对耳朵的雅称，也指听宫穴。

7.腮红脑闷：指患有耳疾时，会导致腮腺、淋巴肿大，头昏脑涨。

8.鼓穿耵塞，嗡响惊惶：鼓穿，鼓膜穿孔，会引起耳鸣、耳聋、耳痛、外耳道炎、脑膜炎等；耵塞，耵，即耳屎，是外耳道中的耵聍腺分泌产生的。正常情况下，它会自动排出外耳道。如果阻塞严重，会阻碍声音的传入，出现听力减退，重则可有与脉搏一致的搏动性耳鸣、耳痛及耳道炎。

9.侧耳闻声满眼茫：听力下降的人对声音的敏感度有所下降，在听声音或和人交谈时，都习惯侧耳倾听，用一只耳朵来听声音，听不清时，常两眼茫然。

10.尘根：佛教以色、声、香、味、触、法为六尘，眼、耳、鼻、舌、身、意为六根。根尘相接，便产生六识，导致种种烦恼。

73. 沁园春 · 鼻

面若珠盘，和美五官，高耸雄魁。望陡崖幽洞，纳新吐故；闻香嗅臭，天职专司。离合尖酸，悲欢垂涕，冷暖丝丝君最知。招人眼，把软梁隆起，俊俏身姿。

山庭悦目迷痴，失调养摧伤亦有时。每冬春更替，邪炎侵虐；内腔作痒，嚏喷雷驰。要塞咽喉，肉瘤扼障，仰卧齁齁似狮吼。治顽疾，为自由呼吸，疗法中西。

器官简介

鼻，俗称鼻子，是呼吸通道的起始部分，也是嗅觉器官。

结构与功能

鼻是由外鼻、鼻腔和鼻旁窦三部分组成，由鼻骨、鼻软骨、鼻肌及被覆皮肤而成。

鼻腔被鼻中隔分为左右两腔，前有鼻孔与外界相通，后连通于鼻咽部。鼻腔前部为鼻前庭，生长有鼻毛，起过滤作用，亦为疖肿易发处。后部为固有鼻腔，衬以黏膜，可分为嗅部和呼吸部，有嗅觉及温暖湿润、净化被吸入空气的作用。

鼻旁窦位于鼻腔周围的颅骨内，为含气的空腔，与鼻腔相通，有黏膜相连。鼻腔发炎时，可蔓延到鼻旁窦，引起鼻窦炎。鼻旁窦对发音起共鸣作用。

外鼻，指突出于面部的部分，由骨和软骨为支架，外面覆以皮肤构成。外鼻形如三边锥体，突出于颜面中央，易遭受外伤。

鼻骨，左右成对，中线相接。上部窄厚，下部宽薄，易受外伤骨折。

鼻危险三角区：由于面部静脉与颅内海绵窦相通，且无静脉瓣膜，故当鼻或上唇（俗称危险三角区）患疖肿时，误挤压，则有可能引起海绵窦血栓静脉炎。

保健方法

1. 冷水浴鼻法：在早晨洗脸时用冷水多洗几次鼻子，可改善鼻黏膜的血液循环，预防感冒及各种呼吸道疾病。

2. 鼻内按摩法：用拇指和食指分别伸入左右鼻腔内，夹住鼻中隔软骨轻轻向下拉若干次，可增强鼻黏膜的抗病能力，预防感冒和鼻炎。

3. 鼻外按摩和穴位按摩：以两手大拇指分别按摩鼻梁骨数十次，亦可用左右手指头点按迎香穴（鼻翼旁的鼻唇沟凹陷处）若干次，可有效预防感冒和鼻炎，以及治疗面神经麻痹症。

4. 药物健鼻法：在鼻内点一些复方薄荷油，服用维生素 A、维生素 D 以及中成药，滋养肺脾，滋润护鼻。

词文注释

1. 五官：指人类脸部的五个突出部位：眼、耳、鼻、口、舌。也有不同的说法，有的把双眉、脸部的轮廓也加在里面。眼睛是视觉器官，耳朵是听觉器官，鼻子是嗅觉器官，嘴巴（口唇）是口腔器官，舌头是味觉器官。除了这些基本功能外，五官在人类社交、情感表达方面扮演着重要角色。

2.望陡崖幽洞：指鼻尖高耸，鼻孔似断崖幽洞。

3.纳新吐故：指鼻子有吐故纳新的作用，身体都是它来吸入氧气，排出身体的废气。而且它会对吸入的空气过滤、加温，是防止细菌、病毒侵入的第一道防线。

4.离合尖酸，悲欢垂涕：人离别、伤心流泪时，鼻子尖酸酸的。这是因为眼睛和鼻子受到同一条三叉神经的支配，眼睛的泪腺和鼻子是连通的。当人在情绪激动时，交叉神经会很兴奋，刺激泪腺，产生大量眼泪，就让人"热泪盈眶"了。多余的眼泪就通过鼻泪管到达鼻腔。而泪水99%是水分，1%是盐分和杂质。泪水停留在鼻腔，盐分刺激鼻黏膜，人们自然就感到"鼻子酸了"。同时眼泪刺激鼻黏膜分泌加强，导致鼻液量多，鼻涕形成，并引起鼻咽管水肿而不通畅。所以就出现"哭鼻子"的现象。

5. 把软梁隆起，俊俏身姿：指隆鼻手术，它是用特殊的人工材料如硅胶、膨体、自身软骨等将低平、内凹的鼻梁垫高，使鼻梁更加挺拔，达到改善鼻部容貌的手术。

6.山庭：鼻子的雅称。面相学把人脸的长度分为三个等分，分别为上庭、中庭、下庭，各占人脸长度的三分之一。

7.冬春更替，邪炎侵虐：指冬春季节，是各种鼻炎、鼻窦炎、过敏性鼻炎等的高发季节。

8.肉瘤扼障：指鼻腔里的鼻甲肥大、鼻息肉、乳头状瘤等肿瘤，容易引起疼痛肿胀，甚至阻塞呼吸道，在睡眠过程中容易产生打鼾。

9.疗法中西：指治疗鼻部的疾病，需采用中西医结合的方法，如药物治疗、物理治疗、手术治疗等，才能有效控制。

74. 沁园春·咽喉

玉面圆颅，通窍口中，生命咽喉。扼五官声息，接连肺胃；闸门会厌，气食分流。经脉循环，要冲横贯，恰似雄关险隘收。盘根地，纵急滩狭窄，和睦同舟。

锁藏要塞深幽，致邪正轮番争不休。数咽炎祸首，积殃两管；嗓音沙哑，耳鼻灾勾。炸烤高温，烟熏恶辣，嗜酒槟榔致肿瘤。悉呵护，保攸关七寸，长命无忧。

器官简介

咽喉，咽与喉的总称。在脊柱动物解剖学中，咽喉在颈部的前部，位于椎骨的前方，包含咽和喉。咽喉上连口鼻，下通肺胃，是连接口腔和肺胃的通路。

咽喉是饮食、呼吸、发声音的器官。咽喉为口腔、耳朵、鼻子以及身体的许多其他部位提供服务。

咽喉通过喉咙顶部的鼻咽与鼻子相连，并通过其咽鼓管与耳朵相连。咽喉的咽部连接到口腔，产生发音。

咽喉的一个重要部位是会厌，会厌是将食道与气管隔开的皮瓣，可防止食物和液体被吸入肺部。

咽喉包含各种血管、咽部肌肉、鼻咽扁桃体、腭悬雍垂、气管、食道和声带。喉咙由两块骨头组成，即舌骨和锁骨。

食物和液体可以从喉咙传下去。咽喉的气管将吸入的空气输入肺部支气管。食物通过咽喉经食管被送到胃部。

咽喉中的腺样体和扁桃体有助于预防感染。其喉部包含声带、会厌以及称为声门下喉部的区域，该区域是咽喉上部最狭窄的部分。喉部由两个根据空气压力起作用的膜组成。

在中医学中，咽者，主通利水谷，为胃之系，乃胃气之通道也。喉者空虚，主气息出入呼吸，为肺之系，乃肺气之通道也。

咽喉又为经脉循行的要冲。十二经脉中除手厥阴心包经和足太阳膀胱经外，其余经脉均或直接抵达咽喉，或于咽喉旁经过。督脉、任脉、冲脉等奇经也分别循行咽喉。咽喉与全身的脏腑气血发生联系，维持着咽喉正常的生理功能。

词文注释

1. 圆颅：圆颅方趾。意思是方脚圆头，指人类。《淮南子·精神训》："故头之圆也象天，足之方也象地。"

2. 五官：人体五官。此有多种解释：一是以中医学理论而言，指双耳、目、鼻、唇、舌。二是以西医五官诊治对象及分支各科的概念，即眼、口、耳、鼻、喉。

3. 接连肺胃：这里指咽部、喉部，二者位置相连。咽喉是消化道与呼吸道的共同通道，位于颈部椎骨的前方，起呼吸、发音、吞咽作用。咽，可将食物和液体从喉咙传下到食道、胃部；喉，是呼吸道的重要组成部分，咽喉的气管将吸入的空气输入支气管肺部。

4. 闸门会厌，气食分流：会厌是咽喉的一个重要部分，它是一个将气管与食道隔开的皮瓣，可开启、闭合，像闸门一样，进行气体、食物分流。

5.经脉循环：指咽喉为人体经脉循行的要冲。十二经脉、督脉、任脉、冲脉等奇经，绝大部分循行于咽喉。

6.狭窄：指声门下喉部的区域是咽喉上部最狭窄的部分。

7.咽炎：较常见，其发病率特别高，约50%的人都有慢性咽喉炎。多因急性咽喉炎反复发作或治疗不彻底，以及邻近器官病灶刺激如鼻窦炎、扁桃体炎、鼻咽炎、气管炎引起。烟酒过度、粉尘及有害气体刺激为常见病因。

8.两管：指食道和支气管。如长期吸烟、饮酒和食用过期霉变食物，极易发生咽喉、食道、气管、肺、胃等恶性肿瘤。

9.攸关七寸：攸关，形容事关重大，非常紧要，如性命攸关；七寸，来源于"打蛇打七寸"的俗语，通常用来比喻事物的关键点、弱点、重要部位，也就是心脏位置。有些人说蛇心在腹部的说法是错误的，通常蛇心就在蛇的七寸处。这里指颈部、咽喉，是身体的关键部位，有成语咽喉要道。

75. 沁园春·耳聋

端脑无声，凝目侧听，缘奈失聪。究病因症象，外侵菌毒；退行爆震，膜破鸣嗡。痿损神经，感音迷却，对面交谈比画蒙。诊查准，用音叉影像，定位寻踪。

绘图布阵擒凶，除顽疾类分法不同。选消炎砭药，整修鼓室；骨锚植入，声道连通。赏曲优悠，聊天霏娓，耳挂纤绳脸笑容。六根静，遇流言蜚语，但可装聋。

病症简介

临床上将听力障碍分为两类：传导性耳聋和神经性（感音性）耳聋。传导性耳聋是指外耳道至中耳的"鼓膜—听骨链"系统损害引起的听力下降；神经性耳聋属于感音器病变，是指内耳的耳蜗或听神经至听觉中枢有关的神经传导径路损害，导致听力减退或消失，也称感音性耳聋。

传导性耳聋者声波还可由颅骨通过骨传导传至内耳引起感觉；神经性耳聋者因神经损害，听力均减弱或丧失。

耳鸣是指自觉地听到耳内有声响，是耳蜗神经干或神经末梢的刺激性病变。

病因

耳聋的病因复杂，有先天性和后天性因素。即有先天性畸形、外耳道阻塞、中耳炎症、中耳肿瘤、细菌或病毒性感染、药物中毒。老年性耳聋多因血管硬化、骨质增生等使供血不足，发生退行病变。以及因爆震、梅尼埃病、听神经病等致中枢性耳聋等。

临床表现

主要有耳鸣、听觉过敏、耳聋、幻听及听觉失认。

检查

1. 音叉检查：是鉴别耳聋性质最常用的方法。

2. 影像学检查：包括磁共振成像技术和正电子发射断层成像技术，可以观察清醒状态下人脑的活动，具有较高的空间分辨率，无辐射损害。

治疗

1. 传导性耳聋：积极治疗急慢性化脓性和分泌性中耳炎。鼓室形成术、骨锚助听器植入亦对提高听力有很好的效果。

2. 感音神经性和中枢性耳聋：积极防治因急性传染病所引起的耳聋，以及对耳毒性药物的使用，严格掌握适应症。进行人工耳蜗、振动声桥及骨锚助听器的植入。

词文注释

1. 端脑：脑的最重要组成部分。位于整个脑的最上端，略呈半球状。端脑包括左右大脑半球，每个半球被覆，表面的灰质叫大脑皮质，由于有迂曲的沟回，故其表面积很大，可达 2200cm²，皮质的深层是髓质，埋在髓质中的核团叫基底神经。

2. 外侵菌毒：指致耳聋的病因有细菌性、病毒性感染，还有药物性中毒，如链霉素等药物可致耳聋。

3. 爆震：指强烈震动声响，造成耳部神经损伤。

4. 膜破鸣嗡：由于鼓膜是外耳与中耳之间的分隔，也是保护中耳的屏障，所以鼓膜一旦穿孔破损后，就会出现中耳感染、听力下降、持续或间断性耳鸣。

5. 音叉影像：音叉，是物理学常用的实验器材，它是呈"Y"形的钢质或铝合金发声器，可以产生单一波长的机械波。音叉受到敲击后所发出的机械波非常地微弱，只有拿到耳边才能听得清楚。在医学上，音叉常用来测试病人的听力，也作为一项末梢神经系统的感应测试。影像，是指医学影像检查，主要包括磁共振成像技术和正电子发射断层成像技术。可以观察清醒状态下人脑的活动，能直观反映相关脑功能变化，具有较高的空间分辨率，无辐射损害，常用于成人和儿童的感音神经性耳聋患者。

6. 绘图：指对耳聋的各种检查包括声阻抗测听、耳蜗电图、影像等各种图形、图文资料。

7. 骨锚：指骨锚助听器，是可植入的骨传导听力系统，亦称为直接骨传导方式。通过植入耳后骨内的言语处理器监测到的声音，通过骨头直接传送到内耳。

8. 纤绳：耳机连接手机的连接软线。

9. 六根静：六根，佛家语，指眼、耳、鼻、舌、身、意。静，佛家以达到远离烦恼的境界为六根清静，净，是对污说的；静，是对动说的。六根因六尘污染，就说六根不净，用净字。但是因为净才能静，因为污染所以才起心动念，才起烦恼，所以说，六根清静也可以，静与净可通。

76. 沁园春·鼻炎

玉面中央，挺拔棱峰，连接舌喉。若逢遭感染，黏膜充血；清稠泪涕，堵塞声啾。作痒丝丝，嚏喷阵阵，坐卧头昏嗅觉休。在晨晚，总专攻老幼，好发春秋。

鼻渊每岁生愁，是何孽兴风阻气流。乃细菌病毒，遗传过敏；烟尘粉螨，吸入居留。鉴别查因，药施对症，白芷荷夷苍耳牛。闻香臭，享自由吐纳，远别烦忧。

 疾病简介

鼻子是呼吸道的起始部位，位于面部中央，分为外鼻、鼻腔和鼻旁窦三部分。

外鼻呈三棱椎体状，鼻腔左右各一，形态具有较大的种族和个体差异性。鼻子的形态和轮廓主要参与人体容貌构成，鼻腔的主要功能有呼吸、嗅觉以及发音、共鸣、反射、免疫、吸收和排泻泪液作用。

病因

鼻子的疾病可表现为各种炎症性疾病，如鼻炎、鼻窦炎等。鼻炎，即鼻腔炎性疾病，其病因有如下几点：

1.病毒、细菌感染。

2. 遗传因素，即有变态反应过敏家族史者易患此病。如哮喘、荨麻疹，或药物过敏史者。

3. 鼻黏膜易感性。

4. 抗原物质：包括花粉、真菌、尘螨、动物皮屑等。

症状

主要为鼻塞、多涕，嗅觉下降，头痛头昏及头沉重感。

鼻炎的种类

1. 急性鼻炎。

2. 慢性鼻炎。

3. 药物性鼻炎。

4. 萎缩性鼻炎。有呼吸恶臭，分泌物呈块状，脓痂，不易抠出。

治疗

病因治疗：找出全身和局部病因，及时治疗全身慢性疾病，包括鼻窦炎、临近感染病灶。改善生活和工作环境，锻炼身体，提高机体免疫力。

局部治疗：

1. 鼻内用糖皮质激素，是慢性鼻炎的首选用药，具有良好的抗炎作用，并最终产生减少充血效果。

2. 鼻腔冲洗，鼻内分泌物较多或较黏稠者，可用生理盐水清洗鼻腔，以清除鼻内分泌物，改善鼻腔通气。

3. 鼻内用减充血剂，如盐酸羟甲唑啉喷雾剂、麻黄碱滴鼻液等。

4. 中医辨证施治，对治疗鼻炎有较好的疗效。

护理

鼻子的养护在于日常护理，平时注意保护鼻腔卫生，杜绝或减少用手抠鼻孔的习惯，擤鼻涕掌握正确方式。

词文注释

1. 玉面中央：玉面，古代称人容貌的敬词。中央，即面部中央。

2. 挺拔棱峰：鼻梁挺直像山峰一样。

3. 连接舌喉：指鼻腔和口腔相连接的部分。又叫鼻咽部，它向前与鼻腔相连，向下与口咽部相接。

4. 逢遭感染：指患有鼻炎出现感染，产生较多的炎性分泌物，堵塞鼻腔，引起鼻痒、喷嚏、头昏、嗅觉下降等症状，还有可能通过后鼻腔，流入鼻咽部，使患者感觉到有较多的痰液。

5. 在晨晚：指鼻炎患者在早上和晚上的时候处于高发期，鼻炎和受凉有很大关系，早晚时候，气温差是非常大的。

6. 专攻老幼：指小孩和老年人容易患上鼻炎，发生概率较高。因为小孩和老年人的抵抗力较差，容易受到细菌和病毒的侵害。另外，小孩鼻道发育尚不完善，致炎症及脓性分泌物不能有效排出，而引发炎症。再则，老年人可能患有各种基础性疾病，体质较弱，容易诱发鼻炎。

7. 好发春秋：鼻炎多发季节是5月和11月。5月，春夏交替时候，此时空气中充斥着大量的过敏原，空气潮湿，很容易出现病毒、细菌的繁殖，因此容易诱发鼻炎。11月是秋冬交替之季，温度下降，温差较大，空气干燥，很容易诱发干燥性鼻炎。

8. 鼻渊：鼻炎和鼻窦炎的古称，统称。

9. 白芷荷夷苍耳牛：白芷具有解表散寒、祛风止痛、宣通鼻窍、燥湿排脓等功效。荷即荷叶，具有清热解暑，升发清阳的功效。夷即辛夷，具有发散风寒，宣肺通窍，主治鼻塞、鼻渊等症状。苍耳即苍耳子，用于治疗风寒头痛、鼻塞流涕、鼻衄鼻渊等症。牛即中药牛蒡子，具有疏散风热、宣肺开窍、解毒利咽等功效。

十五、口腔科

77. 沁园春·龋齿

玉面咽颌，七窍通连，五谷行宫。启朱唇桃颊，天池泉涌；瓠犀倚嵌，编贝如弓。海味肥鲜，山珍绿蚁，坚糯酸甜美味攻。历年久，渐金瓯残缺，齿蠹虚空。

从来龋病无虫，是食屑滞留窝隙中。逐细菌繁衍，腐生黑洞；一朝壁破，彻夜人疯。急急求医，吱吱电钻，拔髓消炎根管充。戴瓷帽，付方兄默记，远别甘丰。

龋病简介

龋齿，俗称虫牙、蛀牙，是细菌性疾病，因此它可以继发牙髓炎和牙根尖周炎，甚至能引起牙槽骨和颌骨炎症。如不及时治疗，病变继续发展，形成龋洞，终至牙冠完全破坏消失。未经治疗的龋洞是不会自行愈合的，其发展的最终结果是牙齿丧失。龋齿的继发感染可以形成病灶，继而引发、诱发关节炎、心膜炎、慢性肾炎和多种眼疾等全身其他疾病。

龋齿，发病率高，分布广。据统计，我国成人和老年人的龋齿患病率分别高达88%、98%。其是口腔主要的常见病，也是人类最普通的疾病之一。世界卫生组织已将其与癌肿、心血管疾病并列为人类三大重点防治疾病。

病因

一般认为龋病学说是四联因素，即细菌、口腔环境、寄生虫和时间。致龋性食物糖，紧贴附牙面，在适宜温度下，产生菌斑，侵蚀牙齿，使之脱矿，破坏有机质，产生龋洞。临床上表现为色、形、质的变化。

分类

龋齿分为浅龋、中龋、深龋三个阶段。

治疗与预防

治疗，根据牙齿缺损的范围、程度，一般采用充填术、嵌体或人造冠修复，以恢复其形态和功能；预防，主要为早晚刷牙、饭后漱口，少食酸性、甜性食物，睡前不吃零食或过于坚硬的食物，多食高纤维粗糙食物。每年应检查口腔一次。

词文注释

1. 玉面：古人称人容貌的敬词，指容颜美好。唐·李白《浣纱石上女》诗："玉面耶溪女，青娥红粉妆。"

2. 颔：一指下巴。指位于颈的前上方，相当于颏部的下方，喉结的上方。二指点头，颔首，表示同意。

3. 七窍：窍，指人体与外界相通的孔窍。七窍是指头部的七个孔窍，分别是双眼、双耳、鼻部、口。七窍连接人体五脏，如果五脏出现异常，会表现在七窍上，反之亦然。如：肝开窍于目、肾开窍于耳、肺开窍于鼻、脾开窍于口、心开窍于舌。

4. 五谷：平常所指的五种谷物，一般北方指麻、黍、稷、麦、菽。南方指稻、黍、稷、麦、菽。

5. 行宫：古指京城以外供帝王出行时居住的宫室。此处借指口

腔，谷物在此研磨，转化。

6. 天池泉涌：指口腔内唾液腺分泌唾液。

7. 瓠犀：瓠瓜的子，因排列整齐，色泽洁白，所以常用来比喻美人的牙齿。

8. 金瓯：金制的盆。《南史·朱异传》："我国家犹若金瓯，无一伤缺。"后用"金瓯"比喻疆土之完固。这里指人的口腔内上下两排牙齿逐渐脱落、残缺。

9. 龋病无虫：龋齿的产生是指食物残屑、污渍等附着在牙齿沟窝间隙中滋生细菌而形成，是先由小菌斑、小蛀斑发展而来的，不是真的有蛀虫或其他什么虫子，而是牙齿被逐渐腐蚀的结果。

10. 吱吱电钻：指的牙科治疗时高速手机旋转发出的声音，令人惊慌、恐怖。

11. 拔髓：口腔专业称根管治疗，一般需2—4次。依次为：先在牙齿上钻一个小孔即开髓、放药、失活神经（俗称杀神经）、根管预备、根充、充填龋洞等治疗步骤。

12. 瓷帽：在进行完根管治疗后的牙齿冠上制作修复一个烤瓷冠或全瓷冠，以保护和恢复牙齿的功能。

78. 沁园春·牙结石

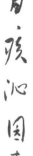

晓唱鸡鸣，盥漱华池，吮吐血红。看颈缘浮肿，增生龈突；黑黄渍染，垢石重重。偶发崩离，沙灰粉样，开口相闻异味浓。日长久，总疑心恶变，困惑无穷。

些微齿疾忧忡，此乃是刷牙少做功。致磷酸钙物，堆沉颊舌；阴侵槽骨，萎缩根松。觉醒如今，亡羊补救，早晚勤清护玉宫。年两次，奉要求洁治，编贝双弓。

病症简介

牙结石，又称牙石。通常存在于唾液腺开口处的牙齿表面。如上颚后牙的颊侧表面和牙齿的颈部。下颌前牙的舌侧表面，以及口腔黏膜运动不到的牙齿表面等处。牙结石初起为乳白色的软垢，后逐渐钙化而变硬。

成因

1.唾液中的二氧化碳浓度降低及退化细胞的磷酸盐，促使无机盐、有机磷沉淀于牙齿表面。

2.唾液呈碱性，蛋白质分解，钙盐沉淀于牙齿表面而成。

3.与口水浓度有关，浓度愈大，愈易沉淀。

4. 形成速度：一般需 12—15 小时。

牙结石的分度

1. I 度：少许软垢或牙结石。

2. II 度：有牙结石，未超过冠面三分之一，龈下有少量结石。

3. III 度：牙结石超过冠面三分之二，有较多的龈下结石。

危害

牙结石是牙周病发展的一个重要致病因素。它对口腔而言是种异物，不断刺激、压迫牙龈，影响血液循环，形成牙周脓肿，如此不断地恶性循环，终至牙周组织破坏殆尽，而使牙齿松动最终拔除。

治疗与预防

1. 洗牙：定期进行超声波洁牙，并抛光，上药消炎。

2. 刷牙：早晚刷牙，饭后漱口，是预防牙结石形成的最重要措施。

3. 饮食：粗细搭配，充分咀嚼，以利于牙面清洁，少吃甜食、黏食、零食。

词文注释

1. 盥漱：亦称盥洗，是《礼记·内侧》记载的"鸡初鸣，咸盥漱"。说的是公鸡开始打鸣的时候，就洗手漱口。并且在漱口水里面加入一定的盐巴，盐巴有消毒功效和消炎作用，让口腔保持清洁。

2. 华池：道教称人舌头底下部位为"华池"。《黄庭内景经·中池章》："舌下为华池。"

3. 增生龈突：牙龈增生凸起。指因各种刺激因素引起的牙龈异常增生。可见于慢性牙龈炎、妊娠期龈炎、药物性牙龈肥大、牙龈瘤等。治疗牙龈炎、牙龈增生以彻底清除菌斑和牙结石为主要原则，注意口腔卫生，勤刷牙等。

4. 些微齿疾：指牙痛不算什么大病，犯上了却揪心般疼痛，别人无法体会。明·徐谓《歌代啸》："此病最是苦楚。常言道：'牙疼不是病，病杀无人问。'利害着哩！"

5. 磷酸钙：这里指牙结石的成分。牙结石是由75%的磷酸钙，15%—25%的水、有机物及微量元素钾、钠、铁等所构成，堆积于牙齿颊、舌侧表面。牙结石可导致牙龈萎缩、牙齿松动，是牙周病发展的一个重要致病因素。

6. 亡羊补救：成语亡羊补牢。见兔而顾犬，未为晚也；亡羊而补牢，未为迟也。意思是指羊逃跑了再去修补羊圈，还不算晚。比喻出了问题以后想办法补救，免得以后继续受损失。

7. 年两次：根据世界卫生组织要求，每年进行一次口腔健康检查，每年进行2—3次超声波全口洁牙，使牙齿表面、牙颈部经常处于洁净状态。

8. 编贝：齿如编贝，齿若齐贝。形容牙齿洁白，像排列整齐的贝壳一样。清·龚自珍《己亥杂诗》之五二："齿如编贝汉东方，不学咿嘤况对扬。屋瓦自惊天滓，丹毫圆折露华瀼。"

9. 双弓：指口腔中上下牙弓。

79. 沁园春·智齿

笑面颐颌，唇里舌边，卅二兵藏。望牙弓极尽，姗姗迟晚；雅名睿智，犹似黄狼。进化遗传，萌于聪慧，头大根深挤一床。扎窝斗，祸比邻蠹蛀，愁痛肝肠。

苦吟几度彷徨，夜难寐托腮看口腔。拍爱斯光片，横斜歪长；钩钳机钻，骨肉摧伤。止血缝针，消炎输液，三室联盟救七郎。乃乘势，把余殃除却，铁齿铜墙。

器官简介

智齿，人类口腔内最里面的第三磨牙，学名第三大臼齿。由于一般在16—26岁萌出，此时人的生理、心理发育都接近成熟，有"智慧到来"的象征，因此被称为"智齿"，又称智慧齿、立事牙。

智齿如果全部生长出来一共4颗，上下左右各1颗。有的少于4颗，甚至没有，极少数人会多于4颗。

现代医学认为，智齿是人类进化的残余物。现代人类的牙槽骨由于进食越来越精细化，对牙槽骨的刺激减少、降低，使牙槽骨的长度、宽度、强度有不同程度的退化，即牙量大于下颌骨量，从而导致其无法提供足够的供智齿萌出的空间，造成智齿阻生、异位萌出；此外，智齿本身的退化也会致其萌出数目不足、不对称萌出等。大部分人的智齿没有咀嚼功能，没有对咬牙，也就是说智齿一般是多余的，被认为是一种痕迹器官。

智齿引起的疾病

由于智齿生长的位置特殊，不易清洁，常易引起的疾病有龋齿、冠周炎、牙髓炎。有时还会因萌发不足成为阻生齿，导致第二磨牙龋坏，或引起牙列不齐、冠周间隙感染、疼痛肿胀、张口困难等症状。

治疗

若是智齿位置较正，不影响其他牙齿，也未有发炎疼痛等，平时注意清洁卫生即可。但若有阻生智齿，则根据临床表现，尽早予以拔除。

词文注释

1. 唇里舌边：唇里，指口腔嘴唇里面；舌边，即舌的两侧。

2. 卅二兵藏：指人口腔内有 28—32 颗牙齿。其中 28 颗牙齿是人体必不可少的。另有 4 颗是智齿，并不是所有人都会长智齿。

3. 牙弓极尽：指上下颌骨连续排列在牙槽骨形成抛物线弓形上的牙列；极尽，终点，尽头。

4. 姗姗迟晚：迟延而落后，姗姗来迟。人类的 28 颗恒牙，从 6 岁到 12 岁全部替换萌出完成，只有 4 颗智齿要到 16—26 岁才完全萌出，故时间间隔很长。

5. 雅名睿智：指智齿萌出的年龄正是人的生理、心理、发育、智慧接近成熟，有智慧到来的时期。

6. 犹似黄狼：黄狼，即黄鼠狼，黄皮子。例：披着羊皮的狼；黄鼠狼给鸡拜年——没安好心。

7. 头大根深挤一床：智齿一般牙冠较大，且常埋伏、阻生、低

位，常接近下牙槽神经；床，即牙槽骨，俗称牙床。

8.祸比邻蠹蛀：指智齿牙位不正，不能正常萌出，经常嵌塞食物，致前面的第二磨牙发生龋坏和牙髓炎等疾病。

9.钩钳机钻：指拔牙的工具，除常规的口镜、探针、镊子外，还有牙钳、牙挺、牙钻以及骨膜剥离器、超声骨刀等器具。

10.三室联盟救七郎：三室，指口腔内科诊室、口腔外科诊室、口腔修复科诊室；七郎，指第七颗牙齿。由于阻生智齿由口腔外科拔除，而前面的第七颗牙齿已被龋坏，需经口腔内科进行根管治疗，再由口腔修复科进行瓷冠修复保护，来共同联合完成。

80. 沁园春·牙周病

宝扇朱唇，护掩华庭，汩涌瑶池。望玉弓两列，黑黄裹甲；糜糜龈肿，隐隐红丝。冷热酸甜，皱眉苦脸，别主连筋兄弟辞。孤三五，看颊扁兵少，苟且羹稀。

为何萎缩寻思，犹大树露根失润滋。乃菌斑黏附，积沙成石；槟榔烟酒，助纣伤离。炫插牙签，口无盥洗，美味吞津后悔迟。清君侧，待八零二十，皓齿童回。

疾病简介

牙周病即为常说的牙龈发炎、牙龈出血和牙齿松动，是口腔最常见的疾病之一。据统计，成年人牙周病患病率高达 80% 以上。也是成年人牙齿慢性脱落、丧失的主要原因。

牙周病不只是存在于口腔的局部慢性感染，它和关节炎、肾炎、心内膜炎等全身疾病存在一定的相关性，同时也是心血管疾病、糖尿病、呼吸系统疾病、骨质疏松、早产等疾病的危险因素。

病因

一是局部因素：①菌斑，指黏附于牙齿表面的微生物群。不能用漱口、水冲洗等去除。②牙石，是沉积在牙面的矿化菌斑。③创伤性咬合。④其他：如食物嵌塞、不良修复体、口呼吸等因素，也促使牙周组织的炎症加重过程。

二是全身因素：全身因素可降低牙周组织对外来刺激的抵抗力，加速牙龈炎和牙周炎的发展。主要有：①内分泌失调，如性激素、肾上腺皮质激素、甲状腺激素等分泌异常。②饮食营养方面，如维生素C、维生素D和钙、磷的缺乏、营养不良等。③血液病、血友病等患者常出现牙龈肿胀、溃疡、出血等。④长期服用某些药物，如苯妥英钠、尼群地平、环孢素等可使牙龈发生纤维性增生。⑤遗传因素，如青少年牙周炎患者往往有家族史。

临床症状

主要是牙龈炎症、出血、牙周病形成、牙槽骨吸收、牙齿松动或移位、咀嚼无力，严重者牙齿可自行脱落或导致牙齿的拔除。其表现为疼痛、牙周溢脓、口臭、牙周脓肿、牙齿松动，最后造成牙齿缺失。

治疗

一是基础治疗：主要是消除病因和减轻症状。①进行牙齿洁治、刮治、根面平整。②配合局部药物治疗。二是修复治疗：①调整咬合。②正畸治疗。③牙周夹板固定治疗。

预防

一是消除牙菌斑，坚持每天早晚刷牙，饭后漱口及按摩牙龈等口腔保健方法。二是去除局部刺激因素，定期每半年到一年洁牙一次。修复、矫正食物嵌塞。三是补充维生素类食物。

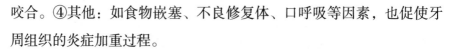 词文注释

1. 华庭：古人对口腔的雅称。

2. 泪涌瑶池：指口腔内腮腺管、舌下腺管分泌的唾液充满整个

口腔。

3.玉弓：指口内弯弯的牙弓。

4.黑黄裹甲：指黑黄色的牙结石就像一层厚厚的铠甲包裹在牙齿外层。

5.糜糜龈肿，隐隐红丝：牙垢、牙结石沉积在牙齿的颈部，刺激牙龈组织充血、红肿、发炎，在刷牙、进食时常引起出血的现象。

6.冷热酸甜：牙周病会出现牙龈萎缩、牙槽骨吸收、牙根暴露，所以就会有冷热酸甜的刺激等过敏性疼痛症状。

7.别主连筋兄弟辞：牙周病会引起整个牙体的支持组织出现不可逆的病变，从而出现牙龈萎缩、牙根吸收、牙体的支持能力严重下降，最终出现松动、脱落。

8.孤三五：正常人的牙齿为28颗。由于牙周病致牙齿逐渐松动脱落，最终只剩下孤零零的几颗牙齿。

9.看颊扁兵少，苟且羹稀：牙周病因牙齿脱落后，所剩无几，致脸颊凹陷，且不能咀嚼食物，只能吃稀、软、烂的食品，失去了品尝、享受咀嚼美食的快乐。

10.犹大树露根失润滋：人类的牙齿就相当于一棵大树，牙周组织相当于树根周围的土壤，一旦有了牙周病，就相当于发生水土流失，树根周围的土壤就没了，失去了滋润，大树就枯萎倒掉了。

11.炫插牙签，口无盥洗：指进食后常炫酷地用牙签剔牙。牙签剔牙会对牙龈造成损伤。牙签的头端比较尖锐，容易导致牙龈发炎和出血，并且可使牙缝变宽、变大，影响饮食和美观。口无盥洗，指长期不刷牙漱口。

12.吞津：指眼望美味佳肴，而只有咽口水。

13.待八零二十：指世界卫生组织对牙齿健康的标准：8020。即人到了80岁时，仍保持20颗健康的原生牙，能正常咀嚼食物。

81. 沁园春·活动义齿

　　脸瘦唇凹，顶秃发稀，赢老齿疏。望佳肴嗟叹，吟哦风漏；人前讪笑，琥珀零孤。几度迟疑，依然离却，啖食全吞唯小厨。而今悟，把金箍扎紧，兄弟相扶。

　　躺身椅上惊虚，只听得沙沙倒凹除。取印模定制，卡环支架；精心仿造，蝶变丹炉。咬合调磨，自由摘戴，真假和谐口感舒。劝诸位，有缺牙早补，咀嚼如初。

义齿简介

　　活动义齿，就是人们常说的"活动假牙"。又称可摘义齿，包括可摘局部义齿和全口义齿。这里指的是可摘局部义齿，是利用剩余的天然牙、基托下的黏膜和骨组织作为支持，依靠义齿的固位体和基托来固位，用人工牙恢复缺损、缺失的牙槽嵴、颌骨及周围的软组织形态，患者可以自行摘戴的一种假牙。

适应症

活动义齿的适应范围很广泛。

1. 各种牙列缺损、缺失。

2. 牙缺失伴有牙槽嵴、颌骨或软组织缺损者。

3. 需过渡性义齿、间隙保持器者。

4. 牙周夹板作用。

5. 需恢复面部垂直距离者。

6. 需即刻义齿、化妆义齿者。

禁忌症

1. 精神病患者，生活不能自理者。

2. 对假牙材料过敏、异物感明显不能克服者。

缺点

1. 初戴者有异物感，可能会影响发音、恶心等。

2. 稳定性和咀嚼效果欠佳，自洁作用差。

3. 可能造成基牙松动、黏膜溃疡、牙槽吸收加快。

4. 可能加速龋病、牙周病、颞下颌关节病进展。

分类

按承受力方式分：牙支持式义齿，缺牙两端有天然牙，假牙所承受的力主要由天然牙承担。黏膜支持式义齿，假牙所承受的力由黏膜及牙槽骨承担。混合式义齿，假牙所承受的力由天然牙和黏膜、牙槽骨共同承担。按材料分：塑料胶、弯制卡环制作的假牙；金属铸造支架制作的假牙。

修改、保养和注意事项

修改：初次戴上假牙会有轻微疼痛和不适，应去医院修改1—2次即可；保养：进食后应取出假牙用水冲洗干净。睡前应将假牙取出，浸泡在冷水或假牙清洁剂中。戴用时间：假牙应每天戴用，如长期不戴，则会出现假牙不能戴入的情况。一般应5—8年更换或修改一次。

百疾沁园春

词文注释

1. 羸老齿疏：羸老，衰弱的老人；齿疏，牙齿脱落，稀疏。

2. 人前讪笑：讪笑，勉强地笑，尴尬地笑。

3. 琥珀零孤：琥珀，古人对牙齿的雅称，比喻牙齿质地坚硬而不易磨损，堪比琥珀般坚固；零孤，孤苦零丁，没剩多少牙齿了。

4. 几度迟疑：几度，再三，多次；迟疑，犹豫不决，拿不定主意，迟疑不决。这里指对口内松动的牙齿，多次想去诊治，而总是犹豫不决。

5. 依然离却：指松动、坏死残缺的牙齿，最终还是脱落、掉落了。

6. 啖食全吞唯小厨：由于牙齿缺失，不能咀嚼、研磨食物，只能另外烹饪软、烂、稀的羹粥食用。

7. 把金箍扎紧，兄弟相扶：金箍，古人对牙齿的雅称，即把牙齿扎成箍，使其相互支撑，更加紧密牢固。

8. 躺身椅上惊虚：指治疗牙齿时，躺在牙椅上，心里紧张、恐慌，极度不安。

9. 只听得沙沙倒凹除：沙沙，打磨牙齿机钻的沙沙声响；倒凹，由于长期缺牙，导致两侧的基牙向缺牙区倾斜，因此，在修复牙齿时需要对牙体进行预备，包括颌支托、消除倒凹等，才能把假牙戴入。

10. 印模定制：取患者口内的模型，进行个别制作。

11. 卡环支架：假牙上的附件、固位体。

12. 蝶变丹炉：指假牙上卡环、支托、支架、基托等都要通过制作蜡型模型，放入高温炉中进行加工铸造。

13. 咬合调磨，自由摘戴：咬合，指假牙在口腔内上下咬合的高度，对其进行精准的调磨、修改；自由摘戴，指患者对假牙能自由取戴，不紧不松，方便舒适。

82. 沁园春·固定义齿

气爽神清，素面光鲜，编贝丰腮。看春回齿白，欢颜绽笑；犒劳腹胃，大快呼哉。合作功分，弟兄鼎助，玉口衔珠美味来。啃猪手，享饴糖坚果，不再声唉。

为何如此舒怀，想往日瑶池烽火台。望佳肴嗟叹，囫囵吞咽；负亏馋舌，难辨荤斋。修架金桥，跨墩戴帽，前后相连一整排。名固定，恰和鸣琴瑟，真假无猜。

固定义齿简介

固定义齿，即固定假牙，是修复牙列中一个或几个缺失牙的修复体。它依靠黏结与缺牙两侧的基牙（天然牙）连在一起，从而恢复缺失牙的形态和生理功能。由于患者不能自行取戴，故称固定义齿，又由于其结构与桥梁相似，故又称固定桥。

固定义齿的组成

固定义齿由固位体、桥体和连接体三部分组成。固位体是指固定在基牙的部分。包括全冠、桩核冠、部分冠等，其中全冠最为常用。桥体，即人工牙，是固定桥恢复缺牙的形态和功能的部分。连接体是桥体与固位体之间的连接部分。

固定义齿的功能

1.恢复咀嚼和口腔生理功能。

2.维持口腔健康和防止对颌牙齿伸长，防止邻牙倾斜。

3.改善患者的容貌，其近似真牙的美观、舒适和享受咀嚼的快乐。

固定义齿的类型

1.根据结构可分为：双端固定桥、单端固定桥、半固定桥、复合固定桥等。

2.根据材料可分为：塑料桥、金属桥、烤瓷桥、全冠桥等。

固定桥的适应症

缺牙数目：前牙区可修复 1—4 个牙，后牙区 1—2 个缺失牙。

基牙条件：牙冠高度，大小要足够适宜。牙根长度、稳固性要好。牙髓是否坏死，是否需做根管治疗。牙周组织是否健康、吸收等。

咬合关系

指颌间距离，对颌牙是否伸长，邻牙倾斜情况等。

年龄

固定牙修复的适宜年龄为 20 岁以上者，青少年不适宜做固定义齿。

固定义齿的保养

固定假牙如同真牙一样，需要做好口腔卫生，早晚刷牙，饭后漱口，不吃过硬的食物，避免牙齿崩裂。定期复查，以确保假牙的稳定性和口腔健康。

词文注释

1.素面：不施脂粉之天然美颜。唐·李白诗："素面倚栏钩，娇声出外头。"

2.编贝丰腮：编贝，这里指牙齿，形容牙齿像编起的贝壳，洁白、整齐；丰腮，指镶嵌的假牙，使颊腮部充盈、丰满。

3.大快呼哉：大快，大快朵颐，指饱食愉快的样子；呼哉，语气助词，表示感叹。这里表示装上了假牙能大口吃肉，极其高兴、愉快。

4.合作功分，弟兄鼎助：指口腔内上下、右左、前后的不同形状、不同功能的牙齿，互相合作，对食物进行切断、撕裂、研磨、咀嚼，享受各种食物的美味和快乐。

5.玉口衔珠：玉口，俗称嘴巴，雅称香唇；衔珠，指口腔内的牙齿就像珍珠一样，亮丽洁白。

6.猪手：猪脚、猪蹄。手，只有人才能有的，其他的动物统称为"蹄"，说猪手只是人为地给动物加上的称谓而已，猪是没有手脚之分的，只有前蹄与后蹄之分。

7.瑶池烽火台：瑶池，口腔的雅称，因口颊内有腮腺管分泌腮腺液流出，有颌下腺、舌下腺分泌唾液，故口腔内充满唾液，像源源不断的泉水一样充满口腔；烽火台，又称烟墩，墩台，是古时用于点燃烟火传递消息的高台。这里指口内牙齿脱落、缺失，形成缺牙间隙，就像烽火台间隔一样。

8.囫囵吞咽……难辨荤斋：指没有牙齿咀嚼，只能囫囵吞枣样把食物吞下去，不知荤素滋味。

9.修架金桥，跨墩戴帽：固定桥是利用缺失牙两侧的天然牙作为基牙即桥墩，制作人工冠，俗称牙套，然后以连接体连接桥体即缺失牙部分，使其成为一个整体，从而恢复其生理功能。由于其结构与桥梁相似，故又称固定桥，固定义齿。

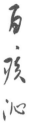

83.沁园春·全口义齿

面颊干枯，语涩漏风，豁齿无真。悔恣情举箸，肥甘贪嗜；槟榔酒肉，烟雾含熏。别主离岗，悄声零落，只剩弯弓瘦骨筋。喝糜粥，致胃肠遭难，缩腹吟呻。

苟生嗳食艰辛，愁何奈求医张嘴唇。拔烂根残冠，种钉固位；取模定位，不差毫分。入口天成，宛如初恋，吸附牢牢咬合均。才几日，享红烧卤味，增重三斤。

全口义齿简介

全口义齿，俗称全口假牙，是对无牙颌患者的常用修复方法。是采用人工材料替代缺失的上颌或下颌完整牙列及相关组织的可摘义齿修复体。

固位原理

全口义齿由人工牙、基托两部分组成，靠假牙基托与无牙颌黏膜组织紧密贴合及边缘封闭产生的吸附力和大气压力，使义齿吸附在上下颌牙槽嵴上，简单地说就是借助类似拔火罐产生负压后获得吸力，来恢复患者的缺损组织和面部外观，恢复咀嚼和发音功能。义齿基托覆盖下的黏膜和骨组织承担义齿的咬合压力。

在正常使用中，患者大张口、漱口、打喷嚏、咳嗽等大动作，都可导致边缘封闭破坏而使义齿松动脱落。因此，患者在使用过程中需要用软组织配合来获得边缘封闭，保持稳固。

全口义齿的制作

1. 制取印模、灌制石膏模型。制取印模是全口义齿成功的关键步骤之一。印模要准确、清晰。

2. 确定上下颌关系：由于天然牙脱落后，丧失了原有的上下颌颌间高度的颌位关系，需要用蜡基托和蜡堤来确定上下颌颌间高度。

3. 转移颌关系至颌架上。

4. 排牙：主要是选择人工牙的质地、形态、大小、色泽等。

5. 装盒：主要包括冲蜡、充胶、热处理、打磨、抛光等工艺。

戴牙

初戴义齿时，可能会有异物感，恶心，发音不清以及松动脱落，戴不稳，咬不烂食物等现象发生。处理的措施，一是要患者树立信心，多戴，多练习，一般要适应一个月左右。二是找医生修理调整，一般一周一次，要2—3次才能调改好。

使用与复查

由于人工牙的磨耗及牙槽嵴的不断吸收，假牙在使用一段时间后仍会出现问题。要定期请医生检查并做小的调改。一般使用5—8年后需要更换重做。勉强在不合适的状态下使用，会加剧牙槽嵴的吸收，严重影响进一步的修复。

词文注释

1. 语涩漏风：语涩，指说话艰难或不流利；漏风，指牙齿缺失后发音不清楚，像漏风一样，尤其是发唇齿音及舌齿音，出现发音失真的情况。

2.豁齿无真：牙齿残缺脱落，指老年人，口内没有真牙了。

3.恣情举箸：恣情，纵情，无拘束；箸，筷子。意指长期任意贪食膏粱厚味，毫无节制。

4.别主离岗，悄声零落：指告别主人，离开原来的工作岗位。这里指牙齿因牙周病等原因，逐渐脱落，离开牙槽骨，只剩下弯弯的、低矮的、瘦薄的牙弓。

5.喝糜粥，致胃肠遭难：由于没有牙齿咀嚼、研磨食物，而加重了胃肠消化的负担，导致胃肠疾病的发生，弯腰屈腹，痛苦呻吟。

6.啜食：犹言吃喝。

7.拔烂根残冠：指牙齿腐蚀龋坏、折断后，留下的残根，或残缺的牙冠，需要在修复前拔除处理，以免发炎疼痛。

8.种钉固位：牙槽嵴因吸收、萎缩严重，条件不好，难以固定稳定假牙，需要种植部分牙钉，以增强假牙的固位稳定性。

9.取模定位：取模，在制作镶牙之前，需要在患者口内制取印模，灌注成牙齿的石膏模型后，在其上面制作假牙。制取印模的工作至关重要，要求精准无误，不能有丝毫误差；定位，指制作假牙在口腔中的三种定位方法，即后退接触位、颌间垂直高度位和侧向平衡颌位。

10.入口天成，宛如初恋：指假牙戴入口中，就像天然牙一样美观、自然，并且咬合良好，吸附紧密、牢靠、稳固。

11.增重三斤：指假牙修复后，咀嚼自由，功能良好，基本能吃各种美食，才过几天，就迅速增加了体重，恢复了以前强壮的身体。

84. 沁园春·种植牙

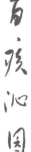

岁月流年，倏闪如驹，身老衰残。叹开唇箍缺，漏风弱语；满盘肴馔，坐看垂涎。回首寻思，抚腮感慨，小疾疏防溃玉栏。囫囵咽，启面门泪眼，嚼蜡三餐。

种牙早有闻言，喜人类三番皓齿还。拍爱斯光片，导航精钻；充填骨粉，植体居安。巧筑基台，穿龈戴帽，恰似珍珠嵌舌边。酸甜冷，已了无眉皱，远别熬煎。

种植牙简介

种植牙，即人工种植牙，并不是真的种上自然牙齿，而是将与人体骨质高度相容的纯钛金属经过精密的设计加工，制造成类似牙根的圆柱体或其他形状，以外科手术的方式植入缺牙区的牙槽骨内，相当于一个人工牙根，经过1—3个月后，人工牙根与牙槽密合后，再在人工牙根上安装瓷牙冠，完成坚固美观的种植牙。

种植牙可以获得与天然牙功能、结构以及美观十分相似的修复效果，已成为越来越多缺牙患者的首选修复方式。因不具破坏性，也已被口腔医学界公认为缺牙的首选修复方式。

适应症

随着各类口腔种植技术、种植材料的应用，种植系统的不断完善，影像技术和数字化技术的发展，目前无论是单颗牙缺失、多颗牙缺失，还是无牙颌患者，均可进行种植修复治疗。

禁忌症

严重的内分泌代谢障碍，如未受控制的糖尿病。血液系统疾病，如红、白细胞性血液病，凝血机制障碍者等。心血管系统疾病，不能耐受手术者。严重的系统性免疫性疾病者。过度嗜好烟酒、神经及精神病患者、妊娠期患者。

种植流程

检查，包括临床检查、影像检查等。诊断与设计。种植手术、义齿制作与修复。时间，根据种植体植入与拔牙的时间关系，可分为即刻种植、延期种植（指拔牙后 3 个月或更长）。随着口腔种植技术的发展，种植的周期正在逐步缩短，种植体植入即刻戴上种植假牙，以及拔牙后即刻戴上种植体假牙，已成为倾向。

成功率

种植牙手术是比较成熟的技术，一般五年可达 95% 以上，十年为 90% 以上。

维护

注意口腔卫生，早晚刷牙，饭后漱口，清除食物残渣。不吃过硬、过坚韧的食物，以避免对种植牙造成伤害。定期复查，发现磨损及时由专业医生修复，以延长使用时间。

词文注释

1. 倏闪如驹：倏闪，倾刻，霎时间；如驹，即人生一世，如白驹过隙，年华转瞬即逝。

2. 开唇籈缺，漏风弱语：指张开嘴唇，看见牙齿缺失。籈，金籈，牙齿的雅称；漏风弱语，指缺了牙，说话漏风，发音含混不清。

3. 坐看垂涎：谓坐在餐桌前，看满盘美食，只因缺失牙齿，不能咀嚼，馋得连口水都要滴下来，极想得到，十分羡慕。

4. 小疾疏防溃玉栏：牙痛不是病，痛起来真要命。人们认为牙痛是些微之疾病，常被忽略，久而久之，逐渐脱落，丧失；玉栏，古人对牙齿的美称。

5. 启面门泪眼，嚼蜡三餐：面门，指人的嘴唇；由于没有牙齿，张口吃东西，十分困难，就像嚼蜡一样无滋无味。

6. 喜人类三番皓齿还：人类共有两副牙齿，即乳牙和恒牙。三番皓齿，指的是人工种植牙，又被称为人类第三副牙齿。

7. 导航精钻：数字化动态导航种植系统。在种植手术中进行全程、实时的"导航"定位，使种植体植入更微创精准。

8. 充填骨粉：指牙槽嵴骨量不足，可充填增加人工合成的骨粉，提高牙槽骨的高度、宽度，有利于提高种植牙的成功率。

9. 植体：指种植在牙槽骨内的部分，相当于牙根。植体一般采用纯钛材质，与人体有极好的生物相容性，不会影响CT、磁共振等检查。

10. 巧筑基台，穿龈戴帽：基台，即种植基台，是种植修复术中种植体的辅助器具；穿龈戴帽，即基台和螺杆伸向牙龈外部，构成穿牙龈部分，然后再进行瓷冠修复。

11. 酸甜冷，已了无眉皱：种植牙无神经、血管，故不会有酸甜冷热的过敏、疼痛反应。

85. 沁园春·矫牙

对镜含羞，相遇低头，掩面目逃。叹突唇龋齿，玉庭笋竖；弯弓狭窄，如雀争巢。邻里违和，龈缘血染，侧看丛丛试比高。千般结，问谁能解扣，愁绪长抛。

亲们不必心焦，些小事吾人便可包。拍三维设计，裁员减径；拓疆箍套，挈引匀调。牵挂前移，内收后压，两载排排仪仗操。出关日，若潘安颜值，喜上眉梢。

矫牙简介

矫牙，即牙齿矫正，是通过正畸或外科手术等方法治疗错颌畸形的方法。

错颌畸形是指儿童生长发育过程中，由先天因素或后天因素导致的牙齿、颌骨、颅面的畸形。错颌畸形与龋病、牙周病被列为口腔三大常见病，其患病率高达人口的 50% 以上。

病因

先天因素：指胎儿在母亲子宫内发育受到的各种影响，如营养代谢失调、母亲患风疹或感染病毒及分娩时造成的产伤。

后天因素：指出生后在生长发育过程中受到的影响，如疾病、呼吸吞咽功能异常、不良习惯如咬唇、咬指、吐舌以及乳恒牙过早丧失等。

危害

1. 影响面容美观，影响社交，影响自信，影响心理健康。

2. 牙齿不齐，容易长龋齿和牙石，影响牙周健康。

3. 影响咬合关系，影响咀嚼功能，加重胃肠负担，从而影响生活质量，影响身体健康。

矫治前的检查和设计

1. 取模、牙颌扫描：用于医生对错颌进行诊断和设计，并对在以后的治疗过程中作对比检查。

2. 照相：矫治前要给患者照面部相、牙颌相等。

3. X 光、CT、3D 检查。

4. 制订矫治计划和效果图。

矫治年龄

牙齿矫治，在任何年龄阶段都没有限制，都可以进行。但一般来说 11—13 岁乳恒牙替换完成后矫治最好。但对于患有地包天、小下巴和偏侧咀嚼、睡眠等不良习惯的孩子，宜及早矫治，将其导向正常，有利于其生长发育。

矫治方法

分拔牙矫治和非拔牙矫治，其矫治方法有：

1. 活动矫治器，患者可以自己摘戴。

2. 固定矫治器，临床上最为常用，患者不能自己摘戴。

3. 功能矫治器。

4. 隐形矫治器。

5. 外科正颌手术矫治。

矫治时间

一般矫正治疗需要一年到两年时间，一个月复诊调整一次。矫治

完成后，还需戴用保持器一年左右，以维持、巩固矫正的效果，以防反弹。

词文注释

1.对镜含羞：指照镜子时看到自己的牙齿长得不好，不整齐，特别难受，羞涩。

2.相遇低头，掩面目逃：指与人相见，不敢抬头；遮掩口面，躲避对方的目光。

3.突唇龋齿，玉庭笋束：突唇，指前牙前突，嘴唇前突；龋齿，牙齿参差不齐。明·徐渭《书〈草玄堂稿〉后》："龋齿而笑，蓬首而搔。"玉庭，古人对口腔的雅称；笋竖，就像笋子一样，竖立，限制挤在一起。

4.弯弓狭窄，如雀争巢：指牙槽弓瘦小、狭窄，牙齿拥挤生长，亦如雀鸟争抢巢穴一样。

5.邻里违和，龈缘血染：牙齿拥挤不齐，易嵌塞食物，积沉牙石，而导致牙龈发炎、出血。

6.侧看丛丛试比高：牙齿参差不齐，高低不一，犹如宋·苏轼《题西林壁》诗"横看成岭侧成峰，远近高低各不同。不识庐山真面目，只缘身在此山中"的景象一样。

7.些小事：人们常说的牙病是小事。

8.拍三维设计：矫正牙齿要先拍口腔、颌骨、牙齿等部位的3D立体影像图片，以此来制定设计矫治方案。

9.裁员减径；拓疆箍套：指矫正牙齿，解除拥挤，获得空间的几种常用方法。裁员，即减数拔牙；减径，即邻面去釉，又称牙间片切；拓疆，即扩弓，扩大牙弓；箍套，即戴矫正器，俗称牙套。

10.掣引匀调：利用橡皮圈、牵引钩、各种弯曲等调整移动牙齿。

11. 两载排排仪仗操：矫正牙齿需要两年时间，就像仪仗队操练一样。其原理是矫正牙齿是生理移动，缓慢进行，需要定期调整，才能排齐。

12. 出关日：指拆除牙齿矫治器牙套的日子。

13. 潘安颜值：指古代第一美男潘安。潘安是西晋时期的文学家和政治家，成语"掷果盈车"即出自他。

86. 沁园春 · 槟榔牙

　　五岭之南，棕榈参天，腹子垂驮。望绿青油亮，叠重累果；烟熏水煮，奉送阿哥。入口生津，汗淋醒脑，闭目吞云快乐多。三包少，恍狐仙勾魄，欲拒还唆。

　　仁榔迷恋如魔，片刻爽终归积百疴。看颊腮横突，唇边涎淌；似梭坚壳，龈齿伤磨。酸辣锥心，纤维硬化，恶变迟防悔奈何。割执爱，速护牙补缺，事不宜拖。

疾病简介

槟榔牙指由于咀嚼槟榔而磨损变色的牙齿。

槟榔是由植物槟榔的果制成的一种坚硬的食品。槟榔中含有大量的粗纤维和生物碱，过多食用会对神经造成一定的影响，会导致牙齿出现磨损等诸多损伤，并对身体健康造成不良影响。

危害

1.牙齿磨损：槟榔质地坚硬，以及粗颗粒添加剂，经常嚼食可严重磨损牙齿。这种磨损多见于后牙，可出现高陡牙尖、咬合面，导致牙周组织创伤，增加牙根纵裂的风险。

2.牙齿变色：槟榔含有金属色素，可沉积牙齿表面和渗入牙体组织，形成色斑，严重影响美观。

3.龋齿：由于石灰质槟榔残渣的堆积，会导致牙结石增多，从而诱发龋病。

4.牙周病：由于槟榔质地粗硬，会刺伤牙龈，屑末卡入，堵塞牙缝，牙龈乳头受压，继而发炎，且由于用力咀嚼，对牙周黏膜造成伤害，致牙根周发炎、疼痛，牙根外露，而产生牙周病变，最终松动脱落。

5.咬合不良：长期吃槟榔，除对牙齿磨损外，还可造成颞下颌关节面的磨损，致咬合改变，出现颞下颌关节功能紊乱，出现关节疼痛和病变，开口闭口时会出现关节弹响。

2003年，世界卫生组织将槟榔列为一级致癌物。长期咀嚼槟榔容易出现口腔白斑，继而发展成口腔黏膜纤维化，导致张口受限，最终可能发生癌变。

槟榔牙的治疗

如已导致牙齿磨损、过敏、龋坏、牙周损伤等，可在医生的指导下，进行针对性的治疗，如牙周洁治、龋病治疗、冠修复等。

词文注释

1.五岭之南：五岭，指越城岭、都庞岭、萌渚岭、骑田岭、大庾岭。在湖南、江西南部和广西、广东北部交界处；之南，泛指广东、广西、海南等地。

2.棕榈参天：槟榔树，棕榈科，高20—30米，主要分布在我国广东、广西、海南、云南及台湾等热带地区。

3.腹子垂馱：腹子，即中药大腹子，槟榔成熟的果子。其果实长圆形或卵球形，在枝头上，层层叠叠，簇拥堆积。

4.烟熏水煮：刚摘下来的槟榔果呈青色油亮，先用水煮2个小

时，变成棕红色，再烟熏七天七夜，就成了可食用的干果。

5.入口生津，汗淋醒脑：咀嚼槟榔时，能生津发热，提神醒脑，消除疲劳。

6.三包少，恍狐仙勾魄，欲拒还唆：槟榔具有一定的成瘾性，吃时有甜感，微醉，越吃越多，一天甚至要两包到三包。尤其是槟榔加烟酒合在一起，可使人产生兴奋感及幸福感，更是像狐仙勾了魂魄一样，飘飘欲仙，欲罢不能。有道是：

槟榔加烟，法力无边。

槟榔加酒，永垂不朽。

7.仁榔：槟榔。

8.颊腮横突：长期吃槟榔，从而刺激脸部肌肉的发育，会使两腮变宽、变厚、变粗，形成俗称的槟榔脸。

9.纤维硬化：长期嚼食槟榔会对口腔黏膜造成损伤，导致口腔黏膜纤维化，表现为口腔黏膜变得厚重、坚硬、色素沉着，出现红色或白色斑块。

10.恶变：嚼槟榔不仅容易导致口腔纤维化，还会引发口腔癌。俗话说：十个口腔癌，九个嚼槟榔。因此，要尽量避免嚼食槟榔，以免对口腔、身体产生不良影响。

87. 沁园春·口腔溃疡

比岁逢春，气血更调，颊舌中邪。苦黏膜红点，唇边溃烂；灵根灼痛，啜食声哇。屡月幽潜，旬逾又发，如豆淋巴夜寐差。何时了，把狐妖除却，及早收痂。

疾微竟日哎呀，莫烦恼中西结合查。论阴阳辨证，和调虚实；维生素片，免疫增加。且别酸辛，羹汤清淡，枕榻高眠情志佳。防复发，改口腔环境，功效殊嘉。

疾病简介

口腔溃疡，也称口疮，是指出现在口腔内唇、上颚以及舌颊部黏膜上，呈圆形或椭圆形的溃疡点。

口腔溃疡是一种常见的口腔黏膜疾病，在我国其发病率较高，为10%—25%，女性高于男性。

分类

1.复发性口腔溃疡：又称阿弗他溃疡，反复发作，有间隔期和自愈性。

2.创伤性口腔溃疡：机械损伤，如食物中的骨片、砂石以及刷牙、结石、牙体磨耗过尖等，都可能损伤口腔黏膜；化学性灼伤，如刺激较强的药物等都可以引起局部黏膜的损伤；冷热刺激，如水温过高、过烫或过冰冷都可引起黏膜损伤。

3. 疾病伴发的口腔溃疡：如白塞病、肿瘤等伴发的溃疡。

病因

口腔溃疡的致病原因尚未完全明确，多种因素均可诱发，包括遗传因素、饮食因素、免疫因素等，具有明显的个体差异。

症状

好发于唇、舌、软腭等部位黏膜上，呈圆形或椭圆形，有灼痛感。部分患者可出现低热、乏力、烦躁、淋巴结肿大等症状。

治疗

主要有局部药物治疗、全身药物治疗、物理治疗等方法。以消炎、缓解口腔疼痛、促进溃疡愈合为原则。中医治疗有其独特的疗效，根据临床表现，主要分为：脾胃伏火型、心火上炎型、肝郁蕴热型、阴虚火旺型、脾虚湿困型和气血两虚型来进行辨证治疗。

预后与预防

口腔溃疡具有周期性、复发性和自限性（不药自愈）等特征，一般一周左右便可以愈合，无瘢痕，预后效果良好；预防：口腔溃疡目前不能完全根治。在生活中，注意口腔卫生清洁，控制饮食，少食烧烤、腌制、辛辣食物，避免食用过硬、过烫、尖锐食品，防止对黏膜造成损伤。

词文注释

1. 比岁逢春：比岁，连年，近年的意思；逢春，到了春天。

2. 颊舌中邪：指口腔内的颊部、舌头遭受魔邪样，这里指长了溃疡。

3. 灵根灼痛：灵根，古人对舌头的雅称，又名心窍；灼痛，即舌头上发生了溃疡，特别地刺痛、难受，灼热、尖锐、钻心的痛感。

4.屡月幽潜：屡月，数月。清·孙枝蔚《紫荆》诗："屡月家无信，经年弟苦饥。"幽潜，隐伏或隐居、隐藏。

5.狐妖：口腔溃疡反复发作，延绵不愈，就像狐妖附体一样，难以摆脱，难以治愈。

6.及早收痂：指企望口腔溃疡早日愈合结痂。口腔溃疡一般1—2周可逐渐愈合，在愈合过程中会出现结痂现象，痂皮较薄，呈微黄色。

7.阴阳辨证：中医术语，系八纲辨证（阴阳、表里、寒热、虚实八类症候）的具体内容之一。阴阳是区分疾病类别、归纳症候的总纲。

8.和调虚实：中医的虚实，指人体的不同症候：虚症是因气血阴阳减少引起的人体脏腑功能低下的一种表现；实症是邪气亢盛、正邪交争引起的一类症候。和调，即平衡、调整人体气血的虚实症候。

9.改口腔环境：加强、改变、改善口腔内的不利因素和环境，包括牙周洁治、调磨过度磨耗的牙尖、修复缺损、缺失的牙齿等。

88. 沁园春·儿童牙病

粉面如莲，学语咿呀，笑口珠浮。众弟兄二十，酸甜最爱；轮岗混列，苦恼缠纠。黑洞残根，迟萌错位，横卧参差争出头。颌弓小，嗜软精少嚼，隐患存留。

若离替换烦愁，好习惯防微作早谋。记春秋两度，华池巡检；果蔬粗杂，恒齿无忧。饭后牙清，睡前忌食，谨避侵伤护犊牛。越几载，看英姿俏脸，编贝迎眸。

疾病简介

儿童牙病是临床上常见的疾病。由于儿童经常不注意口腔卫生，牙齿结构易使食物残渣滞留，进而滋生细菌，牙齿发育特殊时期所需微量元素不足等各种因素都有可能致儿童发生牙病。

临床牙病种类

1.牙齿结构异常：如釉质发育不全、氟斑牙等。

2.牙齿萌出异常：如早萌、迟萌、乳牙滞留等。

3.龋病：俗称虫牙，是牙齿硬组织逐渐被破坏的一种疾病。

4.外伤：指低龄儿童比较顽皮，在生活、学习中出现碰撞跌倒，导致前牙折断和脱落。

5. 咬合紊乱：指儿童牙齿咬合不齐。与牙齿发育异常、不良生活习惯、乳牙期、替牙期、龋齿、外伤等因素有关。

危害

1. 局部影响：影响咀嚼功能，影响进食，影响恒牙排列致牙颌畸形发生；影响口腔黏膜软组织，造成慢性创伤性溃疡。

2. 全身影响：牙痛会造成偏侧咀嚼，导致面部不对称，发育畸形；牙痛会影响儿童进食，影响儿童的营养摄入，进而影响颌面部和儿童的生长发育；如乳牙过早缺失，影响儿童对语言发音的学习，进而给儿童的心理造成一定的压力。

预防

1. 注意口腔卫生，早晚刷牙，饭后漱口，晚上刷牙后不可以再吃食物。

2. 饮食调整：少吃、不吃太甜食物，少喝碳酸饮料，多吃粗食杂粮。

3. 涂氟治疗：儿童为了避免出现牙齿发生损伤，可以在局部做涂氟治疗，加固牙齿，预防龋病的发生。

词文注释

1. 笑口珠浮：指小孩开口欢笑，露出像珍珠般的牙齿。

2. 众弟兄二十：指儿童20颗乳牙。儿童自6个月左右开始萌出乳牙，到2岁半左右完全萌出，共20颗。

3. 轮岗混列：人一生当中共有两副牙齿，即乳牙和恒牙。儿童6—13岁，乳牙逐渐掉落，陆续长出恒牙，替换乳牙，为替牙期，又称混合牙列期。

4. 黑洞残报：黑洞，即龋齿，俗称蛀牙，是牙齿表面被细菌腐蚀出现黑洞。残根，即牙齿被腐烂严重，断了只剩牙根部。

5.迟萌错位：迟萌，即牙齿萌出时间推迟，常由于全身性因素如维生素 D 缺乏、甲状腺功能低下、遗传因素、牙龈黏膜肥厚、外伤、龋病感染、食物过于精细，缺乏咀嚼刺激等因素，导致乳牙滞留或恒牙萌出推迟；错位，常指恒牙生长发育受阻，致牙胚或萌出错位。

6.横卧参差争出头：指儿童在换牙期间出现牙齿不齐。这是因为原来的乳牙小，新换上来的恒牙大，所以牙弓没有位置容纳恒牙，出现不整齐的现象。

7.颌弓小：牙弓狭窄，会影响牙颌面的正常发育，影响面部美观。其原因主要有：呼吸系统因素如鼻炎、鼻窦炎、腺样体肥大等；遗传因素；饮食长期喜食甜食及精、细、软等食物，致使牙槽骨得不到刺激，影响生长发育。

8.替换：指儿童换牙时期，即替牙期。小孩换牙一般从 6 岁左右开始，持续到 13 岁左右结束。此阶段恒牙开始萌出，乳牙逐渐脱落，口内乳牙、恒牙同时并存。

9.春秋两度，华池巡检：一年要洗牙 2 次，清除牙菌斑、牙垢、牙结石，以维持口腔健康；华池，口腔的美称，其形状凹下，有唾液分泌，故称。

10.恒齿：恒牙，是人类 6 岁左右乳牙开始逐渐脱落长出后的牙齿，数量在 28—32 颗。恒牙不再自行更换。

11.编贝：齿如编贝，牙齿像编排起来的贝壳，形容牙齿整齐洁白。

89. 沁园春·中医口腔养生

　　两事常人，困倦安眠，饿饭解馋。欲延年保健，莫先口齿；岐黄医祖，早作司南。盥漱鸡鸣，揩龈叩齿，搅舌吞津施淡盐。去残屑，学东坡妙法，腮鼓茶含。

　　辅牙功力非凡，护门户养生当首担。直碾磨百谷，华滋筋骨；畅流气血，润面丰颌。白石牢坚，玉池泉涌，五脏调和祛火炎。好习惯，助强身免疫，福寿双添。

中医口腔养生简介

　　口腔健康是维护身体整体健康的重要方面之一。中医认为，口腔是人体与外界交流的重要通道和关键部位，是人体的"开放门户"之一。

　　1.中医对牙齿与脏腑关系的认识：①牙齿与肾的关系：中医认为，"齿为骨之余"，牙齿好否与人体的骨骼有着密切关系，而骨骼的健康与否又取决于肾，因为"肾主骨，齿为骨之余"。人老先老肾，人老先老牙。②牙齿与脾胃的关系：肾为先天之本，脾为后天之本，生化气血之源。口腔与胃相通，如脾胃不和，口腔乃至牙齿也定不安宁。如食辛辣之物，致胃热盛，则火上炎，牙龈容易肿痛，可从调理脾胃功能入手，进行辨证论治。

2. 口腔保健与全身疾病的关系："病从口入"是尽人皆知的道理，做好口腔卫生保健，不仅可以预防口腔和牙齿的疾病，还可以有效防治多种全身性疾病。口腔病灶如不及时治疗，就会影响机体免疫功能，引起很多疾病，如急慢性心内膜炎、肾炎、风湿热、关节炎、白血病、恶性肿瘤及呼吸道、消化道疾病等。所以口腔保健是预防全身疾病的一项重要措施。

3. 中医保护牙齿：中医保护牙齿有三种方法，即叩齿、养脾胃、固肾。具体如下：①固齿保健法：我国古代养生家早就提出"百物养生，莫先口齿"的主张。现代研究发现，绝大多数长寿老人都有一定数量的自然牙。其方法主要有：口宜常漱、早晚刷牙、齿宜常叩、揩龈按摩、正确咀嚼、饮食保健、药物保健、纠正不良口腔习惯、防药物损伤等方法。②唾液保健法：中医认为，唾液是一种与生命密切相关的天然补品，古人给予"玉泉""琼浆""金津玉液""甘露""华池之水"等美称。

"吞津鼓漱""赤龙搅天池"等方法能益寿延年已被现代科学证实。唾液中包含了血浆中的各类成分，含有 10 多种酶、维生素、有机酸和激素。经常保持唾液分泌旺盛，可增强免疫功能，达到却病延年的目的。

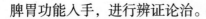 词文注释

1. 两事常人：指人的生理最需要的两件事：食物和水、睡眠。人需要摄入足够的食物和水来维持生命的活动，从而来获取机体的运作。亦需要充足的睡眠来恢复人体的精力。

2. 欲延年保健，莫先口齿：口腔是人体最繁忙的通道之一，人的一生要消耗大约 40 吨食物，都要经过口腔。医书《直指方》中有

"百物养生，莫先口齿"的记载。现代医学也证实，凡是长寿老人，其口腔中总是存在一定数量的自然牙。

3.岐黄医祖，早作司南：岐黄，为岐伯与黄帝的合称，被尊称为医家之祖。中医学《黄帝内经》就是以黄帝、岐伯问答的题材写成的，并由此引申为中医的代称。早作司南：司南，①我国古代辨别方向的一种仪器，用天然磁铁制成，是现代指南针的始祖。②比喻行事的准则或正确的指导。这里指《黄帝内经》对口腔养生保健早已作指导说明。

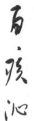

4.学东坡妙法，腮鼓茶含：苏东坡一生不管身处顺境、逆境都不忘养生之道。尤其对口腔、牙齿的养生就有很多方法，如浓茶固齿法、叩齿吞津法、揩龈固齿法、搅舌鼓腮法等。他的这些口腔保健观点和方法，在今天依然很适用。

5.辅牙：颊辅与牙床。喻比相互依存的利害关系。

6.丰颔：颔，下巴。丰颔，指面部丰满圆润，口腔、牙齿卫生健康。颔的组词有：颔联、颔首、颔颏、颔车、颔命、颔颐等。

7.白石：古人对牙齿的雅称，意思是洁白的石头样。

8.玉池：道家语，泛指口腔。《黄庭内景经》："口为玉池太和宫。"

90. 沁园春·唇腭裂

世事花筒，无论富穷，各有愁阴。看歌星菲女，狼咽唇缺；容颜蝶状，说话糊音。呛食饥肠，屏躯羸弱，照镜伤悲似扎针。慈亲爱，遍访寻妙手，不惜千金。

面残齿缺心沉，喜今日华佗再世临。早筛查胎孕，幼婴施诊；补牙填豁，缝腭连襟。慢嚼吞咽，鸿声培训，微笑之车送爱心。增自信，乐人前合影，台上高吟。

疾病简介

唇腭裂是一种先天性口腔颌面部的发育畸形。唇裂，俗称"兔唇"，主要表现为婴儿唇部有一裂缝；腭裂，俗称"狼咽"，主要表现为婴儿的腭部部分或全部裂开；还可表现为唇裂合并腭裂。

病因

唇腭裂是由遗传与环境因素共同决定的。如家族中有人曾发生过唇裂，则婴儿发生唇裂的概率增大，也可以是基因突变、染色体异常、缺失等造成。此外也与母亲孕期的身体状况、饮食、服用某些药物以及接触的病毒及化学物质有关，如母亲在怀孕期间吸烟、喝酒、患糖尿病等。

症状

1.患儿的上唇部或上颚存在裂口，致吸吮、发音以及咀嚼等功能障碍。

2.由于口鼻腔相通，易罹患上呼吸道感染；又因营养摄入不足，常会影响发育。

3.语言发音迟缓。

4.牙齿问题：容易发生蛀牙、缺牙、移位、旋转等牙齿问题。

5.耳部感染，听力受损。

6.自卑心理，影响心理健康。

治疗

唇腭裂的治疗是一项系列性治疗，包括耳鼻喉科、整形科、口腔科正畸修复、言语学家、儿科和心理学家等医生团队对其进行综合治疗。

手术治疗，一般需要1—2次手术，通常在出生后12个月内完成。初次手术可选择在3—6个月进行。另外，唇腭裂小孩常有上颌牙齿排列不齐，出现反颌即地包天，应在12岁左右进行牙齿矫正治疗。

预防

由于唇腭裂的具体病因尚不明确，女性应从孕期做好防护来降低孩子的发病风险。

1.保证孕期健康、注意全面营养、避免各种维生素及矿物质的缺乏。

2.孕期尽量保持良好的心情，避免精神刺激及过度紧张。

3.孕期避免接触放射线等有害物。

4.孕期避免服用致胎儿畸形的药物，如激素、抗癫痫、抗肿瘤药物等。

5.孕期应戒烟戒酒。

词文注释

1.世事花筒：世事，指生活中的喜怒哀乐、酸甜苦辣，犹如万花筒，什么都有存在；花筒，即万花筒，是一种光学玩具，只要往筒眼里一看，就会出现一朵美丽的"花"样，不断地转动，图案也在不断变化，所以叫"万花筒"。

2.歌星菲女，狼咽唇缺：指歌星王菲、李亚鹏之爱女，李嫣，天生兔唇，历12年三次手术。如今她既美丽又自信。此外，王菲和李亚鹏还成立了嫣然天使基金会，既为女儿治病，又希望通过自己的努力，帮助更多同病相怜的孩子，引起社会的关注；狼咽唇缺：先天性唇裂和腭裂。唇裂，又名兔唇。狼咽，腭裂的别称。据统计，每一千个新生儿中就有一个患有唇裂或腭裂，男多于女，左侧多于右侧。

3.容颜蝶状：唇腭裂属先天性畸形，其面部形似蝶状。

4.早筛查胎孕，幼婴施诊：按照国家规定，孕13周建卡，孕15—20周做唐氏筛查，20—24周大畸形筛查，24—28周做糖筛，28周后2周期产检一次，36周后每周一次产检，最后到临产；幼婴施诊，指婴幼儿发生了唇腭裂，应及早采取措施，诊治。

5.微笑之车送爱心：微笑列车，即由美籍华人王嘉廉先生于1999年和中国民政部合作创建的慈善机构。对出生3个月到40岁的唇腭裂患者提供免费手术修复。

91. 沁园春·舌

扉门中央，口条隐藏，人类灵根。拥纤柔红蕾，遍尝百味；匀调搅拌，襄助咽吞。巧语生缘，闲言祸福，欲度欢情吻嘴唇。赞诸葛，与群儒舌战，胜却千军。

心苗三寸弥珍，病口入疏防侵染身。致疮疡溃痛，地图纹裂；白斑苔藓，恶变吟呻。疗疾中西，药丸手术，泻火潜阳脉象分。最能耐，是王婆鼓尔，拉配成亲。

器官简介

舌，俗称舌头，在口腔底部。人类的舌是进食和言语的重要器官。对味有特别的感觉，有助于咀嚼、吞咽、发音。与心的功能有密切关系。观察舌的色、质、形态及舌苔变化是中医望诊重要内容之一。

结构

舌，由骨骼肌构成的器官，在口腔底部，表面有黏膜，上面布满黏液，里面的肌肉排成3种不同方向，所以能做灵活运动。舌可分为舌根、舌体和舌尖三部分。舌下面黏膜薄而光滑，中央有舌系带连接口底。

功能

1. 味觉：味觉的感受器是味蕾，舌头上有很多小小的红色突起，这些像花蕾样的凸起就是味蕾。舌头上大约有 1 万个味蕾，主要分布在舌的背面、侧面及舌尖上。舌的基本味觉只有酸、甜、苦、辣、咸，其余的都是混合味觉，是基本味觉的组合。

2. 发音：舌头可以辅助发音，语言表达必须借助舌头的运动，否则无法进行正常的语言交流。

3. 反映身体异常：舌有丰富的血管和神经，与心的功能有密切关系。舌象的变化能反映全身的健康状况。舌诊是中医诊病的重要环节，在诊断一些系统性疾病时起着非常重要的作用。

疾病

1. 地图舌、沟纹舌、正中菱形舌、舌乳头炎、毛舌等。

2. 舌部扁平苔藓、舌白斑等黏膜疾病。

3. 舌部肿瘤，舌癌是口腔癌中最常见的恶性肿瘤之一。

治疗

1. 药物治疗，如 B 族维生素、制霉菌素及 5% 水杨酸和 3% 过氧化氢清洗口腔。

2. 手术治疗如舌部肿瘤、舌癌等。

3. 物理治疗如局部紫外线照射等。

4. 中医治疗如以上火为主的胃火、心火、肝火等，可选择清热药物如清胃散、导赤散等。

词文注释

1. 扉门：门扇，口唇是饮食食物进入身体的门扇，则口唇为扉门。

2. 口条：舌头，常指猪、牛的舌头。从各方面来说就是和其他动物的一样叫法，只不过是我们人类叫得好听一些。

3. 灵根：一般指的是舌头，是人体口腔内最灵活的肌肉。

4. 纤柔红蕾，遍尝百味：红蕾，即舌头上红色的舌蕾，有很多很小的凸起，亦称舌乳头、味蕾；遍尝百味，人的舌上约有 1 万个味蕾，在吃东西时味蕾可感受到酸、甜、苦、辣、咸五种基本味道和上百种混合滋味。

5. 赞诸葛，与群儒舌战：指诸葛亮为联盟孙权抵抗曹操的过程中遭到东吴谋士的责难，最后都被诸葛亮一一反驳，哑口无言。

6. 心苗：舌为心苗，是中医名词。因心开窍于舌故名之。"舌为心之苗""苔为胃之根"，舌体与肺、心、肝、脾、肾等内脏经络相连。人体内脏若有病变，可反映在舌头上，如心火上炎，则舌生疮糜烂。

7. 地图纹裂：指地图舌、裂纹舌。地图舌是一种非感染性舌部炎症，因舌的表面有类似地图标志的蜿蜒国界，故名地图舌。纹裂，即裂纹舌，往往合并地图舌，舌表面有纵横交错、深浅不一的沟纹。

8. 白斑苔藓，恶变吟呻：白斑，指舌黏膜的白色斑块；苔藓，即口腔扁平苔藓。其发生与烟、酒、慢性摩擦及喜食烫、辣饮食有关。白斑是口腔癌前病变，一般转化为癌需 2—4 年。

9. 脉象：为中医学名词，指脉搏加形象与动态，为中医辨证论治的依据之一，一般为浮、沉、迟、数四大类。

10. 王婆：媒婆，凭三寸不烂之舌，能说会道，善于辞令。

11. 拉配：拉郎配，强拉男子与女子成亲婚配。

十六、医学·
疾病节日

92. 沁园春·全国爱牙日

世事循章，百业千行，立节传承。每金秋九月，爱牙日庆；街头义诊，椅上心惊。面颊坍凹，龙宫勘探，但见神针斜欲倾。原生态，已风光不再，如梦初醒。

骨余相伴终生，主咀嚼芳音含笑迎。早窝沟封闭，预防龋病；少甜粗食，晨晚勤清。相约年年，情牵念念，护齿天天九二零。启香口，露丹唇编贝，魅力添增。

节日简介

节日日期

1989 年，由国家卫生部、全国爱卫会、国家教委、文化部、广电部、全国总工会、全国妇联、共青团中央、全国老龄委九个部委联合发文签署，确定每年 9 月 20 日为"全国爱牙日"。其宗旨是通过"全国爱牙日"活动，动员社会各界力量参与支持口腔预防保健工作，广泛开展群众性口腔卫生知识的普及教育，增强自我口腔保健意识和能力，提高全国人民口腔健康水平。

龋病、牙周疾病是损害中国民众口腔健康的常见病、多发病，更是危害青少年儿童健康和生长发育最常见的口腔疾病。

据调查，中国有 6 亿—7 亿的人患有不同程度的牙病，其中以患龋病为最多，人均有 2 颗龋齿以上，全国约有 20 多亿颗龋齿；牙周病患病率高达 80%。

词文注释

1. 循章：循，沿着、顺着、上下、左右、前后、规律、遵循之意。章，规章、规则、条理、尺度、法度。即世间万事万物，都是有次序的，有章、有法可遵循的。

2. 百业千行：包罗万象，各行各业。例：而今我国政通人和，百业兴旺。

3. 立节：指 1989 年由国家卫生部牵头，联合国务院九部委签署确定每年 9 月 20 日为"全国爱牙日"的倡议活动。

4. 面颊坍凹：指颧弓隆突，两腮坍陷，面颊及口角处可见细小皱纹，皮肤干燥，无华，比实际年龄要苍老许多。这里指牙齿缺失，面颊萎缩、坍陷、干瘪。

5. 龙宫：代指口腔。口内的空腔，由两唇、脸颊、硬腭、软腭等构成。口腔内有牙齿、舌、唾液腺等器官。

6. 但见神针斜欲倾：牙齿除咀嚼、发音外，还起到支撑面部软组织和支撑面下三分之一高度，保持面部的协调美观。如牙齿脱落后，相邻牙、前后牙、上下牙就会倾斜、松动。

7. 骨余：牙齿的别称。《夷门广牍》："齿乃骨之余。"《本草纲目》："齿者，骨之余也。"《黄帝内经》："爪为筋之余，齿为骨之余，发为血之余，舌为肉之余。"指甲、牙齿、头发和舌头，因此也被称为人体"四梢"。这"四梢"是我们健康的晴雨表。它们能基本反映人的健康状况。

8. 窝沟封闭：儿童窝沟封闭是针对牙齿发育时候的一种有效增强

牙齿抗龋能力的技术，是用一种高分子复合树脂材料，涂在儿童六龄齿窝沟内，形成一种保护性的屏障，就像给牙齿穿上了一层保护衣，使牙齿免受食物和细菌的侵蚀。通常六龄齿在 6—7 岁完全萌出，是窝沟封闭的最佳年龄。

9.九二零：每年的 9 月 20 日"全国爱牙日"的简称。

93. 沁园春·中国医师节

吾祖岐黄，尝草神农，福泽万邦。颂华佗扁鹊，仁心妙术；灵枢素问，丸散膏汤。种杏悬壶，著书施药，德艺双馨橘井香。五千载，荫子孙繁衍，慈保安康。

国医如此绵长，引历代名师探究藏。赏望闻问切，八纲辨证；君臣佐使，济世经方。影像声光，神刀微创，合璧中西驱病狂。殚精虑，屡三更唤醒，救死扶伤。

 节日简介

节日日期

2017 年 11 月 3 日，国务院通过卫计委（今国家卫健委）关于"设立中国医师节"的申请，同意自 2018 年起，将每年的 8 月 19 日设立为"中国医师节"。这充分体现了党和国家对 1100 多万卫生与健康工作者的关怀和肯定。

节日意义

国家设立医师节，其积极意义不容忽视，旨在加强医师职业规范、加强行业自律，更好地改善医患关系，激励广大卫生与健康工作者大力弘扬"敬佑生命、救死扶伤、甘于奉献、大爱无疆"的崇高精

神，进一步推动全社会形成尊医重卫的良好氛围，加快推进健康中国战略深入实施。

2018年8月17日，习近平主席对首个"中国医师节"作出重要指示并强调：弘扬救死扶伤的人道主义精神，不断为增进人民健康作出新贡献。

历届医师节宣传主题

2018年：尊医重卫，共享健康。

2019年：弘扬崇高精神，聚力健康中国。

2020年：弘扬抗疫精神，护佑人民健康。

2021年：百年华诞同筑梦，医者担当践初心。

2022年："医"心向党，踔厉奋进。

词文注释

1. 岐黄：指黄帝和岐伯，传说是中医的始祖。古代医书《黄帝内经·素问》多用黄帝和岐伯回答的形式写成。后来用"岐黄"作为中医学术的代称：岐黄之术。

2. 神农：炎帝，中国上古传说中教人农耕、亲尝百草、教人治病的祖先。农业、医药由他开始。

3. 华佗扁鹊：华佗，东汉末年著名的医学家。华佗擅长外科，精于手术，被后世称为"外科鼻祖"。又以"华佗再世"称誉有杰出医术的医师。扁鹊，春秋战国时期名医，主要作品有《难经》《内经》，主要成就：奠定中医学切脉诊断方法。

4. 灵枢素问：《灵枢》《素问》是我国两部理论医著。《灵枢》，其核心内容是脏腑经络学说；《素问》内容丰富，包括阴阳五行、脏象气血、病因病机、诊法治则、医德养生等。

5. 丸散膏汤：丸剂，将药物研磨成细末，再以蜂蜜、水等制成圆形固体剂型；散剂，将药物研磨成粉末，可用来内服或外用；膏剂，将药物煎煮取汁后浓缩或添加蜂蜜、冰糖等制成半固体；汤剂，将药物煎煮一定时间再去渣后得到的药汁。

6. 橘井："橘井泉香"，与"杏林春暖""悬壶济世"典故一样，在中医学界脍炙人口。橘井遗迹在湖南郴州市一中校内。

7. 望闻问切：中医用语。望，指观气色；闻，指听声息；问，指询问症状；切，指摸脉象。合称四诊。

8. 八纲：八纲辨证。指阴、阳、表、里、寒、热、虚、实八类症候，是中医辨证的基本方法。

9. 君臣佐使：原指君主、臣僚、僚佐、使者四种人分别起到不同的作用，后指中药处方中的各味药的不同作用。

94. 沁园春·国际护士节

步履匆忙，敏捷回风，圣洁白衣。巧穿针通脉，疗伤解痛；廊灯闪烁，唯恐耽迟。细语床头，温馨肺腑，任怨柔声妙术施。心牵挂，总加班轮转，博爱无私。

雅名天使仁慈，遵本祖南丁格尔师。誓忠贞职守，病人至上；暑寒昼夜，呼唤争时。少管娇娃，空忧膝下，周末忘家愧作妻。行大义，抗魔冠逆战，致敬题诗。

节日简介

节日日期

国际护士节是每年的 5 月 12 日，是国际护士理事会为纪念现代护理学科的创始人 南丁格尔 于 1912 年设立的节日。

节日由来

1860 年，英国一位护士主任南丁格尔，在伦敦创办了世界上第一所正规护士学校。她的护士工作专著也成为医院管理、护士教育的基础教材。南丁格尔 1910 年去世后，国际护士理事会于 1912 年将她的生日 5 月 12 日定为 "国际护士节"。

设立宗旨

旨在激励广大护士继承和发扬护理事业的光荣传统，以"爱心、耐心、细心、责任心"对待每一位病人，做好护理工作。其基本宗旨是倡导、继承和弘扬南丁格尔不畏艰险、甘于奉献、救死扶伤、勇于献身的人道主义精神。

节日活动

授帽仪式：每逢 5 月 12 日国际护士节到来之际，医院、护士学校等都会举行庄严的护士授帽仪式，在护理学创始人南丁格尔像前，前辈为护士戴上象征着圣洁天使的洁白护士帽。护士接过前辈手中象征着"燃烧自己，照亮他人"的蜡烛，站在南丁格尔像前宣读誓言。

词文注释

1. 圣洁白衣：指白衣天使。白衣天使是对医务人员的美称，而天使也帮助别人，多指穿白大褂的护士。意思是说他们纯洁、善良、富有爱心；他们救死扶伤，童叟无欺。他们被比喻为上帝差遣到人间来治病救人的天使。人们都喜欢把护士比喻成白衣天使。

2. 巧穿针通脉：指打针输液。最常见的是静脉输液。输液这项操作看似简单，但其实要掌握的细节也不少，如进针部位的选择、扎止血带的位置、消毒的范围、进针的角度、滴速的调节以及输液过程中的巡视与观察和异常情况的处理。所以，护士不仅仅是在打针，而是在疗伤治病，更重要的是在一个"巧"字。

3. 廊灯闪烁：指病房走廊上病人呼叫床位号的红灯在不停地闪烁，而护士唯恐耽搁迟延，常急步匆匆。

4. 博爱：广泛地爱一切人，特别是对朋友或同胞的爱。曹植《当欲游南山行》："长者能博爱，天下寄其身。"《孝经·三才章》："先王见教之可以化民也。是故先之以博爱，而民莫遗其亲。"孙中山《军

人精神教育》:"博爱云者,为公爱而非私爱,即如'天下有饥者,由己饥之;天下有溺者,由己溺之'之意。"孙中山先生常写这两个字送人,这也是他一生极好的概括和写照。

5.遵本祖南丁格尔师:南丁格尔护理事业的创始人和现代护理教育奠基人,又称"提灯女神。"1820 年 5 月 12 日出生,1910 年 8 月 13 日去世,享年 90 岁。国际护士理事会于 1912 年将南丁格尔生日的 5 月 12 日定为国际护士节,以此缅怀和纪念南丁格尔。

6.誓忠贞职守:护士誓言:"谨奉人道主义精神,坚定救死扶伤信念,履行保存生命,减轻痛苦,促进健康的职责……接过前辈手中的蜡烛,燃烧自己,照亮别人,把毕生精力奉献给护理事业。"

7.抗魔冠:抗击新型冠状病毒肺炎。

95. 沁园春·国际老年人日

碧宇秋阳，大地飘香，敬老孝行。赞全球立节，弘仁守德；人人平等，勿论年龄。五项权纲，资源共享，自主尊严不可坑。老龄化，创和谐社会，美德传承。

中华盛世逢迎，爱甜食膏粱把胃撑。致三高假富，痴呆真病；失能卧榻，拖累家庭。君莫消沉，余晖焕发，甲子轮回乐养生。相约走，学道仙彭祖，福寿添增。

节日简介

节日日期

1990 年，第 45 届联合国大会一致通过第 106 号决议，确定每年 10 月 1 日为"国际老年人日"。国际老年人日如今已成为国际上公认的官方的老人节。目的是要提高人们对人口老龄化，即"老龄化时代"到来的认识。

我国 60 岁以上的老年人口已超过 2.6 亿，已进入人口老龄化国家。预计到 2024 年我国的老年人口有 3.8 亿，每 4 个人当中就有一个老年人。

人口老龄化已成为当今世界的一个突出的社会问题。退休人口数量增加、人类寿命延长及少子化的加速，已使劳动力短缺，加重了劳动人口与整个社会的负担。

人的一生总要经历少年、青年、壮年和老年时期。尊重老年人就是尊重人生和社会发展的规律，就是尊重历史。敬老爱老，关爱老人的身体健康，就是关爱自己的将来，就是关爱人类社会的将来。

加强老年人健康知识的普及和预防老年人心理行为问题的发生，已经成为当前一项十分重要和紧迫的任务。

词文注释

1. 秋阳：指秋天的阳光。宋·苏轼《秋阳赋》："吾心皎然如秋阳之明，吾气肃然如秋阳之清……"

2. 全球立节：指1990年，第45届联合国大会通过决议将每年10月1日确定为"国际老年人日"，1992年又通过《世界老龄问题宣言》，1997年第52届联合国大会又确定，从1998年10月1日起定为国际老人年。

3. 五项权纲：指1991年通过的《联合国老年人原则》，目的是保证对老年人状况的优先注意，强调老年人的独立、参与、照顾、自我充实和尊严，即工作权、参与权、健康权、终身机会平等权、平等就业机会权。

4. 老龄化：全世界190多个国家和地区中，有60多个已进入"老年型"。到2025年，全世界60岁以上的老年人口将达11.21亿，占总人口的近20%。人口老龄化问题引起了联合国和许多国家的关注。中国、日本、瑞典、法国等组建了一些较为完善的老龄科研组织和机构，加强对老龄问题的综合研究。

5. 膏粱：肥肉和细粮，指美味的饭菜，肥甘厚味的食物，脂肪类食物。代指富贵生活。

6. 三高：指三高症，即高血压、高血糖、高血脂症。它们是现代社会派生出来的"富贵病"。可能单独存在，也可能相互关联，是人类致命的"头号杀手"，也是威胁人们健康的"无声凶煞"！

7. 痴呆，失能：指三高疾病引发的心脑血管疾病，具有"发病率高、致残率高、死亡率高、复发率高，并发症多"形成的"四高一多"的特点，诱发阿尔茨海默病、中风、失能等疾病。

8. 甲子：一甲子就是六十年，六十花甲。它是我国古代天支纪年方式。60 年后甲子才再组合，60 年刚好一个"轮回"。这里指人生 60 岁后，重新锻炼、养生、保养身体。

9. 道仙彭祖：道教神仙中的彭祖，以长寿著称。彭祖为姓，名铿，帝颛顼之玄孙，陆终之子。其是一个道法高深的人，也是一个懂得修心养性、深谙长寿方法的人。传闻彭祖活了 800 多岁。

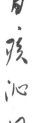

96. 沁园春·全民健身日

　　雅典神光，火炬传京，奥运喜开。看鸟巢人涌，五环飘荡；几多肤色，拼搏同台。快远高强，潜能极限，友谊雄争夺奖牌。国歌奏，赞健儿好样，壮美身材。

　　病夫东亚悲哀，得解放当家站起来。忆铿锵语录，操前播放；校园厂矿，互赛和谐。今日休闲，广场街巷，蹈舞欢娱舒百骸。好时代，学华佗禽戏，远别痴呆。

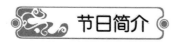 节日简介

节日日期

　　为纪念2008年北京奥运会成功举办，经国务院批准，从2009年起，每年8月8日为"全民健身日"。

　　《全民健身条列》第十二条规定，应当在当日加强全民健身宣传，积极组织和参与全民健身活动，组织开展免费健身指导服务，向公众免费开放公共体育设施的活动。体育的根本目的是满足广大人民群众日益增长的强身健体需求，而2008年北京奥运会的圆满成功，更是极大地激发了亿万人民群众的体育热情，增加了全社会的体育意识，推广了健康生活的理念，弘扬了积极向上的奥林匹克精神。"全

民健身日"属于国家政府立法规定、国务院批准的活动日，以后会制度化。

主题口号

"天天健康，天天快乐""好体魄、好生活""全民健身，你我同行"。2021年全民健身日的主题：走进运动场，健康带回家。

词文注释

1. 雅典：希腊共和国首都，也是希腊最大的城市，人口377.4万。雅典记载于册的历史长达3000多年，被誉为"西方文明的摇篮"。

2. 神光：指在雅典奥林匹亚神庙遗址采集圣火后，经火炬传递到达北京。雅典是现代奥运会起源地，曾先后在1896年和2004年举办过第一届和第二十八届奥运会。

3. 鸟巢：国家体育场，位于北京奥林匹克公园中心，为2008年北京奥运会的主体育场。先后举行了奥运会、残奥会、冬奥会开闭幕式。现成为北京市民参与体育活动及享受体育娱乐的大型专业场所，并成为地标性体育建筑和奥运遗产。体育场的形态如同孕育生命的"巢"和摇篮，寄托着人类对未来的希望。

4. 五环：奥林匹克标志，又称奥运五环标志。由五个奥林匹克环从左到右互相套接组成，上方是蓝色、黑色、红色三环，下方是黄色、绿色二环，亦能以单色形式使用。五环象征五大洲和全世界的运动员在奥运会上相聚一堂，以公正、坦诚的精神在比赛场上相见。

5. 快远高强：奥林匹克的格言是：更快、更高、更强、更团结。2021年7月20日，国际奥委会第138次全会正式通过决议：为了更好地应对后新冠疫情时代，在格言里加入"更团结"，从此，变为"更快、更高、更强、更团结"，这是奥林匹克格言108年来首次进行更新。

6. 铿锵语录：指毛主席于 1952 年 6 月 10 日为中华全国体育总会成立的题词"发展体育运动，增强人民体质"。给新中国体育事业的发展指明了方向。

7. 华佗禽戏：华佗五禽戏，国家非物质文化遗产。发源于安徽亳州，是东汉华佗依据中医阴阳五行、脏象、经络、气血运行规律，观察虎、鹿、猿、熊、鸟等动物活动姿态、形象创编的一套养生健身功法。

97. 沁园春·国际残疾人日

天有阴晴，月无长圆，灾降尘凡。叹肢残智障，坐车挂杖；耳聋目眊，百事愁添。相遇斜行，目光异样，赢弱卑微遭弃嫌。命多舛，但只求温饱，余莫奢谈。

病身岂丧尊严，展薄翼辛勤酿蜜甜。赞海伦海迪，自强典范；扶轮罗氏，大任肩担。残奥旗升，国歌奏响，榜首双双耀体坛。心呼唤，盼人间慈爱，平等同甘。

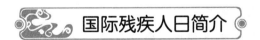

国际残疾人日简介

国际残疾人日日期

1992 年 10 月 12 日，第 47 届联合国大会通过决议，将每年的 12 月 3 日定为"国际残疾人日"。2006 年 12 月，第 61 届联合国大会通过《残疾人权利公约》，旨在唤起社会对残疾人的理解和动员人们支持维护残疾人的尊严、权利和幸福的关注。

设立宗旨

全球共有 6.5 亿残疾人，约占世界总人口的 10%，其中 80% 分布在发展中国家。由于生理、法律和社会方面的障碍，残疾人往往不能和正常人一样平等地享受政治、经济、社会和文化等权利。残疾人在就业、教育和医疗等方面的权利依然受到不同程度的限制。高达80%的残疾人根本无法找到工作。

为强调残疾人平等就业的权利，联合国呼吁世界各国及国际组织开展活动，增进人们对残疾人的理解和尊重，改善残疾人的生活状况，使他们能够真正融入社会并享有参与社会的平等机会。

产生影响

"国际残疾人日"的确定，使残疾人事业日益引起广泛关注，不同种族的人们都开始形成了一个共识：残疾人事业是人道主义的事业，是一项崇高而又光荣的事业，是人类进步和正义的事业。使其改变了对残疾人的态度，并消除影响残疾人参与到生活各个方面中来的障碍。

词文注释

1. 天有阴晴：借用宋·苏轼《水调歌头·明月几时有》"人有悲欢离合，月有阴晴圆缺，此事古难全"之意。

2. 羸弱：瘦弱。肌肉不丰满，虚弱无力。

3. 命多舛：指人的一生坎坷，屡遭挫折，命途多舛。命运充满不顺。舛：不顺，不幸。

4. 病身：体弱多病之身。唐·张籍《感春》诗："远客悠悠任病身，谢家池上又逢春。"

5. 海伦：海伦·凯勒，1880年6月27日—1968年6月1日。美国盲人女作家、教育家、社会活动家。在其19个月大的时候，因突发猩红热疾病，丧失了视觉和听觉。7岁开始学习美式手语，其代表作有《假如给我三天光明》等著作。1964年获得总统自由勋章，1968年6月1日在睡梦中去世，享年88岁。

6. 海迪：张海迪，1955年出生，山东文登人。小时候因患有脊髓血管瘤导致高位截瘫。她没有沮丧沉沦，以顽强的毅力与疾病作斗争，自强不息，刻苦学习，获吉林大学哲学硕士学位，从事创作和翻译。被誉为20世纪80年代的雷锋、当代保尔。曾任全国残联主席。

7. 罗氏：富兰克林·罗斯福，1882年1月30日—1945年4月12日。其是美国历史上首位就任四届（病逝于第四届任期）的总统。1945年4月12日在佐治亚州的温泉因突发脑溢血去世。1921年8月，他在扑救一场山火后跳进冰冷的海水，因此患上脊髓灰质炎，依靠轮椅出行。他是第二次世界大战期间反法西斯同盟阵营的领导人之一。

8. 榜首双双耀体坛：指2022年北京冬残奥会上，中国代表团取得18金20银23铜共61枚奖牌佳绩，历史上首次位列冬残奥会金牌榜和奖牌榜的双榜首。

98. 沁园春·全国儿童预防接种日

俗世凡尘，贵贱芸生，最怕病磨。叹曾经瘟疫，伤寒霍乱；天花水痘，可奈其何。恶疾麻风，肺痨绝症，夺命夷残复几多。吾人类，拥无穷智慧，怎任妖魔。

神奇奥秘高科，预接种儿童避痒疴。自初来当日，预防结核；乙肝首剂，切莫延拖。廿二公筹，六龄共享，祖国之花倍护呵。乃福利，筑健康屏障，百体宁和。

预防接种日简介

全国儿童预防接种宣传日为每年的 4 月 25 日。1986 年 6 月 20 日，经国务院批准，由卫生部、国家教委、全国妇联、广电部、经贸部、国家民委联合发布通知，确定每年 4 月 25 日为全国儿童预防接种日。每年的这一天既是广大儿童的节日，也是全国计划免疫工作者的节日。2024 年是第 38 个全国预防接种日。儿童免疫预防接种，关系到下一代的健康成长，涉及千家万户。

每年选定一个重点内容作当年活动日的主题，尤其是紧紧围绕世卫组织"全球消灭脊髓灰质炎"的行为纲领的要求，作为"巩固和发展我国计划免疫工作成果，保护儿童健康"的一项重要目标。使每个

338

儿童家长了解、体会到"计划免疫是每个孩子都应享有的权利"。

我国经过多年努力，现已建立了完善的以乡镇、社区为单位的免疫接种程序，即在婴儿出生24小时内，进行卡介苗、乙肝疫苗接种。之后在0—6岁儿童按国家要求的一类免费接种的12种22剂次疫苗接种程序。12种22剂次疫苗：①卡介苗。②乙肝疫苗。③脊灰灭活疫苗。④脊灰减毒活疫苗。⑤无细胞百白破疫苗。⑥白破疫苗。⑦麻风疫苗。⑧麻腮风疫苗。⑨A群流脑疫苗。⑩A+C群流脑疫苗。⑪乙脑减毒活疫苗。⑫甲肝减毒活疫苗。

分别预防结核、乙肝、脊髓灰质炎（小儿麻痹症）、百日咳、白喉、破伤风、麻疹、风疹、流行性腮腺炎、流行性脑脊髓膜炎、流行性乙型脑炎、甲肝共12种传染病。其中有些疫苗需注射2次、3次，故有22剂次。

以上是适龄儿童必须注射的一类疫苗，又称免费疫苗，是保障儿童不受传染病威胁的第一道防线。

二类疫苗，又称自费疫苗，包括肺炎疫苗、水痘疫苗、流感疫苗等，由家长根据孩子的情况，自主选择。

词文注释

1. 瘟疫：指流行性烈性传染病，如天花、霍乱、鼠疫等，是由于一些强烈致病性微生物，如细菌、病毒引起的传染病。新型冠状病毒属于中医瘟疫范畴。

2. 伤寒：伤寒分广义伤寒和狭义伤寒。广义伤寒包括中风、伤寒、湿温、热病、温病；狭义伤寒是指感受寒邪引起的外感热病。现代伤寒是指伤寒杆菌引起的伤寒肠道病。

3. 霍乱：由霍乱弧菌引起的急性肠道传染病，属于我国甲类传染病。它可引起流行、暴发和大流行。

4. 天花：由天花病毒感染人引起的一种烈性传染病。痊愈后可获终身免疫。目前已被消灭。天花传染性强、病情重，是最古老也是死亡率最高的传染病之一。其最基本有效的预防方法是接种牛痘。

5. 水痘：由水痘带状疱疹病毒感染引起的急性传染病。主要发生在婴幼儿，成年人发病症状比儿童更严重。以发热及皮肤、黏膜成批出现周身性红色斑丘疹、疱疹为特征，皮疹呈向心性分布。冬春季多发，传染性强。有时病毒以静止状态存留神经根，多年后感染复发而出现带状疱疹。

6. 恶疾麻风：恶疾，特指癞病，即麻风病。麻风，是由麻风杆菌引起的一种慢性传染病。临床表现为麻木性皮肤损害，以及浅表的神经组织，神经粗大，严重者肢端残废。世界上曾广为流传，现已得到有效控制，发病率显著下降。

7. 肺痨：肺结核病，是由结核杆菌引起的一种慢性传染病，旧时由于无法治愈，被称绝症。

8. 预防结核：卡介苗，是一种预防儿童结核病的疫苗。新生儿一般需要在出生 24 小时内完成接种，称之为"出生第一针"。

9. 廿二公筹：指国家免费的一类疫苗，共 12 种 22 剂次。

10. 六龄共享：指 0—6 岁儿童必须注射的一类免费疫苗。

11. 百体：指人体的各个部分。

99. 沁园春·世界肾脏日

脊柱边旁，暗红扁豆，隐腹悬灯。乃小球滤器，
排污水道；平衡酸碱，激素生成。摄统元神，拥兵
百万，净化循环夜不停。性低调，且损伤强忍，尿
毒魂惊。

无声杀手狰狞，肾衰竭失功综合征，看脸浮腿
肿，形疲乏力；肌酸蛋白，直线飙升。毁废灵根，
幡然悔悟，移植艰辛透析撑。乃忠告，这弥珍腰子，
护爱终生。

肾脏日简介

2024 年 3 月 14 日，是第 19 个世界肾脏日。

据国际肾病学会统计，全球有 8.5 亿人的肾脏存在不同程度的损
害，每年有数百万人因慢性肾病引发的心脑血管病死亡。全球有 200
多万人依靠肾脏透析或肾脏移植来维持生命。而公众对该病的防治知
识普遍缺乏。经国际肾病学会和国际肾病基金联盟提议，决定从 2006
年起，将每年 3 月的第二个星期四确定为世界肾脏日。以提高人们对
慢性肾病及相关的心血管疾病和死亡率的认识，并重视慢性肾病的早
期检测和预防。

慢性肾脏病初发时，患者一般没有不适症状，往往被忽略。然

而看似健康却患有慢性肾脏病的人死于心脑血管病的风险是正常人的十倍以上，如果发展到尿毒症，不仅损害健康，甚至将危及生命。两至三成患者首次到医院就诊时，其肾功能损害已经发展到不可逆转的阶段。

设立目的和意义

1.旨在提高人们对慢性肾病及相关的心血管疾病的高发率和高死亡率的认识。

2.让人们认识到早检测、早预防的急迫性、重要性。

3.使医护人员更加清醒地认识到肾脏的作用和糖尿病、心脑血管病的危险性。采用正确的防治措施能够极大地延缓一期和二期慢性肾脏病的进展。

我国肾病患病率高达10.8%，人们对慢性肾病的知晓率很低，不少患者已到慢性肾病的第四期、第五期才到医院就诊。

所以加强科普宣传，及早检查、发现可能引起各种慢性肾病的常见病，及时进行有效治疗，是降低该病的发生率、改善其预后的基本途径。

词文注释

1.脊柱边旁：肾脏位于脊柱两侧，腹膜后的浅窝处，左右各一个，上下约在第十二胸椎和第三腰椎之间的位置。右肾因为肝脏的原因，比左肾要低一点。

2.暗红扁豆：肾脏为暗红色实质性器官，形似扁豆，表面光滑，长10—12cm，宽5—6cm，厚3—4cm。

3.小球滤器：小球，即肾小球，是血液的过滤器，它将血液中的有毒物质、代谢废物排出体外，避免毒物对体内的组织细胞、脏器造成损伤。

4. 排污水道：指肾脏就像城市的下水道一样，如果堵塞，就会污水横流，恶臭熏天，在人体则发生尿毒症。

5. 平衡酸碱：肾脏在酸碱平衡方面起着重要作用，肾脏可以回收碳酸氢根，分泌氢离子和酸性物质，维持机体酸碱平衡状态。

6. 激素生成：肾脏可分泌一系列激素，如促红细胞生成素、肾素、异位羟化酶和前列腺素。

7. 摄统元神：元神在神话中是一种高于肉体而可以单独存在的某种物质，它是可通过修行人修炼而逐渐形成掌握的可以控制魂魄的物质。也是人类生命的真正意义与一切精华。在人类现有的能力下无法考证这种物质是否存在。亦指精力、精神。清·李渔《闲情偶寄》："我辈长夜读书，灯光射目，最耗元神。"

8. 拥兵百万：指人的肾脏有 100 万—150 万个肾单位。每一个肾单位由肾小体、肾小管、肾小球和肾小囊组成，肾小球起过滤作用，将机体的毒素和多余的水分排出，生成尿液。

9. 尿毒：指尿毒症。尿毒症是急慢性肾衰竭的晚期阶段，一般指肾病的第四期、第五期。

10. 无声杀手：各种慢性肾病发展到最后都有可能是尿毒症。它发展缓慢，症状不明显，故在医学里被称为"沉默杀手""无声杀手"。

11. 肌酸蛋白：肾功能的检测项目，指肾功能不全引起的肌酐、尿蛋白升高。

12. 灵根：指人的身体。《黄庭经》云："玉池清水灌灵根……灵根坚固老不衰。"

100. 沁园春·生命之花

——肾移植 10 周年有感

　　甲午梅黄，植肾京城，十载如今。忆那年更夜，燕郊惊魄；厝身管线，垂死悬针。朽木春回，蚕蛾蜕变，纸隔阴阳感慨深。亲朋爱，获新生再度，童趣追寻。

　　安康胜若千金，凡夫子难逃疾厄侵。叹几多豪贵，别离含恨；普天黎庶，愁被魔擒。病榻翻然，悲欢渐悟，福祸相依复信心。天神鉴，表吾人好善，必有佳音。

肾移植简介

　　肾移植是将健康的肾脏移植给有肾脏病变并丧失肾功能的患者。手术前应进行充分的血液透析和全面的配型等检查。

　　肾移植的历史：1933 年，乌克兰施行了第一例同种异体移植，但由于血型不合，受者在术后 48 小时内死亡。1936 年，苏联进行了同种肾移植。1954 年，美国医生做了世界上第一例同卵孪生兄弟的肾移植手术，获得成功，开辟了器官移植的新纪元。

　　1960 年，我国吴阶平院士率先实行第一例肾移植。20 世纪 70 年代，肾移植全国正式开展。

存活率

肾移植目前已比较成功，与肾源有关。①尸体肾移植，6年存活率达50%以上，移植物存活率可达80%以上。②活体亲属供者，存活率可达十几年或更长。③活体非亲属供者，其存活率可达81%或更高。正常情况下，肾移植术后存活时间最长可达30年以上。

免疫抑制剂

肾移植后的患者需要终生使用免疫抑制剂等药物，以免产生排斥反应，要进行定期检查、监测，以维持移植器官的功能稳定。免疫抑制剂是一把"双刃剑"，在抑制排斥反应的同时，也带来一些不良反应，如感染增加、肾毒性、消化道症状、电解质紊乱、高血压、高血糖、高血脂等。常用的经典三联免疫维持方案，即通过监测血药浓度，以达到目标浓度，并实现毒副作用和治疗作用的平衡。主要由以下药物组成：

1. 他克莫司、环孢素。

2. 吗替麦考酚酯。

3. 糖皮质激素，主要为甲泼尼龙和泼尼松。

日常注意

进行定期检查、加强营养、避免刺激性食物、规律作息、避免重体力，以提高肾移植的存活率和体力的恢复。

词文注释

1. 甲午梅黄，植肾京城：甲午梅黄，2014年为农历甲午年，4月为黄梅成熟期；植肾京城，余不幸罹患尿毒症终末期，在北京某医院做肾移植手术，距今已逾10年，状况良好。

2. 更夜：指肾移植手术安排在午夜进行。

3. 燕郊：北京某医院所在地。

4. 厝身管线：厝身，意思为置身。厝，义像山崖形，引申为安置，措置。管线，指移植术后，身上插满了各种输液管、监测仪及各种导管电线等。

5. 纸隔阴阳：只隔阎王纸一张的意思。指肾移植手术后进入重症监护室（ICU）治疗观察，说明当时病情症状很严重、危险。

6. 童趣追寻：指本人 2014 年肾移植至今已有 10 年。肾移植后重新获得了生命，就像新生儿童一样健康、快乐成长，让生命之花，重新绽放。

7. 普天黎庶：指普天之下的百姓民众。例如：拜迎长官心欲碎，鞭挞黎庶令人悲。

8. 天神鉴：天神，一是指天上的诸神，包括主宰宇宙的神灵以及掌管日、月、星辰、风雨等的神祇。二是也可以用来泛指那些被人们尊崇和崇拜的仙人或神祇。鉴，指镜子。照。又指审查、观察的意思。

后 记

沁园春·生命

天地洪荒，万物相争，吾类独尊。曰亚当创造，女娲抟土；尔文进化，传衍基因。聪慧机灵，貌形和美，八大行星仅此存。百龄少，任贫穷富贵，性命弥珍。

人如潮涌回轮，越今古难逃入鬼门。叹秦皇求寿，养生彭祖；铅丹方药，灾疾伤身。代谢凋枯，器官退化，不老长生从未真。虽离袂，有精神留驻，志节延伸。

词文注释

1. 尔文：达尔文，英国生物学家，进化论的奠基人。出版《物种起源》，提出了生物进化论学说。

2. 百龄少：百岁长寿的人较少。

历经 3 年的创作，终于完成了《百节·沁园春》之姊妹篇《百疾·沁园春》的最后一首词作，实现吾之心愿、吾之梦想。填补了国内外诗词领域以"沁园春"为词牌，以中外节日和医学疾病为题材的"双百·沁园春"作品空白。

在这里，我首先要感谢长沙市一中特级语文教师杨北辰老师。10年前是他把我领进诗词殿堂，开启了平仄韵律、起承转合的学诗历程，亦是他悉心指教、倾情培养，才有了我今天的收获和些微成绩。

还要特别感谢湖南省政协原副主席谭仲池先生为我的《百疾·沁园春》新书再次题字、作序。

还要十分感谢中国文联出版社编辑王斐老师，是她兢兢业业、不辞辛劳的付出，使吾之《百节·沁园春》和《百疾·沁园春》得以先后成功出版发行。

当然更要感谢我的家人、朋友，为我写作、编辑、出版和发行等琐事，不辞辛苦地倾情付出和无私地支持。

值此之际，我要向大家介绍、分享我创作的点滴体会和经验。

一是苦：在创作"双百·沁园春"的过程中，我白天要承担繁忙的门诊工作，主要是在夜晚，夜深人静时查找资料、学习、创作，十分辛苦。

二是勤：一有空余时间，哪怕是十分钟，都在利用，思索。有时深夜刚入睡，想起一个词汇、句子，又悄悄起来，速记灵源。

三是定：定下目标、时间，按年、月、日、时，细分任务、内容，只许提前，不得拖后。

四是恒：笔耕不辍，持之以恒，避免三天打鱼，两天晒网。

总之，十年来，诗词给我带来了快乐，结交了众多良师益友，提升了写作水平，特别是学习、扩充了医学知识，使我的整体思想水平上了一个新的台阶。使我的人生舞台更加丰富、广阔。也给社会、后世留下了微薄的精神财富。

亲爱的读者，拙作《百疾·沁园春》但愿能给您带来些许医学知识，提高您对疾病、健康的了解认识。这就是我最大的满足。

　　由于本人水平有限，缺点、错误在所难免，还望读者不吝赐教、指正，万分感谢。

　　是为记。

马昌发

2024 年 2 月 1 日

于长沙市砂子塘梨子山